EL COMANDANTE DEL PUEBLO

OTROS TÍTULOS DE MARIO ESCOBAR

El maestro

Recuérdame

Nos prometieron la gloria

Los niños de la estrella amarilla

La bibliotecaria de Saint-Malo

Canción de cuna en Auschwitz

EL COMANDANTE DEL PUEBLO

Una novela basada en la vida de Camilo
Cienfuegos y su misteriosa muerte

MARIO ESCOBAR

HarperCollins Español

EL COMANDANTE DEL PUEBLO. Copyright © 2024 de Mario Escobar. Todos los derechos reservados. Impreso en los Estados Unidos de América. Ninguna sección de este libro podrá ser utilizada ni reproducida bajo ningún concepto sin autorización previa y por escrito, salvo citas breves para artículos y reseñas en revistas. Para más información, póngase en contacto con HarperCollins Publishers, 195 Broadway, New York, NY 10007.

Los libros de HarperCollins Español pueden ser adquiridos con fines educativos, empresariales o promocionales. Para más información, envíe un correo electrónico a SPsales@harpercollins.com.

PRIMERA EDICIÓN

Este libro ha sido debidamente catalogado en la Biblioteca del Congreso de los Estados Unidos.

ISBN 978-0-06-329206-2

23 24 25 26 27 LBC 5 4 3 2 1

¿Voy bien, Camilo?

FIDEL CASTRO Y LA PREGUNTA QUE FORMULÓ AL
JEFE DEL ESTADO MAYOR DEL EJÉRCITO REBELDE,
CAMILO CIENFUEGOS, EL 8 DE ENERO DE 1959

Y que no piensen los enemigos de la Revolución que nos vamos a detener; que no piensen los enemigos de la Revolución que este pueblo se va a detener; que no piensen los que envían los aviones, que no piensen aquellos que tripulan los aviones que vamos a postrarnos de rodillas y que vamos a inclinar nuestras frentes. De rodillas nos pondremos una vez y una vez inclinaremos nuestras frentes, y será el día que lleguemos a la tierra cubana que guarda 20 000 cubanos, para decirles: ¡Hermanos, la Revolución está hecha, vuestra sangre no salió en balde!

ÚLTIMO DISCURSO DE CAMILO CIENFUEGOS EN
LA HABANA, 26 DE OCTUBRE DE 1959

Chocábamos por cuestiones de disciplina, por problemas de concepción de una serie de actitudes dentro de la guerrilla. Camilo en aquella época estaba equivocado. Era un guerrillero muy indisciplinado, muy temperamental; pero se dio cuenta rápidamente y rectificó aquello. Aun cuando después hiciera una serie de hazañas que han dejado su nombre en la leyenda, me cabe el orgullo de haberlo descubierto, como guerrillero. Y empezó a tejer esa urdimbre de su leyenda de hoy, en la columna que me había asignado Fidel, mandando el Pelotón de Vanguardia.

DECLARACIÓN DEL CHE SOBRE CAMILO
CIENFUEGOS

CONTENIDO

TERCERA PARTE: PESADILLA

PRÓLOGO

La Habana, 28 de octubre de 1979

EL JOVEN AQUILINO MIRÓ LA CASA destartalada del «coronel», aunque en la barriada de Lawton la mayoría no se encontraba en buen estado. Todos llamaban a aquel español viejo y lunático, el «Loco», pero muy pocos lo habían visto. No es que el joven Aquilino quisiera verlo, pero la pelota se había colado en el patio trasero de la cochambrosa casa y le había tocado en suerte entrar para recuperarla. A sus treces años, era un mozalbete desgarbado, delgado en un país de delgados —el Gobierno tenía a todos en una estricta dieta patriótica—, pero de espaldas anchas, cuerpo bien formado, demasiado blanco para el gusto de algunos revolucionarios, con el pelo negro como el hollín que ya no salía de las chimeneas cubanas y los ojos de color oliva morisca. Al menos así lo recordaba el coronel de aquella primera vez que lo vio. Los dos se asustaron al mismo tiempo. El viejo porque, en contra de todas las mentiras del régimen, creía que era un ladrón, que de haberlos, los había, aunque los jerarcas dijeran lo contrario; el crío porque imaginó ver un fantasma de cara tan pálida como la luna llena.

—¡Por Dios! ¿Quién eres muchacho?

Aquilino se quedó mudo, con las manos en los bolsillos y la vejiga apretada.

—¡Habla, cojones! —le gritó el español sin el más mínimo acento cubano, como si acabase de llegar al puerto de La Habana, aunque ya llevaba en la isla cuarenta años y rondaba los ochenta de vida, si es que a aquello se le podía llamar vida.

—Soy Aquilino, el hijo de la Julia.

—¿Y qué se te ha perdido en mi gabinete?

—Lo siento, se nos coló la bola.

—¡En las bolas te voy a dar yo! ¡Pasa y retírala!

El chico buscó la pelota entre los trastos del viejo y luego regresó a la casa, que solo tenía unas simples contraventanas para taparse las vergüenzas.

—Lo siento, no quería importunarlo.

El viejo sonrió por primera vez.

—Jodidos, cabrones estalinistas, al menos enseñan a los chamacones algo de buenos modales. ¿Sabes qué día es hoy?

El chico se quedó pensando, no sabía qué le quería decir aquel viejo.

—El día de la muerte de Camilo Cienfuegos —respondió al azar.

El hombre frunció el ceño.

—Camilo Cienfuegos no murió el 28 de octubre, eres un asno.

El chico se quedó pensativo; eso lo sabían todos los niños de Cuba: cada 28 de octubre los escolares cubanos echaban flores al mar en conmemoración del héroe revolucionario.

—No, hijo, conocí a Camilo Cienfuegos y murió mucho antes. ¿No sabes que los verdaderos hombres mueren cuando lo hace su alma?

A pesar de que los dos hablaban el mismo idioma, Aquilino no entendía nada de lo que decía aquel gallego.

El hombre se acercó a una caja de puros, la abrió y le enseñó un taco de sobres amarillentos, tan viejos como su piel, con manchas de café y humo de tabaco.

—Camilo Cienfuegos murió mucho antes, yo lo vi morir y no hice nada. Si no le hubiera enseñado nada, si lo hubiera mantenido en la ignorancia, tal vez seguiría vivo y feliz. Ya decía el sabio Salomón que en la mucha sabiduría hay mucha angustia, y quien aumenta el conocimiento aumenta el dolor. ¡Nunca preguntes! ¿Me oyes? Mantente ignorante y sordo, como este pueblo, como todos los pueblos, y serás feliz. Y ahora, ¡lárgate de aquí y no vuelvas!

Pero el chico volvió.

Primera parte

LA TENTACIÓN

CAPÍTULO 1

DESTINADO A SER FELIZ

La Habana, 28 de octubre de 1980

«Nos dijeron que la Revolución había sido el mejor de los tiempos, pero sin duda fue el peor. Nos dijeron que estábamos comenzando una era nueva, un mundo feliz, pero la locura se adueñó del mundo. Nos dijeron que nos hacían libres, para cubrirnos de cadenas. Nos dijeron que fuera de los límites de esta isla mágica el mundo se había corrompido y no vimos las fachadas aportilladas, los platos vacíos y las almas sin luz. Les creímos porque eran nuestros salvadores, nuestros padres, nuestros héroes y nuestros mártires. Les creímos porque no teníamos a dónde ir y porque ya no creíamos en nada. Por eso, un año más tarde, cuando se conmemoraba la muerte de Camilo Cienfuegos, con catorce años recién cumplidos, me acerqué a la casa del coronel, de aquel gallego loco, para que me infligiera el mayor dolor del mundo: el de saber la verdad, la Verdad, siempre la jodida y maldita Verdad».
Al menos eso fue lo que pensó Aquilino tiempo después de haber regresado a escuchar las palabras del coronel.

«Al viejo le quedaba muy poca vida, pero la que tenía se le

escapaba por los labios. Sus palabras corrían tan veloces que mis pensamientos apenas podían seguirlas. Lo miraba atento, como un discípulo mira a su maestro, y su voz me daba al mismo tiempo un espanto terrible y la mayor de las paces. Aquello únicamente lo había experimentado en una ocasión, cuando había acudido con mi tía Brígida a la reunión de los protestantes, como decían los cubanos, pero ahora lo experimentaba cada tarde al salir de la escuela. Miraba la cara acartonada de aquel hombre solitario y me dejaba llevar por su voz algo ronca, pero suave. A veces no entendía sus bromas gallegas de viejo, pero me reía, tampoco sus finas ironías, pero cada palabra de sus labios me acercaba un poco más a la libertad, y aquella sensación no he vuelto a experimentarla nunca más».

—Camilo Cienfuegos murió mucho antes del 28 de octubre de 1959, murió mucho antes de que su avión saliese de Camagüey para dirigirse a La Habana. Yo fui quién mató a Camilo Cienfuegos. Lo maté, y ante Dios soy el único culpable, si es que hay algún Dios en el cielo.

CAPÍTULO 2

LA ENTRADA EN LA HABANA

La Habana, 2 de enero de 1959

AQUEL DÍA LA REVOLUCIÓN NO GANÓ la guerra, la perdió Batista. El presidente Eisenhower había dejado de darle su apoyo tras las fraudulentas elecciones del año anterior. Cuando el embajador norteamericano William D. Pawley le informó que el presidente estadounidense ya no creía en él, el dictador —que había sido siempre una marioneta de los norteamericanos que llevaban tutelando la isla desde 1898— supo que ya todo era cuestión de tiempo. La última reunión con James Arthur Noel, el jefe de la estación de la CIA en La Habana, se lo dejó aún más claro. Ya no le quedaba tiempo. Fulgencio Batista, que había nacido en una familia muy humilde de Banes, se había convertido en militar muy joven. Llegó a ser un presidente populista, con ministros socialistas durante su primer Gobierno; después sería un dictador, como si la maldición de las venas de América Latina siempre estuviera latente. Tierra de caciques, pequeños tiranos y marionetas de los distintos Gobiernos de los Estados Unidos.

Cuando el pequeño avión cargado de oro y dólares salió de La Habana el 31 de diciembre, la suerte ya estaba echada. El general Eulogio Cantillo había tomado las riendas de un poder que ya no existía. Ordenó el alto al fuego cuando ya nadie disparaba y liberó a los presos políticos en un acto de buena voluntad y torpe gobierno.

Mientras Santiago caía sin un disparo y Fidel Castro entraba como un emperador entre sus floridas calles, a La Habana se acercaban el Che y Camilo Cienfuegos, los dos verdaderos generales de la Revolución.

Dicen que detrás de los emperadores, un siervo les recordaba que no eran dioses, sino simples mortales. Nadie gritó tras Fidel aquel día «*Memento mori*», y se convirtió en un dios. Eso era al menos para Camilo Cienfuegos y los millones de cubanos que lo aclamaban. Muerto el dios demoniaco de Batista, se alzaba un nuevo dios para todos los isleños, a pesar de que aquel día gritaban «¡Democracia y libertad!».

Camilo Cienfuegos se dirigió a la capital con cautela, pues los caminos estaban intransitables después de tanta guerra; debía ocupar el Campamento Militar de Columbia. Había recibido la llamada del coronel Barquín para decirle que, tras ser liberados de la cárcel, habían detenido al general Cantillo, pero aquello no le aseguraba que no lo recibieran a tiros en La Habana.

A Camilo no le gustaban los militares, aunque se hubieran rebelado al dictador. Estaba deseoso de entrar en su ciudad; aquel joven que había dejado su casa para buscar fortuna en los Estados Unidos regresaba al hogar, pero esta vez como un héroe.

Camilo no se creía un dios; tenía veintisiete años, era hijo de españoles y sabía lo que era pasar hambre y fatigas. Se había criado en las calles de La Habana, había jugado y corrido, imaginando aventuras que jamás sucedían a los hijos de la clase obrera. Había recorrido las casas de su barrio siendo muy pequeño, con una hucha para que los vecinos ayudasen a los niños de la guerra civil española. Ahora caminaba hacia la capital con la barbilla en alto, pero no de orgullo, sino más bien porque el corazón no le cabía en el pecho. Mientras él y sus hombres recorrían los últimos pueblos antes de llegar al Campamento Militar de Columbia, muchos lo saludaban emocionados y él tenía que contener las lágrimas. ¿Cómo era posible que lo conociesen? Él había sido el último en unirse al grupo de locos románticos que se había subido al yate Granma el 25 de noviembre de 1956. Eran un grupo de quijotes y algún Sancho Panza que soñaban con derrotar, ellos solos, a un ejército pertrechado y entrenado por el imperio más poderoso del mundo. Fidel Castro, Juan Manuel Márquez, Fausto Obdulio González, Raúl Castro, Juan Almeida Bosque, Ernesto «Che» Guevara y otros setentaicinco desarrapados. Apenas veinte lograron llegar a la sierra Maestra. Unos veinte hombres contra miles de soldados. Pero aquella madrugada mientras se acercaba a La Habana, sus compadres lo miraban a él y a sus barbudos como a los trescientos espartanos que se enfrentaron a los persas en Las Termópilas.

—Camilo, no te fíes de Barquín, es uno de los Auténticos del expresidente Prío, no tiene nada que ver con la revolución —le dijo Rafael Ponce de León, uno de sus oficiales de confianza.

—Ya me sé esa vaina. Cuando nos enfrentamos a un enemigo común todos parecemos hermanos, pero después cada uno defiende lo suyo. No te preocupes, Rafael, a nosotros nos ha elegido el pueblo cubano.

Miguel Ángel Lorente, con su piel morena y sus ojos caídos, los miró con cierta indiferencia. Para él, la revolución no terminaba nunca, había que seguir pegando tiros hasta que el último capitalista estuviera bajo tierra.

—El Che parece que no tiene prisa —anunció Antonio Sánchez Días.

—Siempre va dos pasitos más atrás, como si estuviera bailando un tango —dijo jocoso Roberto Sánchez.

Muchos llamaban a Camilo el Señor de la Vanguardia, porque los Castro y otros muchos preferían la retaguardia.

—No bromees con el Che, ya sabes que le tengo ley. Al fin y al cabo, dejó Argentina para luchar a nuestro lado —dijo Cienfuegos frunciendo el ceño. No le gustaba que tocaran a los jefes de la revolución. La disciplina había sido imprescindible para ganar la guerra, y ahora había que implantar la revolución, aunque ni él mismo entendía bien el significado de aquella palabra. Camilo no era un hombre de letras, era un hombre de acción. Otros ya estaban para pensar, él se conformaba con soñar. Se veía casado y con hijos, trabajando de pintor, vendiendo sus cuadros a los comandantes. La vida de artista siempre le había atraído, pero antes tenía que ayudar a construir el mundo nuevo del que tanto le había hablado Fidel.

Llegaron a las afueras del campamento y todo estaba en silencio. Algunos vecinos los seguían en procesión, pero al aproximarse al cuartel se habían alejado a cierta distancia, por si se escapaba una balacera y eran los últimos muertos de la guerra.

Camilo bajó del vehículo, tenía ganas de estirar las piernas. Llevaban horas de viaje y estaban agotados. «La revolución siempre lo tiene a uno hambriento y agotado», solía decirles a sus hombres.

A la puerta del campamento salió Ramón Barquín; sudaba por las axilas, pues había más de veintisiete grados a la seis de la tarde.

—Bienvenido a La Habana —le dijo con una sonrisa, y sus mejillas pálidas por el largo encierro se enrojecieron por un momento.

—Gracias, Coronel. Ya sabe que tengo órdenes de detener al general Cantillo.

—Ya lo hemos detenido nosotros en su nombre. Creía que iba a presidir un Gobierno provisional hasta las elecciones.

Camilo miró muy serio al coronel.

—¿Sabe que Eulogio Cantillo se reunió con nuestro comandante hace unos días? Le prometió que evitaría un golpe de Estado y que no dejaría escapar a Batista. Lo único que ha cumplido es dejar que el Ejército Revolucionario entre en Santiago sin pegar un tiro.

—Pues es todo suyo, comandante Cienfuegos.

Fue todo un espectáculo ver a aquellos guerrilleros barbudos, vestidos con retales de uniformes, delgados como fantasmas, pero con la sonrisa en los labios.

Camilo tomó posesión del cuartel, después se dirigió con sus oficiales hasta la entrada y miró a la multitud agolpada. Todos gritaban: «patria y libertad». Al revolucionario se le erizó la piel y sonriendo dijo:

—Vecinos de La Habana, estamos aquí para proclamar el Gobierno legítimo de Cuba. Hemos dado nuestra sangre por nuestra amada nación. Basta ya de muertes y cárceles, de torturas y hambre. Queremos la Reforma Agraria, salarios justos para los obreros. Una nación en la que todos se sientan libres, vivan en paz y en armonía. ¡Viva Cuba! ¡Viva Fidel! ¡Viva la Revolución!

Todos se unieron en un coro; la alegría que se escapaba de la garganta de los cubanos inundó la tarde. Camilo sonrió a la multitud, con aquel sombrero de ala ancha y su mirada enturbiada por la guerra que siempre robaba el alma a los hombres. Pensó que todo había terminado, pero apenas acababa de comenzar.

CAPÍTULO 3

AMIGO VERDADERO

La Habana, 3 de enero de 1959

A SUS TREINTAIÚN AÑOS, EL CHE parecía ya más un mito que una persona. Nieto de uno de los hombres más ricos de Sudamérica, había crecido entre algodones. Su padre, Ernesto Rafael, había dedicado su vida a vivir de las rentas. Malo para todo y bueno para nada, había intentado terminar una carrera en Ingeniería y estudiar Arquitectura, pero su apatía era en lo único que era constante. Había abrazado las ideas socialistas, aunque con su fortuna y la de su esposa Celia, había adquirido una basta hacienda en Caraguatay. Los padres del Che lo educaron en sus ideas progresistas, que parecían estar en contradicción con su estilo de vida.

Camilo lo había conocido en México, donde el argentino se había exiliado tras la caída de Jacobo Árbenz por la intervención del Gobierno de los Estados Unidos, que pretendía defender los derechos de la United Fruit Company. Aquel ataque al pueblo de Guatemala lo hizo tomar conciencia de la necesidad de la lucha armada. Estaba planeando irse como médico a África cuando se cruzaron en su vida los hermanos Castro. Tras una larga noche de conversaciones revolucionarias, el Che se unió al Movimiento 26 de Julio. Cuando Camilo llegó al grupo, la amistad entre ambos líderes era muy profunda. Aunque Fidel siempre llevaba la voz cantante, Guevara, que había leído mucho más sobre temas revolucionarios, se convirtió en el ideólogo de la causa.

Camilo solía sentarse a los pies de los dos grandes hombres y escucharlos hablar durante horas, desde la poesía de Pablo Neruda o Antonio Machado, pasando por Karl Marx y Albert Camus, hasta Vladimir Lenin o Jean-Paul Sartre. El joven argentino tenía en la casa de sus padres más de tres mil volúmenes, y antes de su partida de Argentina los había leído todos.

De alguna manera, el carácter refinado del Che comenzaba a vulgarizarse, mientras que el de Fidel se afinaba con las enseñanzas del argentino. Como si el cubano necesitara parecer un estadista y un hombre con ideas, y el joven argentino un revolucionario de la calle, más cercano al pueblo. Entre ellos, Raúl Castro parecía una sombra, pero en sus ojos se intuía una inteligencia animal peligrosa, como la de los chacales que únicamente esperan a que se debiliten sus víctimas para devorarlas. Camilo no pretendía brillar, quería aprender. Al principio estuvo en la periferia del núcleo duro del grupo. Era un recién llegado, demasiado bromista para tomarlo en serio y, al menos al principio, parecía carecer de cualquier habilidad de mando.

El tiempo y la sierra Maestra habían convertido a los dos comandantes en los héroes de la revolución: temerarios, implacables, valientes y siempre al servicio del líder.

Camilo acudió a la cita con el Che y en cuanto se vieron se fundieron en un largo abrazo.

—¡Camilo, lo hemos conseguido! —exclamó eufórico el argentino, aunque en su fuero interno le habría gustado entrar a sangre y fuego en la capital. Temía que aquella rendición repentina fuera una nueva estratagema del Gobierno de los Estados Unidos.

—Nos ha costado, pero ya estamos aquí. A esos cabrones se les han atragantado las Navidades.

Los dos hombres se sentaron frente a una mesa pequeña, destaparon una botella de ron, sirvieron la bebida en dos vasitos y apuraron el trago. Después golpearon con el vaso la mesa de madera tosca.

—Creo que ahora deberíamos disfrutar de la victoria; yo estoy pensando en dejar el ejército y regresar a mi vida anterior.

El Che lo miró sorprendido.

—Eres el mejor comandante que he conocido, Fidel no te va a dejar ir tan rápido. Si eres un jodido héroe de la Revolución. El trabajo de verdad comienza ahora. Los enemigos de nuestra causa intentarán destruirla y necesitaremos un ejército fuerte. El de Batista no nos sirve, los que no tienen las manos manchadas de sangre son uno ineptos, por no hablar de la policía corrupta y criminal. Vamos a necesitar a gente como tú para crear el nuevo ejército.

—Yo no soy un militar —dijo Camilo negando con la cabeza.

—Ya lo sé, compadre, yo tampoco; de hecho, me formé para salvar vidas, no para destruirlas, pero antes de construir un mundo nuevo hay que destruir el anterior. Ya lo dijo Stalin, que la violencia era el único medio de lucha, y la sangre, el carburante de la historia. Todavía tendremos que verter mucha sangre para que la revolución se consolide.

Camilo puso un gesto de preocupación.

—Ya sé que tú no tienes estómago para esas cosas. Ya sabes que en una revolución se triunfa o se muere, no hay término medio. Mi lema es que hay que endurecerse sin perder jamás la ternura. A mí me pasó en Guatemala cuando la CIA quitó de la presidencia a

Jacobo Árbenz, entonces me di cuenta de que la lucha armada era la única salida para América Latina.

Cienfuegos comenzó a sonreír; siempre le gustaba escuchar a su viejo amigo.

—Pero, aunque llevamos tiempo hablando sobre ella, en el fondo cada uno tiene una idea distinta de lo que es la Revolución.

El Che se encendió uno de sus famosos puros y echó una larga bocanada de humo.

—Muchos dicen que Stalin fue un asesino sanguinario, pero yo pienso que era un verdadero genio. El problema de la Unión Soviética actual es que sus gobernantes ya no aplican suficiente mano dura. En el fondo fue un visionario, por eso nos advirtió que no se puede terminar con el capitalismo sin acabar primero con la ideología socialdemócrata y el movimiento obrero. Los sindicalistas buscan poner parches, nosotros buscamos un mundo nuevo. No hemos hecho tantos sacrificios para que todo se quede igual. Te aseguro que Fidel está dispuesto a llegar hasta las últimas consecuencias. En la Revolución no caben medias tintas.

—Pero compadre, ya sabes que en nuestro movimiento hay personas con diferentes visiones, con diferentes ideas.

—Ya, Camilo, pero tenemos un líder, él tiene que dirigirnos. La Revolución ha roto las teorías de salón; esos partidos democráticos se han quedado de brazos cruzados mientras nosotros luchábamos en la sierra y en las ciudades. Nosotros hemos pagado nuestra cuota de sufrimiento, y ahora ellos quieren aprovecharse de nosotros. Hay que hacer la revolución agraria, luchar en los campos y en las montañas y llevar nuestras ideas a las ciudades, para que la clase obrera y media se dé cuenta de que nosotros somos la única solución posible.

Cienfuegos se sirvió un poco más de ron.

—Me gusta la letra, pero no sé si concuerda con la música. Cuando entramos en La Habana la gente nos vitoreaba y todos querían libertad y elecciones. También hemos luchado por la democracia.

El argentino puso su sonrisa cínica, la que solía adoptar cuando el comentario de algún compañero le parecía fuera de lugar. Apreciaba mucho a Camilo, jamás había visto a un hombre más valiente que él, pero era duro de mollera. No era fácil convencerlo de ciertas cosas.

—Si no hay café para todos, no lo habrá para nadie. La Revolución ha comenzado aquí, en Cuba, este será el modelo sobre el que construyamos todo el continente. Por eso no puedes marcharte a casa. Estamos luchando contra el imperialismo y por la unidad de todos los pueblos de América. El gran enemigo del género humano son los Estados Unidos de Norteamérica. Ellos te venden su idea de libertad, pero someten al resto de los pueblos. Tú has vivido allí, en Gringolandia. Mientras que unos pocos disfrutan de la riqueza y la prosperidad, la mayoría trabaja como esclavos; no queremos eso para Cuba.

—Pasé mucho frío y muchas fatigas en Nueva York, trabajábamos en dos o tres sitios y apenas nos daba para sobrevivir.

—Pues eso compadre: la democracia es un engaño de los autócratas para hacernos creer que somos libres, pero no hay libertad verdadera sin independencia económica. Vamos a convertir a Cuba en el verdadero paraíso de la Revolución, te lo aseguro.

Camilo sonrió de nuevo, era su forma de mostrar su aprobación, pero también de zanjar una conversación que podía volverse incómoda. Pensaba que, al fin y al cabo, él no era un ideólogo; camaradas como Fidel o el Che sabían hacia dónde dirigir la

Revolución. Hasta su hermano pequeño, Osmany, estaba más preparado que él. Camilo se sentía bien entre los camaradas, esquivando las balas y liberando ciudades.

—Compadre, tengo que irme. Debo informar a Fidel de que todo está bajo control y recibir nuevas órdenes.

El Che se puso en pie y le dio un abrazo.

—Amigo, sabes que eres como un hermano para mí.

—Gracias, tú también, aunque me gustas más sin bigote —bromeó Camilo. Era el único que se atrevía a hacerlo, todos sabían que el argentino era poco dado a las bromas.

—Pues anda que tu barba es de chivo —le dijo mientras los dos hombres se abrazaban.

Camilo se dio media vuelta y salió de la sala. Mientras se dirigía con sus hombres a los vehículos, no pudo evitar pensar en Rafael Sierra, su gran amigo, con el que había vivido muchas aventuras en los Estados Unidos. No sentía esa misma confianza con el Che o con Raúl Castro; el único del que se fiaba ciegamente era de Fidel. Para él, la Revolución era Fidel y Fidel era la Revolución.

CAPÍTULO 4

FIDEL

Santiago de Cuba, 3 de enero de 1959

FIDEL ESTABA FURIOSO; LA RENDICIÓN Y huida de Batista le ocasionaba muchos problemas. Él había soñado con entrar en la capital como un héroe libertador, como el líder indiscutible de la Revolución, pero ahora las cosas no pintaban bien. Sus hombres habían capturado al general Cantillo, que había intentado crear un Gobierno de concentración al servicio de los Estados Unidos. El general había nombrado presidente provisional al presidente de la Corte Suprema de Justicia, Carlos Piedra, que había intentado formar un nuevo Gobierno. Tampoco podría juzgar a Batista y convertirlo en el chivo expiatorio de todos los problemas del país.

A sus treinta y tres años se veía como un nuevo salvador; no parecía casualidad que Cristo hubiera conquistado la gloria a la misma edad que él. El camino había sido muy largo y costoso. Su padre, Ángel Castro y Argiz, era un gallego que se había hecho a sí mismo. Pertenecía a una familia muy pobre, llegó a Cuba reclutado por el Ejército y luchó en la guerra. La isla le fascinó y logró regresar a ella en 1905. Trabajó en una explotación agrícola subsidiaria de la American United Fruit Company, y logró prosperar y convertirse en empresario. Su padre era un hombre duro y mantenía a raya a sus empleados, la mayoría de ellos haitianos, a los que explotaba hasta la extenuación. Tras casarse con María Argota y Reyes, Ángel tuvo varias amantes, pero a la que más quiso fue a Lina Ruz Gonzáles, una adolescente de quince años con la que tuvo varios hijos ilegítimos, entre ellos Fidel Castro y su hermano Raúl.

A Fidel lo criaron entre los empleados de su padre, por eso odiaba tanto a los señoritos. A los seis años lo enviaron a vivir a Santiago a la casa de su maestro, y más tarde a varios colegios católicos. Nunca destacó por sus notas, pero sí por ser un gran deportista. Después comenzó a estudiar en la facultad de Derecho de La Habana y allí le nació la conciencia.

—No sé si entrar en La Habana como un pacificador o como un libertador —le dijo a su hermano Raúl.

—¿Qué diferencia hay?

Fidel puso los ojos en blanco.

—Mira que eres burro, pues hay mucha. Podemos provocar que los soldados de Batista resistan; sin estado de excepción va a ser muy difícil continuar con nuestros planes. No podemos cambiar a Cuba con ese atajo de huevones. El nuevo Gobierno va a ser una jaula de grillos.

Raúl torció su bigotillo con un gesto de fastidio. Él era un comunista convencido, sabía que la verdadera Revolución tenía que ser radical o no sería nada, pero su hermano Fidel era demasiado cauto.

—¡Qué va! Pero primero tenemos que solucionar lo de Carlos Piedra.

—Ahora lo más importante ha sido el discurso, Fidel, la gente quería escucharte, es la primera vez que te escuchan a nivel nacional. ¿Notaste cómo vibraba todo el mundo?

Fidel no estaba tan contento, los santiagueños eran paisanos suyos y, además, mucho más fáciles de exaltar; los de La Habana eran harina de otro costal, como decía su padre. Le vinieron las palabras pronunciadas en el parque Céspedes de Santiago dos días antes: «Al fin hemos llegado a Santiago. Duro y largo ha sido el camino, pero hemos llegado».

—Se decía que hoy a las 2:00 de la tarde nos esperaban en la capital de la República. El primer extrañado fui yo, porque fui uno de los primeros sorprendidos con ese golpe traidor y amañado de esta mañana en la capital de la República —respondió Fidel.

—Además, yo iba a estar en la capital de la República, o sea, en la nueva capital de la República, porque Santiago de Cuba será, de acuerdo con el deseo del presidente provisional, de acuerdo con el deseo del Ejército Rebelde y de acuerdo con el deseo del pueblo de Santiago de Cuba, que bien se lo merece, la capital. ¡Santiago de Cuba será la capital provisional de la República! —continuó Raúl exaltado.

No convencido aún, Fidel agregó:

—Sí, aunque prometerles la capitalidad a los de Santiago no fue tan buena idea.

—Eso es cierto hermano, pero todo el mundo te apoyó contra el general Columba. Simplemente lo señalaste y todos se pusieron de tu parte, habrías podido pedir que lo apedreasen y lo hubieran hecho

—No te sigo, Raúl.

El pequeño Castro miró a Fidel con sus ojos de ratón y le contestó:

—Cuando el pueblo es capaz de apretar el gatillo contra cualquiera que le digas que es enemigo de Cuba y la Revolución, ya tenemos el éxito asegurado. Son como ovejas, quieren que les indiques el camino. Además, les diste a ese canta mañanas, a Manuel Urrutia, como presidente. Mientras él hace de presidente, nosotros nos encargaremos de enderezar el país, terminar con los traidores y poner en cintura a los templados.

Fidel se apoyó en la silla, le dolían los riñones, no estaba acostumbrado a hacer muchos esfuerzos, y desde su discurso dos días antes no había parado de ver gente, mantener entrevistas y hablar.

—A veces me dan ganas de dejarlo todo, ir a la plantación de nuestro padre y vivir del campo.

Raúl conocía muy bien a su hermano, después de los largos discursos y los momentos de actividad frenética solía tener aquellos pequeños bajones, así que lo cuestionó:

—¿A la granja de nuestro padre? Es el sitio que más odias en el mundo.

Fidel sonrió. Sabía que tenía idealizada aquella etapa de su vida, tal vez porque era la única en la que había estado al lado de su madre, pero en la finca no era más que el hijo bastardo de don Ángel. Ahora era el salvador de Cuba.

Camilo Cienfuegos llegó a la casa con dos de sus hombres, deseoso de ver a su amigo y líder. Llevaban mucho tiempo sin verse en persona. En cuanto entró en la sala, Fidel se puso en pie y ambos se fundieron en un largo abrazo. Raúl también lo abrazó, pero apenas unos segundos.

—¡Dios mío, que delgado estás, Camilo! ¿Cómo están las cosas por La Habana?

—Tranquilas, los militares han cumplido su palabra y tengo muy buenas noticias.

Fidel se giró y le dijo a su hermano:

—Camilito siempre nos ha traído buena suerte.

Raúl puso una sonrisa forzada. Para él, Cienfuegos representaba todo lo que nunca llegaría a ser: valiente, bien parecido y carismático.

—Ha renunciado al cargo Anselmo Alliegro; ahora ya nada impide que te vengas a La Habana, la gente te está esperando con los brazos abiertos.

—De eso no estoy tan seguro... no me fío del Ejército.

—Nuestros hombres controlan los cuarteles —le insistió Camilo.

—Pero la CIA, no creo que esté contenta con nosotros, hay que hablar con el embajador. Si los norteamericanos se meten ahora, puede que todo se vaya al traste.

Camilo sabía que Fidel tenía razón. Si Batista se había marchado era porque el presidente norteamericano le había advertido que ya no lo apoyaban.

—Los gringos han reconocido ya al presidente Manuel Urrutia, nos lo ha dicho nuestro contacto en la embajada.

—Joder, Camilo, esa noticia es igual de buena que la otra.

Raúl se adelantó unos pasos y se puso a la altura de los dos hombres.

—Urrutia nos va a dar muchos problemas, es menos dócil de lo que crees, Fidel. Además, es un puritano, uno no se puede fiar de un hombre que no toma ni coge. Aparte, el Gobierno que ha elegido es muy conservador. Poner como primer ministro a José Miró Cardona es una declaración de intenciones. El profesor es un tipo demasiado blando... ya me entiendes.

—Lo conozco desde mi época en la universidad —dijo Fidel—. Miró no es un mal tipo, pero tienes razón en que es un blando y la

Revolución necesita mano dura. Lo que importa ahora es desmantelar el poder de Batista, ya nos encargaremos nosotros de poner todo en orden más adelante. Ellos tienen los cargos, nosotros la carga, la han puesto sobre nosotros el pueblo de Cuba y la historia. Ahora vamos a comer que me ruge el estómago.

—Yo tengo cosas que terminar —se excusó Raúl; no tenía ganas de escuchar durante horas los elogios de Camilo a su hermano.

A sus veintiocho años, Raúl tenía la sensación de que siempre había estado a la sombra de su hermano. Lo había seguido en todas sus travesuras; lo único que los diferenciaba era que hacía años que él se había decantado por las ideas marxistas. Fidel no le había permitido dar ni un solo paso sin supervisarlo. A veces tenía la sensación de que hubiera preferido que su verdadero hermano fuera Camilo. En lo único que se había sentido por encima de su hermano era en haber elegido como compañera a Vilma Espín, una mujer culta y atractiva, hija de la aristocracia de la isla.

Cuando Fidel y Camilo se quedaron a solas, Fidel sacó de una caja un habano y se lo entregó a su amigo.

—Este es de los buenos, lo había guardado para celebrar la victoria. Me alegro de que al final hayas podido venir, no es lo mismo verte en persona que recibir una llamada. ¿Fue bien el vuelo?

—Ya sabes que me gusta volar. Es una de mis pasiones; a lo mejor debería dedicarme a eso ahora que ha terminado la guerra.

Fidel le sonrió y después sacudió la cabeza en forma negativa.

—Y a mí, Camilo, pero nos ha elegido la jodida Providencia para llevar a Cuba hacia la libertad.

—Tu eres el líder, nuestro guía, pero yo soy un guerrillero sin guerra.

—Aún quedan muchos enemigos que abatir y, ¿sabes qué es lo

peor?, estos no se nos van a presentar como hombres con las armas en las manos. Esos cabrones se nos aparecerán como compañeros y camaradas. Ya sabes que estamos rodeados de enemigos; los primeros de todos, esos gringos huevones.

—He hablado con el Che; él piensa lo mismo.

—Ya te lo dije.

—También me ha dicho que habrá que poner un solo partido y que el resto serán ilegalizados.

—¿Eso te ha dicho el Che? ¡Cómo se atreve a decir esas cosas sin mi consentimiento! ¡Jodido argentino! Paso a paso. Ahora nos vamos a dejar de política y vamos a darnos un banquete.

Fidel pidió a los criados que les sirvieran la cena; Camilo no había visto manjares como aquellos en toda su vida. Castro siempre había sido un gran amante de la comida, y era una de las cosas que más había echado de menos durante su etapa en la sierra.

—Fidel, en todos los lugares en que he estado la gente pide libertad y democracia. No creo que se tomen muy bien lo del partido único. Les prometimos que se celebrarían unas elecciones.

Fidel miró a su amigo y le dijo con la boca llena de grasa.

—La democracia es un invento de los imperialistas para que los poderosos dominen al pueblo. Los ricos son los que tienen los medios de comunicación que dirigen a los ciudadanos como corderitos. La democracia se basa en la desigualdad, en el egoísmo y la codicia. Nosotros aspiramos a algo mejor.

—¿Al comunismo?

Fidel se echó a reír.

—¡Ese es mi hermano Raúl! Yo veo una América libre del control yanqui, que busque, unida, su futuro. Un mundo que creo no tiene nada que ver con ideologías ni teorías. La gente está harta de promesas huecas y teorías. La fe de un pueblo se despierta con hechos, amigo mío, lo que quieren es realidades y soluciones verdaderas. Tenemos que crear algo más parecido a una religión que a un partido. La fe es capaz de mover montañas. No lo olvides.

CAPÍTULO 5

EL EMBAJADOR

La Habana, 4 de enero de 1959

EARL SMITH YA HABÍA ADVERTIDO AL Departamento de Estado que el Gobierno de Batista no aguantaría sin apoyo popular. También había advertido de lo peligroso que podía ser legitimar a alguien como Fidel Castro; pero el presidente estaba rodeado de procastristas, el primero de todos el hermano del mismo presidente, el bueno de Milton. Milton era el asesor de Dwight para asuntos hispanoamericanos y amigo íntimo del senador William Arthur Wieland, director del Buró para México y el Caribe. Ambos creían que Castro podía ser un buen aliado en la región y que sus tendencias izquierdistas no eran tan importantes.

Smith aborrecía a Batista, pero como solían decir en los mentideros políticos de Washington, «Batista era un hijo de puta, pero era su hijo de puta». Fidel, en cambio, no sería tan fácil de manejar. Una vez más, el Gobierno de los Estados Unidos había sido fundamental para redireccionar la política de Cuba. Llevaba haciéndolo desde su supuesta independencia en 1898.

Smith sabía que los tiempos estaban cambiando y que Eisenhower no quería que a su país se le viera la mano de hierro debajo de su guante blanco, pero el comunismo no hacía más que expandirse en Asia y África; ahora parecía que le tocaba a América Latina.

Llevaba poco más de un año en el país, pero se había encargado de viajar por toda la isla para hacerse una idea más exacta de la situación. Cuando vio el entierro de Frank País en Santiago de Cuba, ya no le quedó la menor duda de que el Gobierno de Batista tenía sus días contados. La CIA no pensaba que Fidel y sus hombres fueran capaces de destruir al ejército cubano, equipado y entrenado por el suyo, pero una vez más estaban equivocados. Los revolucionarios luchaban por una causa; los soldados, por una mala paga.

Smith sabía que en Cuba su palabra valía más que la de un presidente cubano, pero las cosas estaban a punto de cambiar.

Florence Pritchett, la esposa del embajador, se acercó hasta él y le acarició en el rostro. Su tercera esposa era una mujer alegre y vital, parecía encantada de vivir en Cuba, como si aquel ambiente le diera una fuerza interior increíble.

—Te veo preocupado.

—Los barbudos están en La Habana, puede que intenten hasta invadir la embajada o nuestra residencia.

—No creo que se atrevan a tanto, nadie quiere estar enemistado con su vecino gigante y poderoso.

Smith frunció el ceño.

—Estos barbudos no se rigen por las normas de la mayoría de la gente.

Florence hizo un gesto de desaprobación.

—Para ti todos son comunistas.

El embajador volvió a fruncir el ceño; no le gustaba que su esposa entendiera la magnitud de tener un Estado comunista a unas pocas millas de los Estados Unidos.

—Fidel Castro y, sobre todo, Raúl Castro y Ernesto Guevara son comunistas. Cantillo está detenido y Carlos Piedra ha dimitido; las cosas se están precipitando.

Florence acarició el cuello del hombre, después los hombros que parecían endurecidos por la tensión.

El secretario del embajador entró en el despacho y la esposa le quitó las manos de los hombros.

—El comandante Camilo Cienfuegos está abajo.

El embajador miró a su mujer algo aturdido.

—¿Ha dicho qué quiere?

—Hablar con usted.

—Pues no lo haga esperar; estos brutos son capaces de tirar la puerta abajo.

Smith se levantó del sofá y se dirigió a su despacho, se sentó detrás del escritorio y esperó al revolucionario.

Camilo entró con una sonrisa; parecía relajado y encantado de estar allí.

—Señor embajador, soy Camino Cienfuegos, comandante del Ejército Revolucionario.

—He oído de sus hazañas militares.

—Bueno, imagino que las de antes, desde el otro bando; hoy, desde el nuestro, su Gobierno parece tener mucha cintura política.

—Nosotros no intervenimos en los asuntos internos de otros países.

Camilo se aguantó la risa. El Gobierno de los Estados Unidos estaba detrás de casi todos los movimientos políticos del continente desde que se impusiera la Doctrina Monroe, desde que, a principios del siglo XIX, los Estados Unidos se empeñaran en sacar a los europeos de los asuntos de América para ellos convertirse en árbitro del continente.

—Bueno, queremos agradecerle el reconocimiento del presidente Manuel Urrutia Lleó. Nuestro Gobierno lo único que desea es buenas relaciones de vecindad con el suyo, además de una estrecha cooperación. Estamos dispuestos a ir a los Estados Unidos para explicar nuestro proyecto político; nuestro líder, Fidel Castro, quiere que la joven revolución cambie la isla, termine con las injusticias y dé una oportunidad a todos los cubanos.

—¿Cuándo se convocarán elecciones?

La pregunta tan directa del embajador lo dejó un poco fuera de juego.

—Bueno, es pronto, el nuevo Gobierno tiene que consolidar su poder, establecer de nuevo la constitución y después se hará lo que prometió Fidel Castro.

—¿Elecciones libres y plurales?

Camilo dejó de sonreír.

—Sabe que he estado dos veces en su país. Primero en Nueva York y Chicago, después en Los Ángeles. La primera, me deportaron por ser inmigrante ilegal; la segunda fui como residente. Su democracia deja mucho que desear. He visto morir de frío a indigentes en las calles de Nueva York, largas colas en las puertas de las iglesias para que les dieran un plato de sopa caliente, mientras al otro lado de la calle los ricos comían sus manjares. No queremos una democracia como esa. Lo que proponemos es una democracia popular, donde el pueblo tenga libertad y pan, eso es lo más importante para nosotros.

—¿Está diciendo que van a instalar un régimen comunista?

—Hasta el mismo Jesucristo dio de comer a los más pobres. ¿Era Jesús un comunista? —preguntó Camilo.

—No, pero perdió las únicas elecciones a las que se presentó. La gente eligió a Barrabás y lo liberó de la cruz. Dar pan al pueblo no siempre significa que sea más feliz.

Camilo sonrió de nuevo al embajador.

—Lo único que le pedimos es que transmita a su Gobierno nuestros deseos de cooperación y de que los intereses norteamericanos en la isla estén garantizados.

—Gracias por confirmar que no se saltarán la ley.

—Lo que no significa que consentiremos salarios irrisorios, nepotismo o intentos de su Gobierno de manipular o controlar al nuestro. La larga tutela de los Estados Unidos sobre el pueblo de Cuba ha terminado. Seamos hermanos, pero ya no volveremos a ser vasallos.

Camilo se puso en pie, pero el embajador permaneció sentado.

—Señor embajador, deseamos la paz. Ya ha muerto suficiente gente, ahora es el momento de construir una nueva Cuba.

—Eso espero y deseo con todo el corazón. Toda la nación ilusionada quiere un cambio y nosotros lo apoyaremos en la medida de lo posible, no lo dude.

Camilo se giró y llegó hasta la puerta.

—No somos salvajes, se lo aseguro. Esta isla estaba civilizada cuando su país todavía era un bosque inexplorado y antes de que exterminasen a sus nativos.

Mientras el comandante se alejaba de la residencia del

embajador, Smith se puso a redactar su informe. Aquel tipo parecía sincero. Sabía que era uno de los colaboradores más cercanos de Fidel, pero a él todo aquello le seguía oliendo a comunismo, y eso era precisamente lo que les iba a transmitir a sus superiores.

Apenas se había marchado el comandante cuando llegó a la embajada Vasco Leitão da Cunha, el embajador de Brasil. Smith se extrañó de que su colega acudiera a su residencia de una manera tan sorpresiva.

—Lamento importunarlo, pero la esposa del general Cantillo me ha pedido que interceda por él. Al parecer, Fidel Castro ha ordenado su fusilamiento por crímenes de guerra.

El embajador norteamericano se quedó petrificado.

—¿Sin juicio?

—Harán una pantomima militar. ¿No sabe cómo se hacen las cosas al sur de este continente?

—Acaba de irse Camilo Cienfuegos.

—¿Me acompaña a verlo?

Los dos hombres salieron en coche hasta el Campamento Militar de Columbia. Al llegar, unos soldados los hicieron bajar del vehículo.

—Somos los embajadores de Brasil y los Estados Unidos. Necesitamos ver con urgencia al comandante Cienfuegos.

El guerrillero los miró de arriba abajo sin mediar palabra, hasta que se acercó un cabo.

—¿Qué sucede Fermín?

—Dos encorbatados que piden ver al jefe.

—Somos los embajadores… —repitió Smith.

El cabo los dejó pasar y los llevó hasta el despacho de Camilo, quien se encontraba ordenando papeles.

—Señor embajador, no pensé que nos veríamos tan pronto.

—Bueno, es un asunto de vida o muerte.

Camilo se mesó el pelo largo y negro, después sonrió a los dos hombres y les pidió que se sentasen.

—Queremos que le perdone la vida al general Cantillo.

—Lo han condenado a muerte, yo no soy el que pone las sentencias, solo las ejecuto.

—No ha habido la más mínima garantía —se quejó el embajador de Brasil.

Camilo frunció el ceño.

—¿Está insinuando que vamos a matar a alguien inocente? El general es un criminal de guerra declarado y un asesino. Ha reprimido con dureza a todos los oponentes y ahora le toca pagar por ello.

—Por favor comandante, anule la sentencia —le pidió Smith.

—Esto ya no es una sucursal de los Estados Unidos y no aceptamos interferencias extranjeras.

—Le ruego por consideración a su esposa que retrase el fusilamiento y pida a su superior que lo confirme —dijo el brasileño.

Camilo dio un largo suspiro, odiaba tener que cumplir ese tipo de órdenes.

—Está bien, la retrasaré y volveré a hablar con el comandante en jefe del Ejército Revolucionario de Cuba. Fidel y el ejército se dirigen hacía aquí. De hecho, tengo que irme de inmediato.

—No sabe cuánto se lo agradecemos —dijo Smith.

—No tienen nada que agradecerme, ya le dije que no somos salvajes, somos patriotas y lo único que anhelamos es justicia, pan y paz.

CAPÍTULO 6

URRUTIA

La Habana, 4 de enero de 1959

Manuel Urrutia Lleó era un hombre muy querido en Cuba. Llevaba años luchando contra el régimen de Fulgencio Batista, y desde abril de 1958 había sido designado como presidente provisional de Cuba cuando la Revolución triunfara. El Gobierno de Batista lo había perseguido y acusado de actividades antigubernamentales, y al final el abogado decidió ir a los Estados Unidos a buscar apoyo económico y político para el Movimiento 26 de Julio. Además, Urrutia había conseguido que dejaran de llegar armas al ejército del dictador.

El nuevo presidente de Cuba era bien visto por el Gobierno estadounidense, que lo consideraba un hombre moderado, de tendencias políticas liberales y cristiano.

En cuanto Urrutia se enteró de la rendición del ejército de Batista, tomó el primer vuelo desde su exilio en Venezuela y se instaló en el palacio presidencial. El edificio construido en los años veinte representaba la Cuba que no pudo ser a causa de la corrupción y la avaricia de unos pocos.

El presidente miró su escritorio y el resto del mobiliario que había sido diseñado por la famosa tienda Tiffany de Nueva York y después se puso las manos detrás de la nuca. Sabía que su tarea no iba a ser fácil: Fidel Castro era un hombre ambicioso, pero aún peor era la camarilla que lo rodeaba con sus ideas comunistas. Muchos de sus amigos creían que sería fácil de dominar, pero Urrutia no olvidaba que aquello mismo se había pensado de personajes como Hitler o Stalin, y todo el mundo conocía las terribles consecuencias.

El nombramiento de José Miró Cardona como primer ministro no había gustado a los guerrilleros, pero por ahora habían aceptado este nombramiento y el del resto de ministros. Lo que menos esperaba Urrutia era que Fidel y sus hombres se opusieran a su orden de cerrar prostíbulos y lugares de juego, y terminar con la Lotería. Cuba se había convertido, en las últimas décadas, en el burdel de los Estados Unidos.

José Miró entró en el despacho y abrió los brazos para saludar al presidente.

—¡Presidente de la República de Cuba! —exclamó emocionado.

—Señor Primer Ministro —le contestó Urrutia, y ambos se fundieron en un abrazo.

—Bueno, hasta mañana no asumo.

—Eso es una simple formalidad José, ya lo sabes.

—Las formalidades también son importantes. No quiero que afuera piensen que somos una republicaba bananera. Ya hemos tenido suficiente tiempo a ese dictador de pacotilla. Si no fuera por toda la gente que mató, me parecería ahora un simple mercachifle, con ese uniforme grotesco.

Los dos hombres se sirvieron una copa.

—El mundo sigue dando vueltas y las cosas cambian, ahora

es el momento de que Cuba se convierta en un país de verdad. Al sacar a Batista del poder, lo que realmente hemos hecho es liberarnos de los gringos. Por eso he mandado cerrar todos los prostíbulos y casinos; son un cáncer para el pueblo.

Justo en ese momento sonó el teléfono y los dos se quedaron petrificados. No reconocían ni el sonido del timbre; se miraron el uno al otro y descolgaron.

—No lo vas a coger, Presidente —bromeó José Miró.

Urrutia tomó el aparato y contestó muy serio.

—Al habla el presidente.

—Urrutia, soy Fidel, ya sabe que estoy muy contento de que sea el presidente de todos los cubanos. Hace más de un año que tomamos esta decisión en el Movimiento.

—Para mí es un honor, ya lo sabe.

—Llamo para decirle que tiene que anular su orden de clausura de prostíbulos y casinos.

Urrutia se quedó helado.

—¿Por qué? Son el instrumento de los Estados Unidos para tener controlado al país, además de un cáncer para la juventud. El vicio está en contra de la nueva República y la Revolución.

—Tiene razón, mi Presidente, pero dejaría a miles de personas en la calle en un momento como este. No es una medida pertinente a pocos días de tomar el poder.

—Pero Comandante, la mafia…

—La mafia es cosa del Ejército, no se preocupe; pero no es el momento, yo mismo he anulado la orden de bajar los sueldos de los funcionarios. Nuestros enemigos están esperando que demos un paso en falso. ¿Comprende lo que le digo?

—Sí, no se preocupe, retiraremos la prohibición por ahora.

—Muchas gracias, señor Presidente, la próxima vez que quiera tomar una decisión de tal envergadura infórmeme primero.

Urrutia carraspeó nervioso.

—Mis atribuciones son…

—Somos como una familia, el Gobierno y el Ejército han de actuar conjuntamente, estamos en guerra permanente contra el imperio y el capitalismo. ¡Patria o muerte!

—¡Patria o muerte! —contestó el presidente, y un segundo después escuchó que la llamada se había cortado.

—¿Qué te ha dicho Fidel? —preguntó el primer ministro.

—Acaba de ordenarme que derogue una orden ejecutiva.

La cara de Miró no podía expresar más perplejidad.

—¿Te fías de Fidel y sus hombres?

Urrutia tardó en responder a la pregunta. Confiaba en su viejo amigo, pero no estaba seguro de que en un momento difícil no pudiera traicionarlo.

—He oído cosas que no me gustan. Fidel es muy autoritario; su carisma lo está convirtiendo en un déspota. Cree que solo él puede hacer un buen trabajo, que todos somos sospechosos de traicionar a la Revolución.

José Miró se sentó al borde de la mesa, justo al lado del presidente.

—Esa palabra me da escalofríos. No hemos hecho una revolución, lo que hemos hecho ha sido simplemente liberar al país de un dictador. Tenemos que construir el país, acabar con la corrupción y convocar elecciones cuanto antes.

—Eso es lo que yo pienso, pero…

—Pero ¿qué?

—Hay elementos muy peligrosos en el Ejército. Al menos

Raúl y el Che son comunistas, pero hay muchos más dentro del Ejército.

—Pero nosotros somos el Gobierno.

—Ya, pero ellos tienen las pistolas.

—¿En quién podemos confiar entonces?

—En Huber Matos. Hace un par de días lo vi en Santiago y hablamos. Es un hombre culto y con los pies en la tierra. Me ha dicho que Fidel piensa que los Estados Unidos no nos dejarán jamás convertirnos en un país libre, que pueden amañar las elecciones, por eso no va a convocarlas.

—¡Él sólo es el jefe del Ejército!

—Es el líder de la Revolución, José. No lo olvides. Debemos actuar con cautela. Hay más gente que desea regresar a la senda democrática, como Camilo Cienfuegos y otros comandantes. Camilo convenció a las Fuerzas del Directorio Cubano para que nos entregaran el Palacio Presidencial que tenían ocupado. Faure Chomón estaba hecho un basilisco porque no habíamos incluido a nadie del Directorio en el nuevo Gobierno.

—Esto no pinta bien, Urrutia. Es una jaula de grillos.

—Fidel sabe que los Estados Unidos no reconocerán un Gobierno presidido por él; mientras siga con esa idea estaremos a salvo y Cuba también.

—Pero ¿qué sucederá cuando Fidel se sienta seguro?

—Eso solo Dios lo sabe, amigo, solo Dios lo sabe.

CAPÍTULO 7

REENCUENTRO

Camino a La Habana, 7 de enero de 1959

LA MENTE SIEMPRE ES CAPRICHOSA, AL menos eso pensó Camilo mientras se dirigía al encuentro con Fidel. Le vino a la mente su estancia en los Estados Unidos, cómo había conocido a Isabel Blandón y se había enamorado de ella. En marzo de 1956 aún soñaba con irse a Los Ángeles y construir una vida junto a ella, a pesar de lo que había vivido durante su corta estancia en el país; no quería permanecer más tiempo en la isla. No sabía qué habría sucedido si su breve matrimonio hubiera salido bien; posiblemente no habría ido a México en el mes de septiembre y no se habría unido a los rebeldes y embarcado en el Granma. Las pequeñas decisiones de la vida en ocasiones te conducen inevitablemente a tu destino.

Tras pasar por la ciudad de Cienfuegos se dirigió al encuentro de la Caravana de la Libertad. Fidel y los suyos habían llegado a Matanzas y, previsiblemente, al día siguiente entrarían en La Habana.

Al primero que vio fue a Huber Matos. Eran buenos amigos

y, tras abrazarse, Matos le preguntó cómo estaban las cosas en La Habana.

—Bueno, muy tranquilas. Hemos prohibido que mañana abra cualquier establecimiento que sirva alcohol, ya sabes cómo nos ponemos los cubanos cuando tomamos un trago. Los del Directorio andan a la gresca, pero logré calmarlos por ahora.

—Fidel está a punto de hablar —le dijo Matos mientras se dirigían al lugar del mitin.

Fidel ya estaba preparado para dar su arenga a la multitud que llenaba el Parque de la Libertad, próximo al Palacio Municipal. Al verlo le sonrió y le guiñó un ojo. Después hizo un gesto para que se acercase a él. Camilo negó con la cabeza, pero Fidel insistió.

Antes de comenzar a hablar le preguntó en el oído:

—¿Cómo están los del Directorio?

—Me pidieron armas, decían que las necesitaban para defender La Habana.

—Qué cabrones, pues no los vimos luchando en la sierra Maestra.

La gente comenzó a gritar y Fidel miró a la multitud; tenía un don natural para seducir al público. El porte, el tono de voz, esa seguridad que desprendía, como si supiera exactamente lo que debía hacer.

—Aún nos queda algo de energía y de voz para saludar al pueblo de Matanzas.

El pueblo comenzó a gritar y aplaudir.

—Lo único que no me gusta es que este balcón está muy alto y yo estoy muy lejos de ustedes, yo quisiera estar más cerca de ustedes. Yo quisiera estar allá abajo, pero si ustedes me ven a mí, yo no los veo a ustedes. De todas formas, como el pueblo es el que manda, que las luces se queden encendidas.

»Decía que lamentaba no estar más cerca, porque yo no he venido a los pueblos a hacer discursos, no he venido a los pueblos a hacer retórica, no he venido a los pueblos a impresionar a nadie, he venido a los pueblos a hablar con el pueblo.

»Los tiempos de los discursos se acabaron, los tiempos de la politiquería se acabaron, los tiempos de la demagogia se acabaron, los tiempos de las promesas falsas y de los golpes de pecho se acabaron. Se acabaron los politiqueros, los esbirros, los confidentes, los dictadores. Aquí no queda más que una sola cosa: pueblo.

»Ahora pueblo quiere decir algo, porque hacía mucho tiempo que el pueblo no contaba para nada en nuestra patria. Todo el mundo hablaba en nombre del pueblo, todo el mundo se sacrificaba por el pueblo, todo el mundo quería al pueblo, todo el mundo quería el bien del pueblo y todo era hablar de pueblo; pero nadie se acordó nunca del pueblo, ni tuvo en cuenta al pueblo.

Camilo parecía tan embelesado como el resto. El día que se conocieron se cayeron mal. Fidel no quiso que se uniera a la fuerza expedicionaria, no se fiaba de él. Ahora eran como hermanos, aunque en ocasiones Camilo había notado que lo miraba con cierta desconfianza; Fidel no quería que nadie le hiciera sombra. Algo que a Camilo le parecía absurdo; jamás sería como Fidel, con aquel carisma y sus ideas geniales.

—Las ideas se defienden con razones. No con las armas. Soy amante de la democracia. Soy un convencido de que el respeto real es el respeto de los derechos humanos.

La multitud comenzó a aplaudir de nuevo; Fidel sudaba por cada poro de su piel.

Después de que algunos ciudadanos expresaran las necesidades de Matanzas y que su líder les contestara, concluyó:

—Creemos sinceramente que hemos hecho muy poco, que los sacrificios realizados hasta aquí no son nada, que dos años y un mes combatiendo no significan gran cosa cuando estábamos dispuestos a luchar cuarenta años si fuera necesario. Que realmente todo para nosotros está por hacer, y que los mayores esfuerzos sin otra recompensa ni otros premios que los que ya sobradamente nos han dado... porque creo que, más que por lo que hemos hecho, el pueblo nos está rindiendo tributo por lo que espera de nosotros; y nos ha demostrado tanto cariño, no por lo que hemos hecho, sino por lo que saben que vamos a hacer.

Fidel fue sacado de la plaza por sus hombres y se lo llevaron a su alojamiento de aquella noche en Cárdenas, pero antes Fidel dejó unas flores en el cementerio para José Antonio Echavarría, después de visitar a su madre.

—Me doy una ducha y cenemos los tres.

Matos le enseñó su habitación a Cienfuegos, y una media hora más tarde estaban los tres alrededor de la mesa.

—Mañana temprano estarás en La Habana.

—Sí, Camilo, quería que la gente nos viera, Cuba es más que La Habana y Santiago. De hecho, creo más en esta gente que en la de las grandes ciudades.

Matos levantó la cerveza y los tres brindaron por la revolución.

—El destino para Cuba tiene que ser muy grande, como he dicho en el discurso. Imaginen a todo el continente unido por lazos de hermandad y a nuestro país como el impulsor de ese cambio.

—La Doctrina Fidel —bromeó Matos.

—Pues algo así, Huber. El pueblo de Cuba se ha puesto en pie, debemos inspirar a otros para que hagan lo mismo y se sacudan el yugo imperialista.

Camilo comía en silencio.

—¿Qué piensa el comandante de la Vanguardia? —le preguntó Castro a su amigo dándole una palmadita en la espalda.

—Yo no soy un pensador —contestó con la boca llena de comida.

—A veces parece que tu padre es gallego como lo era el mío.

—El mío es de Asturias, pero son primos hermanos de los gallegos. Yo lo que quiero es que la gente sea feliz, que se termine la guerra y los pobres sean menos pobres.

—Joder, Camilo. Eres un Séneca —dijo Fidel mientras lanzaba una carcajada. Cuando no estaban el Che y Raúl, Castro parecía mucho más relajado, como si no tuviera que sentirse como el comandante en jefe del ejército.

—Ya sabes que, por mí, regresaría a mi vida anterior, pero me quedaré en la posición que me pidas. Estos días he visto que la Revolución no está todavía consolidada. Las cosas en La Habana están tranquilas, pero además del Directorio Revolucionario y otros movimientos, parece que todos quieren saltar como buitres sobre la nueva República.

Fidel se adelantó y miró a sus dos amigos.

—Ni los muertos pueden descansar en un país oprimido, no debemos dejar la Revolución en las manos equivocadas. No se preocupen, habrá tiempo para aplastar a todas las cucarachas juntas, pero mañana será un momento de fiesta y alegría.

Matos, al ver que Fidel estaba relajado, se atrevió a preguntarle por un asunto que le preocupaba y que no se atrevía a mencionar delante de Raúl o el Che.

—Se rumorea que vamos a socializar todo y poner un sistema comunista. En un discurso estaría bien abordar el tema.

Fidel dejó de sonreír y miró fijamente a Matos.

—Huber, ya he dicho muchas veces que no soy comunista,

no tienes nada que temer. Ya saben que cuando todo esto acabe, regresaré a Santiago para ser abogado.

Matos sonrió para bajar la tensión, conocía muy bien a su amigo y sabía cuándo decía la verdad. Su respuesta no le había parecido del todo sincera.

—Aunque, te digo una cosa, en el mundo en el que vivimos, si no caemos en manos del imperialismo yanqui, tendremos que hacerlo en el comunismo soviético. No hay otra alternativa.

—No sé cuál es peor —contestó Matos.

—Yo sí, compañero, el que está más cerca.

El resto de la cena fue más relajada. Camilo esperó a que terminaran de comer y luego salió con Fidel a fumar al porche, mientras que Matos se iba a la cama.

—Nadie se cree que no voy a tutelar la Revolución; en cuanto todo esté encaminado, me marcho para Santiago, ya sabes que nunca he soportado La Habana. Sé que es tu ciudad, pero le falta la magia del Oriente.

Camilo dejó que el humo saliera de sus pulmones antes de contestar. La noche estrellada era espectacular.

—Lo sé Fidel, los dos estamos aquí por el pueblo y cuando este no nos necesite nos marcharemos. Mañana será un gran día, seguro que harás historia.

Fidel se acercó a su amigo, estaban a pocos centímetros el uno del otro.

—Haremos historia los dos. Esta Revolución dejará huella, Camilito, no tenemos nada de lo que avergonzarnos, nuestra moral es tan alta como las estrellas que brillan en el firmamento y nuestra conducta ha sido intachable. ¿Cuántos pueden decir eso? Los franceses mataron a mucha gente inocente, por no hablar de los soviéticos; nosotros hemos hecho una revolución casi sin muertos. ¿Te das cuenta? —dijo con la voz quebrada por la emoción.

Camilo lo abrazó y le dijo en un susurro:

—La moral que nos llevó a luchar y triunfar, el optimismo que nos alentó cuando todo iba mal nos ayudarán a dar a Cuba lo que necesita. Creo en ti, Fidel, porque creo en nuestra amada tierra.

CAPÍTULO 8

LA CARAVANA DE LA LIBERTAD

La Habana, 8 de enero de 1959

HUBER MATOS, FIDEL CASTRO Y CAMILO Cienfuegos iban junto a otros compañeros en el blindado que presidía la comitiva que marchaba hacia el centro de La Habana. La multitud los vitoreaba a medida que cruzaban Virgen del Camino.

Dermidio Escalona Alonso era otro de los comandantes que acompañaban a Fidel; todos estaban armados y, aunque saludaban a la multitud, no dejaban de vigilar.

Huber Matos no había pegado ojo en toda la noche; las palabras de Fidel no dejaban de dar vueltas en su cabeza. Había leído todo sobre el marxismo, y aunque de joven había simpatizado con las ideas socialistas, muy pronto había comprendido las consecuencias que traían a largo plazo. Los experimentos soviéticos y chinos habían degenerado en dictaduras terribles y sangrientas.

Camilo parecía disfrutar de la acogida de la gente; de vez en cuando, Fidel se giraba y le sonreía. Hasta que la comitiva comenzó a entrar por la bahía de La Habana la multitud comenzó a gritar:

—¡Viva Fidel! ¡Viva Camilo!

Fidel se giró y le dijo a su amigo.

—Cómo se nota que son tus paisanos.

Llegando al Palacio Presidencial la muchedumbre parecía fuera de sí y no dejaba de gritar los nombres de Fidel y Camilo, pero el del segundo parecía sonar aún más fuerte. Castro frunció el ceño y pasó muy serio a la sede de la presidencia. Urrutia lo esperaba nervioso.

—Presidente —dijo Fidel dándole la mano.

—Comandante en Jefe —contestó el presidente y le puso la mano en el hombro mientras le daba la otra.

—Creo que ya estamos en La Habana —bromeó Fidel.

Se reunieron brevemente y el presidente lo puso al día de la situación. Después subieron hasta el balcón que daba al norte y la multitud volvió a clamar al ver a los barbudos revolucionarios.

—Pareces Cristo entrando en Jerusalén —le dijo Matos, pero aquel comentario no le gustó a Fidel.

—Ya sabemos cómo acabó esa historia —dijo Castro intentando restarle importancia al comentario y comenzó a reírse.

—¡Vayan todos al Campamento Militar de Columbia esta noche! ¡Allí hablaremos al pueblo de Cuba! —gritó Castro a la multitud.

Pasaron por el Malecón y pararon en el Edificio Radiocentro en El Vedado para hablar con varios artistas e intelectuales. La comitiva llegó al campamento militar a eso de las ocho de la noche.

Camilo había preparado una plataforma en la amplia explanada. La prensa estaba situada muy cerca de la tribuna; más de trescientos medios internacionales habían acudido a la cita del año. Fidel Castro se había hecho muy famoso, sobre todo gracias al corresponsal del *New York Times*, Herbert Matthews.

En la tribuna solo había compañeros del 26 de julio y el expresidente Carlos Prío Socarrás, que había sido depuesto por Batista. El otro invitado que no pertenecía al Movimiento era el doctor Manuel Antonio de Varona.

Cuando sonó el himno nacional todos comenzaron a cantar con entusiasmo y enseguida habló Juan Nuiry Sánchez seguido por el comandante Luis Orlando Rodríguez, fundador de Radio Rebelde.

—Ahora va a dirigirse a todos ustedes el Comandante en Jefe del Ejército Rebelde, Fidel Castro.

La gente comenzó a aclamar de nuevo, y Fidel se giró hacia Camilo y le preguntó antes de dirigirse a la multitud:

—¿Cuándo salen las palomas?

—Ahora, tranquilo —le contestó Camilo.

Fidel saludó a la multitud y comenzó a hablar:

—Yo sé que al hablar esta noche aquí se me presenta una de las obligaciones más difíciles, quizás, en este largo proceso de lucha que se inició en Santiago de Cuba el 30 de noviembre de 1956.

»El pueblo escucha, escuchan los combatientes revolucionarios y escuchan los soldados del Ejército, cuyo destino está en nuestras manos.

»Creo que es este un momento decisivo de nuestra historia: la tiranía ha sido derrocada. La alegría es inmensa. Y, sin embargo, queda mucho por hacer todavía. No nos engañamos creyendo que en lo adelante todo será fácil; quizás en lo adelante todo sea más difícil.

»Decir la verdad es el primer deber de todo revolucionario. Engañar al pueblo, despertarle engañosas ilusiones, siempre traería las peores consecuencias, y estimo que al pueblo hay que alertarlo contra el exceso de optimismo.

»¿Cómo ganó la guerra el Ejército Rebelde? Diciendo la verdad. ¿Cómo perdió la guerra la tiranía? Engañando a los soldados.

»Cuando nosotros teníamos un revés, lo declarábamos por Radio Rebelde, censurábamos los errores de cualquier oficial que lo hubiese cometido y advertíamos a todos los compañeros para que no le fuese a ocurrir lo mismo a cualquier otra tropa. No sucedía así con las compañías del Ejército. Distintas tropas caían en los mismos errores, porque a los oficiales y a los soldados jamás se les decía la verdad.

»Y por eso yo quiero empezar —o, mejor dicho, seguir— con el mismo sistema: el de decirle siempre la verdad al pueblo.

Desde aquel momento, toda la gente reunida allí escuchó sus palabras como si Jesús estuviera dando el Sermón del Monte. Cuando una paloma se posó en el hombro de Fidel, la gente entró en éxtasis.

Entonces Castro se giró hacia Camilo y le preguntó:

—¿Voy bien, Camilo?

—¡Vas bien, Fidel! —contestó este con una sonrisa.

Castro continuó su discurso hasta las dos de la madrugada del 9 de enero. El pueblo permaneció atento, escuchando cada frase, hasta que el líder pronunció las palabras finales:

—Si supiera, que cuando me reúno con el pueblo se me quita el sueño, el hambre; todo se me quita. A ustedes también se les quita el sueño, ¿verdad?

La gente exclamó: «¡Sí!»

»Lo importante, o lo que me hace falta por decirles, es que yo creo que los actos del pueblo de La Habana hoy, las concentraciones multitudinarias de hoy, esa muchedumbre de kilómetros de largo —porque esto ha sido asombroso, ustedes lo vieron; saldrá en las películas, en las fotografías—, yo creo que, sinceramente, ha sido una exageración del pueblo, porque es mucho más de lo que nosotros merecemos.

Y, de nuevo, la gente exclamó: «¡Sí!»

»Sé, además, que nunca más en nuestras vidas volveremos a presenciar una muchedumbre semejante, excepto en otra ocasión —en que estoy seguro de que se van a volver a reunir las muchedumbres—, y es el día en que muramos, porque nosotros, cuando nos tengan que llevar a la tumba, ese día, se volverá a reunir tanta gente como hoy, porque nosotros ¡jamás defraudaremos a nuestro pueblo!

Cuando Fidel terminó parecía agotado por la emoción y la fuerza de sus palabras. Lo sacaron por atrás, y entre los pocos que lo acompañaron estaba Camilo.

—¿Qué tal he estado? —le preguntó, pálido por el agotamiento.

—Muy bien, les ha encantado.

La comitiva se dirigió hasta el Hotel Habana Hilton. Pedro Miret había advertido al hotel que debían reservar la Suite Continental para el comandante.

El lujoso hotel estaba ocupado por los rebeldes. Las banderas de Cuba estaban por todas partes y los guerrilleros ocupaban los sillones lujosos del *hall*.

Todos saludaron a Fidel cuando entró y se dirigió de prisa al ascensor. Después entraron en la lujosa suite, y mientras sus hombres registraban las habitaciones, Fidel y Camilo se asomaron al balcón que daba a la ciudad. Las luces de La Habana brillaban con fuerza; los dos se sentían en la cima del mundo.

—Lo hemos conseguido, Camilito. Mira la ciudad a nuestros pies.

—Lo has conseguido tú —contestó Camilo.

Fidel sonrió.

—No amigo, lo hemos conseguido todos. Los doce que

quedamos, como los doce discípulos, ya sabes que no soy religioso, pero a veces siento que alguien guía mis pasos.

Camilo comenzó a reírse.

—Lo digo en serio.

—Será la Virgen del Cobre —dijo Cienfuegos con sorna.

—No, Camilito, será la Providencia o no sé qué carajo. Lo importante es que estamos aquí.

Los dos hombres se quedaron en silencio y encendieron unos puros habanos.

—Estoy cansado —dijo Fidel.

—Es normal —contestó su amigo.

—No me refiero a ese tipo de cansancio. Llevo una responsabilidad muy fuerte. Puede que otros se lleven más aplausos, pero yo siempre me llevaré más críticas. No es fácil gobernar al pueblo.

—Pero deja eso al presidente Urrutia.

—¿A ese inútil? ¿Quieres que en un año o dos estemos de nuevo bajo el dominio yanqui? Debemos tutelar la libertad y consolidar la Revolución. No estamos aquí para que nos halaguen y griten nuestro nombre, estamos aquí para cambiar el mundo, Camilo.

Cienfuegos dejó la terraza cuando terminaron los puros y se despidió de todos. Mientras bajaba en el ascensor seguía pensando en las palabras de Fidel. De alguna manera le había lanzado una especie de advertencia: Castro era la revolución y no admitía que nadie le hiciera sombra, ni sí quiera él.

CAPÍTULO 9

HOTEL HABANA HILTON

La Habana, 13 de enero de 1959

EL HOTEL ERA UNA VERDADERA FORTALEZA. Aquel edificio de cristal, acabado hacía menos de un año y con unas vistas excepcionales hacia el Malecón, parecía el lugar perfecto para que el Estado Mayor del Ejército Rebelde instalase su base central. El pueblo creía que Urrutia era el verdadero presidente del país, pero las decisiones importantes las tomaban un pequeño grupo de revolucionarios, todos ellos miembros del Movimiento 26 de Julio.

Mientras muchos de los guerrilleros pasaban su cuarto día de resaca en el *hall* del hotel, aún resonaban las palabras que pronunció Fidel cuando ocuparon el inmueble: «Si a los americanos no les gusta lo que está sucediendo en Cuba, pueden hacer aterrizar sobre la azotea a sus marines... Habrá 200 000 gringos muertos». La hostilidad hacia los norteamericanos era de puertas para adentro, ya que de puertas para afuera intentaba mostrar un tono tranquilizador y reconciliador.

Aquella mañana estaban en el gran salón de la *suite* Fidel

Castro, el Che, Raúl Castro, Camilo Cienfuegos, Armando Hart Dávalos y Augusto Martínez Sánchez, entre otros.

—Se han levantado muchos enemigos de la Revolución, sobre todo Chomón y el Directorio Revolucionario, pero también algunos medios de comunicación y partidos comienzan a exigir una fecha para celebrar las próximas elecciones. Tenemos que pegar un puñetazo en la mesa y que sepan quién manda aquí.

—Eso le corresponde hacerlo al presidente Urrutia —dijo Hart.

Armando Hart Dávalos era un famoso abogado que se había unido al Movimiento 26 de Julio. Había destacado por organizar actos de protesta en las ciudades.

—Ya lo sé, Armando, pero ya sabes cómo son estos burgueses, siempre quieren garantías y equilibrio de poderes, pero en un momento como este, es darle poder a los que desean secuestrar o ahogar la Revolución.

—Tienes razón, Fidel, no podemos dejar que nadie se apropie de nuestra lucha —añadió el Che.

—Cubela es más razonable. Nos ha prometido que el Directorio no opondrá resistencia y ya han entregado la mayoría de sus armas —informó Camilo, que había estado en aquella entrega en la universidad y sabía que Cubela era un revolucionario comprometido.

—Lo sé, Camilo. Estoy al tanto, pero debemos impedir que esa gente encuentre cualquier resquicio; ahora tenemos que estar más unidos que nunca.

—Algunos están pidiendo una reunión de todos los partidos que firmaron el Acuerdo de Caracas. Se quejan de que hemos monopolizado la Revolución —comentó Martínez Sánchez.

—Pero si apenas tenemos miembros en el Gobierno. Ya les digo que esa gente está preparando algo —afirmó Fidel.

—Claro que lo están haciendo, son unos traidores —añadió Raúl, que hacía muy poco había llegado a La Habana.

—Necesitamos educar al pueblo. Yo quiero abrir las primeras escuelas dentro del Ejército. Esos burgueses piden elecciones porque saben lo fácilmente que se puede engañar al pueblo —dijo el Che, después se encendió un cigarrillo.

Hart frunció el ceño; él era ministro de Educación, pero Guevara parecía ir por la libre, ignorando al Gobierno provisional.

—Lo más importante ahora es impartir justicia, que corra la sangre por las calles de La Habana, así nuestros enemigos sabrán a qué atenerse —comentó Raúl, mientras varios de los reunidos afirmaban con la cabeza.

—Yo creo que es mejor la reconciliación; matar a todos los oficiales de Batista me parece un despropósito —dijo Camilo, quien desde el principio había abogado por el indulto de los soldados que no estuvieran implicados en crímenes de guerra.

Fidel miró a Cienfuegos.

—Ya salvaste al general Cantillo, vamos a empezar a pensar que eres amigo de los hombres de Batista —comentó Raúl—. Lo que tenemos que hacer es recuperar la ley penal del siglo XIX, la Ley de la Sierra. Nuestra actual Constitución no permite la pena de muerte.

—Bueno, eso parece imprescindible —dijo Fidel mientras miraba uno a uno a todos sus compañeros.

—Me parece muy bien —añadió Guevara.

—Tú deberías llevar a cabo la ejecución de la ley. Desde el cuartel de La Cabaña debe juzgarse a los criminales de guerra —dijo Fidel mientras señalaba al Che.

—Será un placer, yo mismo mataría a todos esos cerdos.

—Tienen que ser juicios sumarísimos y presididos por

oficiales nuestros; el resto de los partidos son muy blandos —le explicó Fidel; le gustaba dejar todo bien atado.

—Lo mejor sería modificar la Constitución. Han cambiado muchas cosas desde que se aprobó. Algunos de mis hombres han trabajado en modificar varios puntos —agregó Raúl.

—Me parece bien, Cuba está recibiendo ataques desde los Estados Unidos y es hora de que tomemos cartas en el asunto —comentó Fidel.

Hart miró a su líder y titubeó antes de hablar.

—No creo que el presidente y el primer ministro vean con buenos ojos el cambio de algunos de los artículos de la constitución. Para poder hacerlo deberíamos convocar una asamblea constituyente democráticamente elegida.

Fidel mostró a su camarada su sonrisa más amplia.

—El pueblo de Cuba nos apoya, solo hay que salir a la calle para comprobarlo —dijo Raúl mientras se apoyaba en el respaldo. Después miró a Camilo, su rostro parecía desencajado. El hermano de Fidel odiaba a aquel dandi del pueblo, sobre todo por la atracción que ejercía sobre la gente, pero también por la admiración que sentía su hermano hacia él.

—Bueno, camaradas, tenemos mucho que hacer —dijo Fidel.

Todos se pusieron en pie para marcharse.

—Tú quédate, Camilo —dijo el comandante en jefe a su viejo amigo.

Raúl torció el hocico. No le gustaba aquel trato preferencial hacia Cienfuegos, pero dejó el salón como el resto.

—¿Qué quieres, Fidel?

Castro se puso en pie y ambos se dirigieron al balcón.

—Tengo una misión especial para ti.

CAPÍTULO 10

TENSIÓN

La Habana, 13 de enero de 1959

SMITH PARECÍA SORPRENDIDO E INDIGNADO AL mismo tiempo. Uno de sus espías en el Hotel Hilton le había informado de las decisiones del alto mando del Ejército Rebelde. En los últimos días las cosas no habían hecho sino empeorar. El Gobierno de Cuba en la sombra lo presidía Fidel, y no el Gobierno provisional de Urrutia. Había advertido en repetidas ocasiones al Departamento de Estado y al presidente, pero le daba la sensación de que nadie quería escucharlo. Smith tenía que enfrentarse al jefe de la estación de la CIA en Cuba, James Arthur Noel, y a todos los que parecían encantados con Fidel y sus hombres.

En aquel momento sonó el teléfono de su despacho y el embajador contestó.

—Smith, soy el Secretario de Estado, necesitamos que deje la embajada de inmediato.

—Perdón, señor…

—Su relación con Fulgencio Batista pone en peligro las relaciones de nuestro país con el nuevo Gobierno de Cuba.

—Desde que llegué aquí lo único que he hecho ha sido intentar que Batista convocara elecciones libres.

—Lo sabemos, embajador, por eso tenemos un destino nuevo para usted.

—He intentado comunicarme con su gabinete. Fidel Castro es un comunista peligroso y el nuevo Gobierno es una farsa.

—Muchas gracias por su información, remítala al departamento de Estado y la estudiaremos con detenimiento, ahora tome todos sus papeles y deje la embajada lo antes posible, en unos días llegará su sustituto.

Smith se quedó callado unos momentos.

—Pero, señor secretario.

—A veces una retirada táctica es la mejor forma de servir a nuestro país. Lo esperamos en Washington en unos días. Buenas tardes.

Smith se quedó con el teléfono en la mano un buen rato. No podía creerse lo que había sucedido. Era el único que denunciaba ante el Gobierno la deriva de la revolución, y una oscura mano había logrado deponerlo en un tiempo récord. Las sombras se cernían sobre Cuba y ya nadie parecía interesado en disiparlas.

CAPÍTULO 11

LA MISIÓN

La Habana, 13 de enero de 1959

Camilo se quedó parado enfrente de Fidel. Desde hacía tiempo se sentía incómodo cuando los dos se quedaban a solas; la complicidad de su etapa en la sierra había dado paso a otra de desconfianza o, al menos, de recelo.

—Yo sé lo que hay en tu corazón, Camilo. Tu perdonarías a todo el mundo; muchas veces hemos hablado de estas cosas, siempre piensas que la gente es buena, pero no es cierto. Muchos no lo son ni van a cambiar. Admiro tu fe en el ser humano, pero yo tengo una responsabilidad con la gente y la Revolución. Imagina que después de tanto sacrificio y tanta sangre, al final unos burócratas se quedan en el poder y dejan todo como está. ¿Cómo íbamos a mirar a toda esa gente que creyó en nosotros, a esos niños que quieren pan y escuela?

Camilo no dijo nada, sabía que, en el fondo, Fidel estaba haciendo uno de sus famosos soliloquios.

—No hay nadie en quien confíe más; hasta a mi hermano Raúl

le molesta. ¿Crees que no lo noto? Pero mi deber es buscar a los mejores para los puestos más importantes.

—Ya sabes que yo…

—Ya lo sé Camilo, precisamente por eso te he elegido. No quieres cargos ni posiciones, lo único a lo que aspiras es a una vida normal.

—Eso es cierto, hay una mujer… En el fondo quiero formar una familia y tener una vida decente como la de mi padre.

Fidel miró el mar azulado al fondo, el horizonte de todo cubano era siempre esa inmensa masa de agua.

—Mi padre era un mal hombre. Murió hace poco, ya lo sabes. Su inteligencia y capacidad de prosperar eran increíbles, pero su ambición estaba por encima de todos nosotros. He sacado algunos rasgos de él y eso a veces me asusta, pero intento mantener esos rasgos de mi carácter a raya. Todos queremos una vida tranquila, larga y sencilla, pero el destino nos ha elegido para grandes cosas. Yo iba a ser un abogado de provincia, y mírame. Tu vendías telas y ropa en la tienda esa…

—El Encanto, se llama.

—Eso, El Encanto. Éramos gente corriente, destinada a una vida corriente, pero el pueblo nos ha puesto en un lugar que no merecemos, en el altar sagrado de la Revolución. Tendremos que sacrificarnos por esta gran obra y hacer cosas que no nos gustan.

—¿Como fusilar a compatriotas?

Fidel dejó que sus ojos se perdieran en el horizonte.

—No está en mi mano, aunque no lo creas. Es un caso de justicia.

—Es cierto.

—Bueno, quiero que asumas el cargo de jefe del Estado Mayor del Ejército Rebelde.

—Pensé que ese cargo era para José Rego.

—Ese tipo traicionó a Batista, ¿qué impide que nos pueda traicionar también a nosotros?

Camilo sonrió; era su forma de intentar ser amable.

—No puedo, no estoy capacitado. He luchado como guerrillero, pero no soy un soldado.

—Eres un soldado consumado, y si yo creo que estás capacitado, es porque lo estás.

—¿Qué puedo decir?

—Que lo aceptas por la Revolución, por mí y sobre todo por el pueblo de Cuba.

Camilo miró a Fidel a los ojos antes de contestar.

—Bueno, todo sea por Cuba y su líder —contestó Cienfuegos.

—Yo soy un simple servidor del pueblo.

CAPÍTULO 12

RECUERDOS

La Habana, 19 de enero de 1959

DESDE SU LLEGADA A LA CIUDAD apenas había tenido tiempo de ver a su familia. A sus padres se los había encontrado fugazmente antes del discurso de Fidel en La Habana, y a sus hermanos no los veía desde su viaje a los Estados Unidos. El coche se acercó hasta su barriada, llevaba puesto el uniforme y temía que si se acercaba en el coche oficial se levantara un gran revuelo.

—Déjame tu gorra —le pidió a un compañero. Se quitó su famoso sombrero y se caló la gorra de beisbol. Se había hecho una coleta con el pelo y se había colocado unas gafas de sol. Mientras caminaba por las calles de su niñez comenzó a emocionarse; apenas había pasado una docena de años desde que aún jugaba al beisbol con sus amigos. Un día rompieron el cristal de un vecino y a él le tocó ir por la pelota. Aquel día fue cuando conoció al coronel, un viejo soldado español que se había refugiado en Cuba tras la guerra. Sus visitas al viejo soldado duraron mucho tiempo. Aquel hombre le hablaba de política, de la vieja España, de historia y filosofía. Muchas de las cosas que sabía se las debía a él.

Camilo se desvió de su camino para ver antes al viejo coronel. Vivía a unas pocas cuadras de la casa de sus padres. El edificio estaba aún más descascarillado que unos años antes. La basura medio se acumulaba en el patio delantero; tomó varias botellas de cerveza, las colocó a un lado y llamó a la puerta.

—¡Coronel, soy Camilo!

Al escuchar su voz, el coronel tuvo la sensación de que el tiempo se había detenido de repente, que era de nuevo aquel muchacho de piernas delgaduchas y sonrisa eterna.

—¡Pasa, Camilo, no te quedes ahí como un pasmarote!

Camilo entró en la casa medio en penumbra. El contraste le hizo quedarse uno segundos sin visión, hasta que los ojos se le acostumbraron. Olía a café, sardinas y humo de tabaco. Una tos le indicó que el viejo militar español estaba en el saloncito, sentado en su vieja mecedora.

—Coronel.

—Nunca te había visto en uniforme, te sienta bien, aunque los uniformes nunca traen nada bueno.

—En este caso, la Revolución.

—Sí, la Revolución. Siéntate, todavía el café está caliente, por si quieres un poco. En el cajón de siempre está la leche condensada, de adolescente te la comías a cucharadas, siempre fuiste un goloso.

Camilo sonrió y se sirvió un poco de café, lo revolvió con la leche condensada y, al probarlo, se quemó la lengua.

—Quería verlo antes de ir a casa de mis padres.

—Un buen hijo siempre ve primero a sus viejos.

Camilo sonrió y dejó la taza en una mesita atiborrada de libros.

—Los vi hace unos días, pero a usted llevaba años sin verlo, pensé que no estaría ya aquí.

El hombre carraspeó y después se bebió a sorbos cortos el café.

—¿Dónde va a ir a vivir un apátrida? ¿Te olvidas de que ya no tengo casa?

Camilo se acordaba bien de que aquel coronel había luchado en la Guerra Civil, aunque antes había sido soldado en África. Siempre le contaba mil aventuras de Guinea Ecuatorial, Marruecos y el Sahara. Historias que hacían volar su imaginación de niño.

—Bueno, si regresa ahora a España puede que le perdonen la vida.

—Mí país ya no existe, ahora es una cárcel sin puertas, un convento y un cuartel lleno de moho y tristeza. Me llegan algunas cartas de mi tía Lola, es la única que sigue con vida de mi familia. Me censura la mitad, pero lo deja muy claro, allí no se puede vivir. Miles de emigrantes salen todos los años a Francia, Alemania y otros países.

—Ya escampará. Aquí hemos echado a nuestro dictador, puede que el pueblo se levante alguna vez contra Franco.

El anciano se rascó la barba de tres días y después miró a los ojos del joven.

—Eres un niño, pero ahora pareces un hombre.

—Ahora soy un héroe de la Revolución y el jefe del Estado Mayor del Ejército.

El coronel torció el morro y después se encendió un cigarrillo, le dio una calada y comenzó a toser.

—El tabaco lo va a matar.

—Si no lo hicieron las balas en la Batalla del Ebro, no lo harán unos pitillos. He leído lo de tu entrada en la ciudad, también lo de tu amigo, el gallego.

—Fidel Castro.

—Ese… no creo ni una palabra de lo que dice.

Camilo frunció el ceño y tomó de nuevo el café de la mesa, no le preguntó por qué, pero sabía que el coronel se lo diría de todas formas.

—He visto a muchos como él, en ambos bandos: los salvapatrias y los caudillos de turno. Se aferran al poder como a un clavo ardiendo y se quitan de en medio a todos los que les hacen sombra.

—Fidel no es así.

—Fidel es un niño de papá pero frustrado, porque es el hijo de la querida. Odia a los de clase alta porque no le aceptaron como uno más, pero no creas que ama a los de la clase obrera. A veces me recuerda a Franco, ese niño de mamá que odiaba a su padre, que quería vengarse de él, que necesitaba mostrar al mundo que era alguien importante.

Camilo dejó la taza vacía.

—No le conoce. Ni siquiera ha querido un puesto en el Gobierno.

El coronel sonrió y después le lanzó un periódico.

—Mira lo que dicen los gringos. La revista *Life* dice que es el académico rebelde de barba, un jefe dinámico y un libertador. El *New York Times* ha creado el mito de tu jefe.

—Eso es absurdo, los yanquis lo detestan.

—No todos. La entrevista que le hicieron en el periódico en 1957 le dio fama internacional. Antes era un guerrillero miserable como tantos en América, hasta que Matthews fue a la sierra Maestra y lo convirtió en un mito. Tengo todavía el ejemplar por ahí, pero lo recuerdo de memoria. Decía que tenía las ideas muy claras sobre libertad, democracia y justicia social. Si el artículo lo hubiera escrito Ruby Phillips, el corresponsal del *New York Times* en La Habana, habría salido un artículo muy distinto.

—¿Por qué iban a hacer eso los gringos?

—Creyeron que podrían manejarlo. En el fondo conocían su naturaleza, su narcisismo. Su primera esposa fue Mirta Díaz-Balart. ¿Te ha hablado alguna vez de ella? Es la hija de Rafael José Díaz-Balart. Un abogado muy conocido, uno de los hombres más ricos de Cuba, como el padre de tu amigo. Fue ministro de Batista, y gracias a él fue que liberaron a Fidel. A pesar de haberla dejado, se cree que fue la que intercedió para que el dictador le liberase en 1955.

—Todo eso son habladurías.

—Castro consiguió el dinero para la revolución de empresarios venezolanos y mexicanos, y también de los mítines que hacía en los Estados Unidos. Fidel, en el fondo, tiene una única ideología, y es la de él en el poder. Se hará comunista si eso le sale a cuenta. Ten cuidado, es de los que les gusta que nadie les discuta, y tú eres demasiado transparente.

Camilo estaba comenzando a enfadarse. Apreciaba mucho a su viejo amigo, pero todo tenía un límite.

—Tengo que irme.

—Francisco Franco no lideró el golpe de Estado contra la República, pero en 1937 se hizo con el poder absoluto del mando militar y con el político, unificando todos los partidos. Cuando terminó la guerra ya nadie pudo ponerse en su contra: era el héroe que había ganado la guerra. Si no hacéis algo ahora, ya nadie podrá sacarlo del poder.

—Pensé que era comunista.

El coronel se quedó pensativo.

—Lo fui en otro tiempo, pero cuando vi lo que pasaba en Barcelona en el 1937 se me quitó la venda. Los anarquistas enfrentados a los comunistas; al final ganaron los segundos gracias al apoyo soviético. Cuba puede convertirse en un satélite de la Unión Soviética. ¿Sabes lo que eso significaría?

—Creo que ha bebido demasiado.

—Jamás he estado tan sobrio. En la Unión Soviética no hay libertades de ningún tipo, el Estado lo controla todo y a este lo controla el Politburó, una oligarquía aristocrática comunista. Han echado a Stalin la culpa de todo lo ocurrido durante su mandato, pero ellos no son mejores. Cuba se va a llenar de sangre, y no quiero que la tuya cubra este hermoso país. ¡Por favor, ten cuidado! Es lo único que te pido.

—Está bien. Todos esos periódicos lo han vuelto loco. ¿Acaso prefería el Gobierno de Batista?

—Ese enano cruel era una marioneta de los Estados Unidos, ¿pero a cuántos mató realmente? ¿Seis mil personas más o menos? Eso no será nada para alguien como Fidel. Él no es una marioneta, hará lo que sea para ver materializado su sueño, y ¿sabes cuál es su sueño?

Camilo negó con la cabeza.

—Ver a Cuba bajo sus pies. Los pies de ese niño frustrado, de ese pequeño bastardo al que su padre no quería reconocer.

CAPÍTULO 13

EL GRAN DISCURSO

La Habana, 21 de enero de 1959

DESPUÉS DE LA VISITA AL CORONEL, su viejo amigo, no tuvo fuerzas para ver a sus padres. Se había quedado tan desanimado e inquieto que se dirigió con dos de sus hombres a una taberna en La Habana Vieja, pidieron un lugar tranquilo para beber y se pasaron la noche de borrachera. Un par de días más tarde se hizo oficial su nombramiento. El trabajo era abrumador y, además de intentar organizar el Ejército y convertir a un grupo de guerrilleros en hombres disciplinados, debía hacer muchos actos públicos a los que Fidel no podía asistir.

Estaba algo nervioso por el discurso que tenía que pronunciar; no era la primera vez que lo hacía, pero ponerse delante de la gente de su ciudad le imponía mucho respeto.

Camilo miró el balcón en el que le tocaba dar el discurso, repasó unas notas, pero antes de que se dispusiera a salir, un compañero le dijo al oído:

—Está aquí tu padre.

—Concho, tráelo de inmediato.

Los dos se dieron un abrazo.

—¡Qué flaco estás, carajo! —le dijo.

—No tengo tiempo para comer, estamos haciendo la Revolución.

—Pero hay que parar para algunas cosas. ¿No? ¿Vas a dar el discurso con esa facha? Ya no eres un guerrillero, eres un jefe del Ejército. Yo te haría un uniforme bonito.

Camilo se echó a reír.

—¿Cómo están todos?

—Tu madre siempre nerviosa por ti, que le asusta que te pueda pasar algo. Ya le digo yo que es tontería. Después de Fidel, eres el hombre más amado de Cuba. Tus hermanos como siempre. Osmany no quiere regresar a los estudios y Humberto como siempre.

—Bueno, voy a salir.

—Sí, hijo, eres el orgullo de la familia. Dicen por ahí que Fidel es el cerebro de la Revolución, el Che es el corazón y tú eres el Carisma. Sal y deja a todos con la boca abierta.

Aquellas palabras de su padre lo inquietaron más que animarlo; no quería que Fidel o el Che se sintieran opacados por él. A Camilo le gustaba pasar desapercibido; siempre se había sentido como un simple soldado al servicio de una gran causa. En cierto modo, le gustaba estar en segundo plano, tal vez para no sentir el peso que suponía el liderazgo.

Cuando pisó el escenario, la multitud comenzó a aclamarlo. El joven levantó las manos y comenzó a hablar con voz fuerte:

—Hermanos y hermanas de Cuba, pueblo amado, estamos aquí para defender la libertad y la Revolución.

La gente bramó ante sus palabras y él notó un escalofrío que le recorrió toda la espalda; la magia de conversar con la multitud lo embriagaba. Por un momento se le pasó por la cabeza su triste figura paseando por la gélida Nueva York: cómo se había sentido poco más que una hormiga en aquella gigantesca y deshumaniza-da urbe; y ahora tenía a miles de personas atentas a sus palabras. En el fondo sentía todo aquello como si estuviera en medio de un sueño.

»En el acto grandioso de hoy frente al Palacio, el pueblo de Cuba demostró al mundo que quiere justicia, y el pueblo cubano puede estar seguro de que se hará justicia. Los miles de hermanos asesinados por Batista y sus secuaces no quedarán impunes. Re-cordamos todos sus nombres y sus luchas, tantas madres descon-soladas, tantas viudas sin esperanza y huérfanos que no tienen un padre que pueda guiarlos en la vida. Todos ellos verán saciada su sed de justicia.

La gente volvió a aclamarlo.

»Pueblo de Cuba, estamos en el albor de un mundo nuevo; todo el planeta nos observa, América merece un destino mejor. ¡Viva Cuba libre!

Tras el discurso, se bajó de la plataforma, tenía la boca seca y sudaba en abundancia.

—Vámonos de aquí a tomar un trago —le pidió a uno de sus hombres de confianza.

Llevaban varios días frenéticos, dando pequeños discursos y visitando fábricas para asegurarle a los trabajadores que no los de-jarían solos.

El chofer arrancó el coche y salieron antes de que la multitud enfervorecida les cerrase el paso. Al final los cuatro hombres ter-minaron en El Tropicana; a Camilo lo entretenían y relajaban los espectáculos. Pidieron ron para beber y comenzaron a escuchar la música. Cuando Camilo vio aparecer a July del Río en el escenario se quedó sin palabras.

—¡Dios mío, qué mujer! —exclamó mientras no dejaba de

observar el baile de la *vedette*. Cuando la mujer terminó su parte, Camilo le pidió que fuera a su mesa. La mujer se acercó, y Camilo se puso en pie para saludarla. Sus hombres los dejaron a solas.

—Así que tú eres el famoso Camilo Cienfuegos. Me han dicho que hoy has tenido más espectadores que yo. Desde que llegaron a La Habana nuestro negocio ha decaído.

—Lo siento, será algo momentáneo, los turistas regresarán cuando vean que no nos comemos a nadie —dijo con una sonrisa.

—Con esas barbas largas, nadie lo diría.

Los dos se echaron a reír. Camilo pidió más bebida, y una hora más tarde se fueron juntos al club Las Vegas.

—¿Quieres emborracharme? No lo vas a tener fácil, aguanto mucho —bromeó July.

—No, mujer, te prefiero despierta y en plenas facultades.

—Pensé que estabas casado.

—No veo a mi mujer desde antes de la guerra, fue un error de juventud.

—Si eres un chiquillo.

—Ya me acerco a los treinta.

La mujer se echó a reír.

—Creo que me voy a ir a dormir —dijo la bailarina al oído del hombre después de un par de horas en el local.

—Deja que te acompañe.

—Vivo aquí al lado.

—Razón de más.

Los dos salieron del local. Las calles de La Habana estaban casi desiertas, se había levantado algo de fresco y Camilo le dejó su guerrera.

—Gracias, caballero.

Caminaron hasta la entrada del portal, y ella le devolvió su prenda.

—Ha sido una noche maravillosa.

—Y más que podría serlo.

—¿Sí? ¿Y eso cómo?

—Déjame que suba, ¿no tienes nada de beber en casa?

La mujer sonrió y lo dejó pasar. En cuanto llegaron al piso comenzaron a besarse y se fueron desnudando mientras se dirigían hacia la cama. Ella cayó de espaldas y él se colocó encima. Hacía mucho tiempo que no estaba con una mujer; la Revolución lo absorbía por completo.

Mientras la penetraba le advirtió:

—Tengo el pene un poco torcido, pero no te preocupes, a la mayoría le gusta.

July se echó a reír mientras él continuaba. Estaba haciendo el amor con uno de los mitos de la Revolución, se dijo mientras el rostro de Camilo la observaba con los ojos muy abiertos y una expresión de placer que ella no podría olvidar jamás.

CAPÍTULO 14

SOLDADOS

La Habana, 1 de febrero de 1959

RAÚL ENTRÓ EN EL DESPACHO DE Camilo en el Campamento Libertad y lo señaló con el índice.

—Sé perfectamente lo que intentas. Me importa un carajo que mi hermano te vea como un maldito héroe y un gran hombre de Estado, pero no voy a permitir que me jodas. Fidel me va a nombrar ministro de defensa y estarás bajo mi mando.

—No sé de qué demonios hablas, Raúl.

—Lo sabes muy bien. Estás integrando a soldados de Batista y oficiales en las filas del nuevo Ejército, y eso no lo vamos a consentir.

—Son buenos profesionales y no tienen sus manos manchadas de sangre.

—Cualquiera que estuviera en las filas de Batista es nuestro enemigo y del pueblo, y merece la muerte.

—No tenemos efectivos suficientes para formar un ejército. Tu hermano me ha encomendado la defensa nacional y esa gente está bien formada.

—Son traidores, asesinos y antirrevolucionarios.

—La mayoría solo cumplía con su trabajo. Somos cubanos, hermanos de una misma tierra.

—¡No me jodas, Camilo! Esos huevones son asesinos a sueldo del antiguo régimen; si los apoyas te conviertes en uno de ellos.

—¿Siempre piensas que todo es blanco o negro?

—Lo dijo hasta Jesús, que el que no está con nosotros está contra nosotros.

Camilo abrió mucho los ojos.

—Jesús dijo lo contrario, pero bueno, ahora el Ejército es mi responsabilidad. Si Fidel no está de acuerdo, que me lo diga.

Raúl comenzó a resoplar. Sabía que Camilo siempre había cuestionado sus métodos y su forma de pensar.

—Pues, ¿de parte de quién crees que vengo? Fidel no quiere traidores entre nuestras filas, ¿por qué piensas que te eligió a ti y no a José Rego? Únicamente los que estuvimos en la sierra sabemos lo que costó llegar hasta aquí. Nos quedamos en doce hombres contra el ejército de un país entero.

—Claro que lo recuerdo, yo era uno de esos doce, pero ahora tenemos que abrirnos para que otros muchos se unan a nuestra lucha; la Revolución es para todos.

Raúl puso los ojos en blanco.

—No, la Revolución es para los que lucharon por ella. Debemos guiar al pueblo hasta el cambio y la transformación total, no sabrá hacerlo solo. Estamos rodeados de enemigos: los liberales, los socialdemócratas, los fascistas con piel de cordero, hasta la Iglesia, están en nuestra contra.

Camilo no dejaba de sorprenderse de las ideas de Raúl. Mientras que el hermano de Fidel veía enemigos por todas partes, él únicamente veía a hombres y mujeres deseosos de mejorar y tener una buena vida.

—Creo que tus ideas marxistas te contaminan el cerebro.

Aquellas palabras encendieron la ira de Raúl. Lo señaló con el índice y comenzó a decirle:

—Primero salvaste al general Eulogio Cantillo, ese asesino de guerra. También al capitán Alfredo Abón Lee y a otros soldados de Batista. Eso huele a traición.

—Eso huele a humanidad y compasión, todos podemos equivocarnos y, sobre todo, merecemos un juicio justo.

—¿Insinúas que el Che no está celebrando juicios justos? ¿Estás cuestionando a uno de los hombres más íntegros de la Revolución?

—Pues ya que lo dices, si crees que el Che y otros no deben ser cuestionados porque han demostrado su amor por Cuba y la Revolución, haz lo mismo conmigo.

Raúl salió del despacho dando un portazo. El corazón de Camilo estaba a mil por hora. Era consciente de que no era una buena idea poner en su contra al hermano de Fidel, pero no podía plegarse a los deseos despóticos de aquel pigmeo moral al que no le importaba la vida humana y en lo único que pensaba era en imponer su ideología a todo el mundo.

CAPÍTULO 15

JAQUE AL REY

La Habana, 1 de febrero de 1959

Raúl no regresó aquella mañana a su oficina, estaba demasiado ofuscado para enfrentarse a la burocracia. Se dirigió a su casa, donde vivía de forma provisional. No querían llamar mucho la atención y mostrar al pueblo que vivían como uno de ellos. En el fondo, Raúl y su esposa Vilma sabían que aquello era mentira, pero les gustaba imaginarse como los Robin Hood modernos.

Vilma era hija de un rico abogado cubano, José Espín, que la había mandado a estudiar a una prestigiosa universidad de los Estados Unidos para que abandonara sus ideas comunistas, pero estas no habían hecho sino aumentar. A su regreso a Cuba, conoció a Frank País y, más tarde, a los hermanos Castro en México; sirvió de correo entre ellos y los revolucionarios en Cuba durante un tiempo. La joven se había unido a los revolucionarios en la sierra Maestra, y gracias a sus conocimientos en inglés había sido el enlace entre los medios internacionales y los revolucionarios. La influencia de su familia había permitido que Vilma consiguiera de

Pepín Bosh, un importante ejecutivo de Bacardí, una reunión con Lyman Kirkpatrick, el inspector general de la CIA.

—¿Qué te sucede, Raúl? —le preguntó su esposa en cuanto entró en la casa. Estaba planeando una reunión para organizar un movimiento femenino en Cuba y tenía otras muchas tareas delegadas por la Revolución.

—Ese huevón de Camilo, me tiene hasta los cojones. No sé cómo Fidel no lo ve. Nos está metiendo soldados del dictador en nuestras filas. ¡Es un traidor!

—No digas eso, no te conviene, al menos mientras siga teniendo la confianza de Fidel.

—Camilo no sirve para ese puesto, es demasiado blando. Reconozco que no se amilana frente a las balas, pero le falta hombría para acabar con los enemigos de la Revolución, y eso es muy peligroso. Hay que sacar a Camilo de ese puesto.

—Fidel lo hará cuando se dé cuenta —comentó Vilma.

—Pero puede que entonces sea demasiado tarde.

Vilma miró a su marido. Siempre creía saber lo que pasaba por su cabeza, pero por primera vez en su vida no estaba segura de lo que tramaba.

—Voy a hablar con el Che, tenemos que deshacernos de Camilo para siempre.

Aquellas palabras de Raúl se quedaron grabadas en la mente de su esposa. Sabía que, cuando se lo proponía, iba hasta las últimas consecuencias.

CAPÍTULO 16

EL LIBRO

La Habana, 4 de febrero de 1959

Luis Conte Agüero era uno de los amigos más íntimos de Fidel hasta que se atrevió a escribir un libro sobre el líder de la Revolución. Luis Conte había dirigido un programa exitoso de radio durante más de una década en el Oriente. Había comenzado su relación de amistad mientras Fidel estaba encarcelado en la isla de los Pinos. Se cartearon tras la liberación de Luis. Cuando tuvo que irse al exilio en Venezuela, la relación continuó, pero después de su regreso a Cuba, Luis organizó un frente católico anticomunista y publicó su libro sobre la correspondencia que había mantenido con Castro durante años. A Fidel no le había gustado el libro porque Luis Conte narraba cómo este había intentado ser elegido diputado durante el régimen de Batista y otros secretos que embadurnaban la figura del héroe de la Revolución. Fidel mandó destruir los cincuenta mil ejemplares del libro y comenzó una campaña de difamación contra él.

—Camilo, te aseguro que todo lo que contaba en el libro era verdad, pero no entiendo por qué se ha enfadado tanto.

—Es un momento muy delicado, Luis, no podemos darles argumentos a los antirrevolucionarios.

—Pero Fidel no es Dios, es humano y hierra.

—Ya, pero en este momento tenemos que ser cautelosos.

—Mira lo que está sucediendo: los comunistas están copando los mejores puestos. Nos vamos para una dictadura soviética.

—Sabes que Fidel nunca lo permitirá, él es democrático, en cuanto pueda se apartará del poder.

Luis frunció el ceño; conocía mejor que nadie la mente de Castro y su obsesión por tutelar Cuba. Sabía que se veía como el hombre que la historia había elegido.

—Fidel lo sabe todo, incluso lo está propiciando, sabe muy bien que los gringos nunca nos dejarán ser independientes del todo. Para poder tener la independencia política hay que tener también la económica. La única baza que le queda es inclinarse hacia la Unión Soviética.

—Sabes que los yanquis jamás permitirán un Estado comunista a pocos kilómetros de Miami.

—Eso es cierto, Camilo, pero si logra negociar con los rusos y ellos lo protegen, tendrá la sartén por el mango. Los soviéticos están muy lejos, no lo controlarán demasiado, pero le ofrecerán armas y dinero para que no dependa de los Estados Unidos.

—Fidel no ambiciona el poder, te lo aseguro. Dentro de unos meses, cuando se haya implementado la Reforma Agraria y otros cambios, dejará la política. Yo pienso hacer lo mismo.

Luis Conte parecía desesperado. Notaba que Camilo no estaba dispuesto a ver la verdad, aunque la tuviese delante de sus narices.

—Voy a denunciar a los comunistas desde las ondas; el pueblo tiene que saber lo que está sucediendo.

Camilo lo miró sorprendido.

—Eso sería visto como un acto de traición.

—Me da igual, alguien tiene que enfrentarse a los comunistas antes de que sea demasiado tarde.

—No lo hagas, Luis, no conseguirás nada y terminarás mal parado.

—Todo el mundo parece sordo y ciego. Adoran a Fidel y al Che como si fueran dioses, pero no lo son, no podemos quedarnos con los brazos cruzados.

—Confía en Fidel, seguro…

—No sabes de lo que es capaz por mantenerse en el poder; lo único que lamento es no haberlo visto antes.

—Deja que hable con Fidel, seguro que las cosas se calmarán; pero, por Dios, no digas nada en la radio.

—Está bien Camilo, tú eres del único de quien me fío de esa camarilla de amigos de Fidel.

Camilo miró el reloj, se le había ido media mañana hablando con Luis Conte. Estaba llevando a cabo el programa de alfabetización de los soldados; se dirigió a la reunión con sus colaboradores. Corrían rumores de que Fidel quería ocupar el cargo de primer ministro, pero estaba seguro de que eran infundados. Desconfiaba de los comunistas que había en el Movimiento, pero mientras intentaba disipar de su cabeza todas aquellas dudas, se decía que Castro tenía que manejar los hilos y mantener equilibrios para que la Revolución no se partiera en mil pedazos. Camilo nunca pensaba mal de nadie, creía que en el fondo todos eran como él y no tenían malas intenciones, aunque muy pronto iba a darse cuenta de que estaba equivocado.

CAPÍTULO 17

PRIMER MINISTRO

La Habana, 16 de febrero de 1959

JOSÉ MIRÓ CARDONA DIMITIÓ DE SU cargo de primer ministro para sorpresa de todos. Nadie sabía por qué, aunque algunos hablaban de presiones por parte de Fidel y otros apuntaban a que no estaba de acuerdo con las purgas que se estaban dando en casi todos los puntos de la administración, desde la judicatura hasta las escuelas, pasando por las universidades y otros ministerios importantes del país. Urrutia había intentado dimitir también, pero Castro se lo había impedido. El Gobierno se veía atado de pies y manos por Fidel y sus hombres, pero de cara al exterior seguía controlando el país. Con la aprobación, unos días antes, de la Ley Fundamental de la República, la Constitución de 1940 podía ser modificada a su antojo por el Gobierno sin necesidad de los votos del pueblo o de parlamento alguno.

La noticia corrió como la pólvora y, tras la dimisión de Miró, Castro contestó que se postularía como primer ministro si se le daban plenos poderes y Urrutia se limitaba a dar discursos, mientras él controlaba por completo el Consejo de Ministros.

Cuando Camilo oyó la noticia, se quedó petrificado y fue a ver a Fidel al Hilton.

En cuanto pasó los diferentes controles y estuvo en el ascensor respiró algo más tranquilo; aunque algunos de los guardas eran antiguos camaradas, muchos de los nuevos escoltas eran mercenarios e incluso expresidiarios.

Un asistente de Fidel le abrió la puerta y lo llevó hasta su despacho.

—Hola, Camilo, pasa, ya sabes que hoy es un día de locos, he estado a punto de decirte que vinieras mañana, pero los amigos son lo primero.

—Gracias —dijo Camilo con una sonrisa un poco forzada.

—Ya ves, me han obligado a asumir el cargo de primer ministro, con lo que odio yo la política, pero mi deber es servir a la Revolución.

—Lo entiendo, pero me ha sorprendido que no me dijeras nada.

—Ha sido todo muy rápido, teníamos que terminar con esta crisis de Gobierno cuanto antes, pero ya les he dicho a todos los ministros. Quiero plenos poderes, hay muchas cosas por hacer y no quiero impedimentos ni mierdas burocráticas.

Camilo tomó asiento.

—¿Quién va a llevar el Ejército?

Fidel no contestó al principio, se limitó a buscar unos papeles.

—Bueno, no lo puedo llevar yo todo. He nombrado a Raúl comandante en jefe de las Fuerzas Armadas.

—¿Raúl?

—¿Te parece mal? ¿Querías tú el puesto?

—No, por Dios —dijo negando con la cabeza.

—Entonces, ¿crees que alguien lo haría mejor que un héroe de la Revolución?

Camilo se encogió de hombros.

—Ya sabes que hemos chocado. Raúl no aprueba mi política de integración de antiguos militares de la época de Batista.

Fidel dejó por fin de remover papeles y miró a Camilo a los ojos.

—Yo tampoco lo apruebo, tenemos que reclutar a gente nueva.

—Ya habíamos hablado de esto.

—Ahora es mi hermano el que toma las decisiones en esta materia y es tu superior.

—Será mejor que dimita —dijo Camilo mientras se ponía en pie.

—No, es el momento en el que, desde tu puesto, cambies las cosas. Quita todos los servicios de inteligencia de la etapa de Batista, hay que organizar unos nuevos que nos sean leales.

Camilo miró a Fidel; por primera vez observó su mirada fría y distante, como si el mundo fuera simplemente un juguete que manejaba a su antojo.

—No estoy seguro.

—¿De qué no estás seguro, Camilo?

—De ser útil a la Revolución.

—¿Estás bromeando? Eres uno de los hombres más importantes del país. Ahora que he asumido el Gobierno, muchas cosas van a cambiar. Lo primero que voy a hacer es terminar con el circo que tiene montada la prensa, vamos a nacionalizar algunos bancos y dar pasos para cambiar Cuba a profundidad. Ha llegado el momento de los hechos y se ha terminado el de las palabras.

Segunda parte

EL SUEÑO

CAPÍTULO 18

WASHINGTON

La Habana, 22 de febrero de 1959

MIENTRAS EL AVIÓN COMENZABA A SOBREVOLAR La Habana, Camilo comenzó a contemplar el barrio de Miramar y el Country Club Biltmore, dos de las zonas más lujosas de la ciudad. Unos días antes, muchas de las grandes casas de aquellas zonas habían sido expropiadas y entregadas a los miembros más destacados de la Revolución. A medida que expropiaban algunas compañías como el Banco de Colonos, la Cuban Telephone Company o la Compañía Cubana de Aviación, muchas de las familias más ricas de la ciudad se marchaban a Miami a la espera de tiempos mejores, cuando los barbudos se marcharan de Cuba.

Fidel Castro había pedido a Camilo que se fuera a los Estados Unidos con una delegación de buena voluntad para intentar contrarrestar la mala publicidad y las tensas relaciones con los Estados Unidos tras los fusilamientos masivos y las expropiaciones de algunas empresas estadounidenses.

La comitiva estaba compuesta por Pedro Miret Prieto, el

comandante Juan Almeida Bosque, Nene López, Filiberto Olivera y el capitán Rafael Ochoa.

—¿Estás bien, Camilo? —le preguntó el capitán Ochoa.

—Sí, pero veo Miramar y se me revuelve el estómago. Cuando era niño, era el mejor barrio de La Habana, justo al otro lado del túnel. Me acuerdo de que a veces íbamos caminando un amigo y yo, estaba lleno de parques y lugares de juego. Nos preguntábamos por qué había gente que vivía así y nosotros teníamos tan poco.

—Lo entiendo.

—Ahora viven ahí los líderes de la Revolución.

—¿No es irónico, Camilo?

—Mucho, pero no de la forma que tú piensas. No hicimos la Revolución para hacernos ricos ni vivir como reyes. ¿En qué nos diferenciamos de los que había antes de nosotros?

El capitán Ochoa se frotó la frente, tenía el pelo tan largo como Camilo y una larga barba negra.

—Ellos se lo quedaban todo, nosotros no. Simplemente Fidel ha dado a algunos destacados miembros del Movimiento una casa vacía.

—Pues yo no la he aceptado —dijo Camilo—. Mi conciencia no me ha dejado.

—Eso te honra, pero los camaradas que han aceptado la casa no son menos que tú. Ellos tienen derecho a reclamar un poco de lo mucho que les debe Cuba; han derramado su sangre por ella.

—La sangre de un hombre de honor no se puede pagar.

Camilo se puso el sombrero sobre la cara e intentó dormir un poco; aún quedaba un largo viaje hasta su destino.

El viaje había sido organizado por los editores de periódicos. La mayoría adoraba a Castro y pensaba que era buena idea que fuera al país y explicara lo que estaba haciendo en Cuba. Fidel se mantenía cauteloso. No quería romper relaciones con los Estados Unidos, pero tampoco someterse a sus dictámenes. De hecho, no había querido recibir todavía al nuevo embajador, Philip Bonsal.

La primera escala fue Washington. Allí visitaron el *Washington Post* y otros medios. Todos lo recibían como héroe, menos algunos pequeños grupos de cubanos que protestaban. Camilo se acercó a uno de ellos, el que estaba delante del memorial de Lincoln, y les preguntó por qué lo hacían.

—Fidel Castro es un dictador, está matando a gente inocente —le dijo una mujer con gafas; por el acento, parecía de Santiago de Cuba.

—Seguro que les ha pagado la CIA —comentó el capitán Ochoa, que posaba junto a Camilo para una foto en el famoso monumento.

—Han matado a mi esposo, un piloto del Ejército. Él nunca le hizo mal a nadie; son unos asesinos.

—Pero señora... —dijo furioso el capitán Ochoa.

—Déjala, tiene derecho a reclamar. Dígame el nombre de su esposo y cuando regrese a Cuba le haré justicia.

La mujer lo miró sorprendida.

Tras un par de días en la capital del imperio, se dirigieron a Nueva York. Allí tenían una importante reunión con el Dr. Manuel Bisbé, el delegado de Cuba en la ONU.

El edificio les pareció imponente, sobre todo cuando los llevaron al auditorio de la organización. Después Camilo y Manuel Bisbé se reunieron en un despacho.

—Tienen que parar los fusilamientos, muchos de nuestros mayores apoyos están desapareciendo —comentó el delegado.

—Ya se lo he comentado a Raúl Castro y al Che, ellos son los máximos responsables.

—Además, sería bueno que viniera Fidel.

—Por eso hemos hecho este viaje. Queríamos preparar el terreno, la mayoría de los medios están con nosotros. Yo creo que nos ven de una forma romántica, aunque lo que hacíamos en la sierra Maestra no tenía nada de romántico, se lo aseguro.

—Eran un pequeño grupo de héroes enfrentándose a un tirano, pero ahora son unos gobernantes crueles que asesinan a mansalva y expropian empresas. Eso es muy difícil de defender en la Asamblea de Naciones.

Camilo se encogió de hombros. Él ya había hablado del tema en multitud de ocasiones con Fidel, pero, aunque este siempre prometía que iban a cesar los fusilamientos, a los pocos días se producían otros nuevos, como si algunos miembros del Gobierno y del Ejército no estuvieran todavía saciados con la sangre vertida en Cuba.

Cuando terminó la reunión, Camilo les comentó a sus compañeros que quería dar una vuelta por la ciudad. No había pasado tanto tiempo desde su estancia en Nueva York, aunque en ocasiones le parecía que estaba viviendo una vida que no le pertenecía.

Hacía un frío del carajo para la ropa que llevaba, en eso se parecía a su primer viaje. Pasó por la Séptima Avenida y llegó a Times Square: a lo lejos veía los grandes letreros de Broadway. No pudo evitar un poco de nostalgia; se acordaba de cuando era un crío lleno de sueños, con una vida anónima y todo un futuro por delante. Desde el final de la guerra no había dejado de pensar en que ahora parecía un abuelo, como si su puesto le absorbiese toda la energía. Desde el nombramiento de Raúl como comandante en jefe del Ejército, las cosas no habían hecho sino empeorar. Le había quitado a todos sus hombres de confianza hasta aislarlo casi por completo. No dimitía porque Fidel se lo impedía, pero en el fondo sabía que aquello no era lo peor.

Vio a los vagabundos cerca de la 59, algunos habían hecho tenderetes para poder soportar la gélida noche neoyorquina. Él nunca llegó a verse tan mal, pero podía haber acabado como uno de ellos si se hubiera refugiado en el alcohol y las drogas. No los juzgaba, a veces él también tenía ganas de terminar con todo.

Entró en Central Park antes de que se hiciera de noche. Aquel bosque urbano le fascinaba, pero no por su belleza, más bien por el contraste con el duro asfalto de la ciudad.

Se sentó en un banco y encendió un puro.

—¡Joder! —exclamó mientras su cabeza no dejaba de dar vueltas a lo que unas semanas antes le había dicho el coronel, su viejo amigo. Todo se estaba cumpliendo como si de una maldita profecía se tratase. Ya no sabía por qué ni por quién luchaba. Fidel ya no era el hombre abnegado que había conocido, el Che se pavoneaba por La Habana como si fuera el amo del mundo y Raúl había mostrado su verdadera y arrogante cara. Ya no le quedaban amigos y se sentía muy solo.

Además, Fidel quería que visitase otros países para atraerlos a su órbita. No sabía si sería capaz de hacerlo. Fantaseaba con quedarse en los Estados Unidos u otro país y ya no volver. En el fondo era consciente de que Fidel jamás lo dejaría dimitir. Se había convertido en un símbolo heroico para la juventud cubana, y los símbolos no se retiran, mueren en el cargo y se convierten en mitos.

CAPÍTULO 19

VACÍO

La Habana, 22 de marzo de 1959

Rosalba había ido a visitar a Camilo unas semanas antes, tras regresar de sus viajes. Era una joven de apenas veinte años. La había conocido en Yaguajay, habían tenido un idilio corto, pero llevaban meses sin verse. Apareció sin avisar en el Campamento Libertad, y él la recibió con cierto pudor. En todo este tiempo no había contestado sus cartas ni sus llamadas. No lo había hecho por despecho, sino que simplemente sentía que ya no había lugar para el amor en su pecho ni en su vida. Apenas mantenía relaciones esporádicas con algunas mujeres. Fidel decía que era un mujeriego, pero no era más que un alma solitaria que a veces necesitaba olvidarse de la soledad.

La jovencita seguía tan bella como siempre. Le había reprochado que no se hubiera puesto en contacto con ella; él no se disculpó. No se habían comprometido a nada durante su breve idilio. Ella le entregó sus cartas y poemas y después se marchó. Le dijo que se iba a quedar en La Habana para estudiar Enfermería.

Lo que más le preocupaba a Camilo era aquel vacío que sentía en el alma. Por el día se mantenía a base de café, y por las noches de ron en los clubes y cabarets de la ciudad. Prefería no tener tiempo libre para pensar. Después de su regreso de los viajes que había hecho por América, algunos de ellos con el Che, se había sentido cada vez más desconectado del mundo.

Aquella mañana venía de visita el expresidente de Costa Rica, José María Figueres Ferrer, y él tenía que ir a recibirlo. José Figueres era un hombre sencillo, de aspecto común; sus padres habían sido unos emigrantes catalanes que habían ido a probar suerte a América. Había podido estudiar Ingeniería en los Estados Unidos. Tras su regreso a Costa Rica había denunciado los abusos del Gobierno y había tenido que exilarse poco después. Tras una breve guerra civil había logrado acceder al poder y fundar la Segunda República. Muchos lo habían tildado de revolucionario al nacionalizar la banca, además de quitar el Ejército y establecer un Estado social.

—Estimado Presidente —dijo Camilo mientras le daba la mano.

—Estamos aquí para apoyar el cambio —le comentó con una sonrisa.

—No todos están de acuerdo con lo que estamos haciendo.

—Eso es porque no tienen sangre en las venas —contestó el presidente de Costa Rica.

Camilo lo llevó a ver a Fidel. Después de dejarlo, se dirigió hasta el edificio presidencial y allí vio al presidente Urrutia.

—Presidente, no esperaba encontrarlo aquí. Tuve que ir a recibir al expresidente de Costa Rica. Me mandó Fidel.

—Ya lo sé. No me deja dimitir, pero tampoco me deja gobernar, ni siquiera representar al Gobierno en las visitas oficiales —se quejó Urrutia.

—Son los desajustes del comienzo de todo Gobierno.

—Fidel no deja cabos sueltos, todo lo hace con una doble intención.

—¿Usted cree? —preguntó Camilo sin querer meterse en aquel asunto. No tenía tanta confianza con el presidente para hablar de ciertas cosas.

—Sí, lo creo. Cada vez son más los que quieren su destitución, algunos incluso me la han pedido formalmente, como si yo tuviera algún poder en Cuba. La Revolución es Fidel y Cuba es la Revolución.

—Fidel sólo está defendiendo los valores por los que hemos luchado. Ya sabe cómo conspiran contra nosotros los seguidores de Batista en Miami, en especial el antiguo cuñado de Fidel, Diaz-Balart. Esos batistas…

—Esa gente no tiene el apoyo ni de la CIA.

—Son unos cafres.

—Pero, lo último que me ha dicho Fidel me ha dejado pasmado. No quiere convocar elecciones, dice que el pueblo no está preparado, que es muy manipulable. Que lo primero es educarlo y alimentarlo, terminar con la discriminación hacia la gente negra, y algún día ya les dará voz para que la expresen en las urnas.

Camilo no pudo disimular su sorpresa. Muchos decían que Castro no quería elecciones, pero jamás le había comentado nada.

—Tengo que preparar la comparecencia del expresidente Figueres ante los medios, si me disculpa.

Urrutia miró a ambos lados antes de hablar.

—No se olvide, Cienfuegos, de que Fidel no quiere que nadie le haga sombra. Ya se oye por ahí que no le gusta que la gente lo ande aclamando tanto a usted. Tampoco que no acepte los regalos que le ha hecho, como la casa y el coche oficial. Se pone en evidencia. Ya me entiende.

Camilo frunció el ceño, y sin contestar se fue a ver a los medios que se habían reunido para las declaraciones del costarricense.

Figueres llegó con Fidel, Raúl y el Che después de un buen rato de charla. Los medios estaban deseosos de escuchar lo que tenía que decir uno de los presidentes más respetados de América.

—El expresidente Figueres está hoy aquí con nosotros para apoyar la Revolución, una América Latina totalmente libre para tomar sus decisiones sin la intervención de Gobiernos extranjeros. Señor expresidente, Cuba lo escucha.

Figueres se acercó al micrófono con las manos en los bolsillos de la chaqueta, después miró a las cámaras y los micrófonos que tenía en el atril y comenzó a hablar con voz pausada:

—Un saludo al pueblo hermano de Cuba, de sus hermanos de Costa Rica. Vivimos tiempos emocionantes en los que todo el continente está despertando de un largo letargo que le había impuesto su poderoso vecino del norte. Ahora que los latinoamericanos recuperamos la voz, que durante años ha sido ahogada por las empresas multinacionales que se habían adueñado de nuestros países, clamamos unidos por pan, paz y trabajo. Hay dos grandes potencias mundiales que atenazan el mundo, ambas quieren que te unas a ellas y te conviertas en su sierva. Los Estados Unidos de Norteamérica y la Unión Soviética no desean el bien de nuestros pueblos, pero aún hay una diferencia entre ellas: con la primera aún se puede negociar y hablar, con la segunda solo se puede obedecer. Estoy convencido de que muy pronto el pueblo de Cuba podrá elegir democráticamente a sus representantes. Mientras tanto, están en las mejores manos, en las de este gran hombre y patriota, Fidel Castro —dijo mientras se giraba hacia el primer ministro.

Fidel tenía el ceño fruncido, pero cuando se dio cuenta de que las cámaras lo enfocaban, cambió el gesto y se puso a sonreír.

—Ahora vamos a celebrar la unión entre nuestros dos pueblos —dijo Fidel mientras se alejaban de las cámaras.

Los de protocolo habían organizado una cena en el Hotel Hilton, que seguía ocupado por los revolucionarios a pesar de las protestas de sus dueños.

A la derecha de Fidel estaba el expresidente de Costa Rica y a su izquierda, Camilo.

Cienfuegos pasó la mayor parte de la comida sin proferir palabra, hasta que Fidel se giró a su lado y le preguntó qué le pasaba.

—Fidel, ¿puedo hacerte una pregunta?

—Ya me la estás haciendo.

—¿Algún día habrá elecciones libres en Cuba?

Fidel se puso serio y con uno de sus gestos grandilocuentes le dijo:

—Claro que sí Camilo, cuando estén preparados podrán votar.

No le hizo falta escuchar otra respuesta. Desde ese mismo momento supo que no volvería a haber elecciones libres en Cuba mientras Fidel Castro estuviera en el poder.

CAPÍTULO 20

COMIDA

La Habana, 23 de marzo de 1959

Aquella comida le hizo mucha ilusión; sus padres querían tener a toda la familia junta. Llevaba semanas sin verlos y no había comido en la casa desde su regreso a La Habana casi tres meses antes.

Llegó en el coche del trabajo. Un remolino de niños salió a saludarlo; él llevaba chocolatinas para repartir. En cuanto los muchachos se marcharon con su pequeña recompensa, Camilo se encaminó a su casa. Todo estaba exactamente igual. Pasó por el largo corredor, llegó hasta la puerta, llamó y su madre corrió a recibirlo. La vio muy demacrada. Llevaba un tiempo enferma y no levantaba cabeza, aunque aquel día se había puesto sus mejores galas para recibirlo y le había preparado su comida favorita.

—Camilito —le dijo mientras lo abrazaba. Su padre salió más tarde y le dio un abrazo rápido; no era tan dado a los halagos.

—Estás flaco.

—He salido a ti —contestó el comandante; su padre era apenas pellejo y huesos.

Sus hermanos llegaron poco después. Humberto y Osmany lo abrazaron y después se sentaron todos a la mesa.

Ramón, su padre, comenzó a hablar de política, aunque su madre intentó pararlo.

—No molestéis a Camilo, ha venido con nosotros a descansar, no para discutir.

—No te preocupes, madre.

—Pues lo que digo es que como no se defina pronto el Gobierno, todo se va al diablo. Los de Batista ya están conspirando y los gringos los apoyarán sin duda —dijo Osmany.

—El mes que viene Fidel se va a los Estados Unidos, seguro que las cosas se calman —dijo Camilo a su hermano menor.

—Necesitamos construir un Estado socialista como el de la Unión Soviética —dijo Osmany con vehemencia.

—Esto no es Rusia, los cubanos somos más anarquistas que comunistas —dijo Humberto.

—En eso tiene razón tu hermano —comentó Ramón.

—Yo no quiero un sistema comunista ni el anarquismo, únicamente que la gente tenga educación, pan y trabajo —dijo Camilo mientras devoraba la comida de su madre.

—Los empresarios y los latifundistas no lo permitirán jamás.

—Pues, Osmany, Fidel va a comenzar el reparto de tierras en las próximas semanas. Ya les he dicho que la Revolución va adelante.

—Lo que no entiendo, Camilo, es que si no tenemos un régimen comunista, ¿por qué se nacionalizan tantas empresas? —preguntó Humberto.

—Solo se hace con las esenciales y las estratégicas. No podemos seguir dependiendo de los Estados Unidos.

—Algunas eran cubanas —contestó Humberto.

—Pero eran vitales, eso es lo importante.

El resto de la comida transcurrió de forma más calmada. Los hombres se sentaron en los sofás y la madre les sirvió un café bien cargado. A Camilo le supo a gloria, ninguno sabía cómo el que hacía su madre.

—¿Te acuerdas de Adelita? —le preguntó su madre. Ramón ya roncaba en su sillón favorito.

—¿Adelita, la hija de Camelia, la gallega?

—Esa misma. Ha estado fuera un tiempo estudiando y ha regresado. Es la mujer más guapa que he visto jamás. Me ha preguntado por ti y la he invitado con su madre para que vinieran a verte.

—¿Por qué has hecho eso? —se quejó el hombre.

—Lo de tu exesposa sucedió hace tiempo, ya es el momento de que sientes cabeza. Adelita es guapa, lista, limpia y buena chica.

Apenas había terminado de prenunciar aquellas palabras, cuando Camelia llamó a la cancela.

—Adelante, vecina —dijo Emilia poniéndose en pie. Después les plantó dos besos a las mujeres y las invitó a sentarse: en el sillón, frente a Camilo, a la madre, y al lado del muchacho, a la hija.

Adelita se había convertido en una mujer hermosa; debía tener sus veintitrés años, cuatro menos que Camilo. Seguía teniendo el pelo rubio y largo, unos ojos azules atravesados por vetas amarillas y una piel más blanca que el azúcar.

—Hola, Camilo —le dijo mientras se giraba hacia él. Su aliento fresco lo hizo recordar el perfume de las flores.

—Hola —contestó algo azorado, como si le faltaran palabras para expresarse.

—Ahora eres el héroe, el comandante del pueblo te llaman.

—La gente exagera.

—Te queda muy bien la barba y el pelo largo, pareces un conquistador.

Emilia llegó con el café y lo puso en la mesita. Ramón se había despertado justo para tomarse otro.

—¿Qué has estudiado en el extranjero?

—Estuve en Baltimore, estudié Enfermería.

—Eres toda una enfermera —dijo Camilo.

—Ahora estoy de prácticas en un hospital.

Camelia y Emilia los animaron a que dieran un paseo por el barrio. Al principio los dos se negaron, pero después salieron a la calle y comenzaron a caminar.

—Nuestras madres, me temo que planean algo —dijo Camilo.

—Por primera vez en mi vida estoy de acuerdo con algo que planee mi madre.

Los dos siguieron en silencio hasta un parque cercano y se sentaron en un banco.

—Ayer tuve un día muy difícil.

—¿Estás trabajando mucho, Camilo?

—El trabajo no me asusta, pero me gustaría dejar la política y convertirme en un hombre de a pie. Abrir un negocio, tener una vida normal.

—Nunca fuiste normal —dijo sonriendo Adelita.

—¿Ah no?

—No, siempre fuiste especial, con tus dibujos y tus sueños. Nadie creyó que fueras a llegar tan lejos.

—Pues ahora echo de menos todo esto.

—Suele pasar, el hombre nunca está satisfecho con nada —dijo Adelita después de dar un suspiro.

—Pues yo, contigo me conformaría.

Ella achinó sus enormes ojos.

—¿Conformarte conmigo? ¿Acaso soy una mascota?

Camilo se echó a reír, llevaba mucho tiempo sin hacerlo, al menos sinceramente. Adela había despertado en él de nuevo al niño que tenía dentro. Su corazón frío comenzó a latir otra vez y sus deseos de vivir aparecieron de repente.

—¿Quieres que nos veamos mañana? ¿A qué hora sales del hospital?

—Vas muy deprisa —dijo la joven.

—No sabemos cuánto tiempo estaremos en este mundo, es mejor no perder el tiempo. ¿No crees?

—Yo creo lo que me digan tus grandes ojos negros, y me dicen que tienes todavía el alma limpia, y eso en los tiempos que corren es mucho.

Entonces le dio un beso leve en los labios, como el de dos adolescentes, pero a Camilo le supo a miel. Notó cómo el alma adormecida por la guerra y su lucha anterior volvía a renacer después de un extenso letargo, y fue feliz de nuevo, con una clase de felicidad que no se puede explicar con palabras.

CAPÍTULO 21

LA LLAMADA

La Habana, 5 de abril de 1959

CAMILO CUMPLIÓ SU PROMESA Y LLAMÓ a Adelita. Fue a recogerla en un coche discreto y se dirigieron a Bacuranao, una pequeña playa a media hora de la capital.

Mientras el sol bañaba el descapotable y el viento sacudía el pelo de la mujer, Camilo miraba al frente con una sonrisa infantil en los labios. Hacía años que no disfrutaba tanto. Además de la dura vida en la Sierra, los conflictos y tensiones dentro del Gobierno y las presiones de algunos dirigentes para frenar el avance de los comunistas en la Revolución lo tenían tenso casi todo el tiempo. El único momento en el que se sentía bien era cuando se encontraba con la gente del pueblo intentando solucionar sus problemas cotidianos.

—¿En qué estás pensado? —le preguntó la mujer.

—La verdad es que en nada bueno, tengo demasiados asuntos en la cabeza. Cuando terminó la guerra, siempre me imaginé regresar a casa, estudiar pintura o abrir un pequeño negocio. Las presiones que uno tiene en un cargo público son inimaginables para la gente de a pie. Yo creo que piensan que nos pasamos el día tumbados y fumando habanos.

—Eso es muy cubano, criticar el trabajo que hacen los demás.

—Y muy gallego. Mi padre siempre piensa lo peor y ve el lado negro de las cosas —bromeó Camilo. Su familia de origen español parecía ver siempre el vaso medio vacío.

—El mío es un poco más optimista, seguro por su origen canario, y mucho más alegre.

Los dos sonrieron mientras se acercaban al pueblito al lado de la playa.

—Eres un personaje famoso. ¿No crees que te reconocerán tus fans?

—No te burles de mí.

—Lo digo en serio. Después de Fidel y el Che, eres el hombre más famoso de Cuba.

Camilo soltó una carcajada. Muchos de sus camaradas se lo habían comentado, pero le sorprendió más oírlo de boca de su amiga. No estaba seguro de que aquella fama le gustase mucho. Ya había notado las suspicacias crecientes de Raúl Castro, también de Fidel, aunque el líder de la Revolución por ahora lo disimulaba bien. El único que parecía inmune a ese tipo de cosas era el Che.

—Además he oído que también eres todo un don Juan.

Camilo observó el mar, el cielo azul y el sol que parecía tostar aún más su piel morena.

—Todo son habladurías. He salido por la noche para relajar un poco el espíritu, y La Habana en el fondo es como un patio de vecinos, parece que nadie tiene nada mejor que hacer que cotillear como una comadre.

—Cuando el río suena, agua lleva —contestó la chica.

Aparcaron muy cerca de la arena; no había demasiada gente

por ser un día común; además, desde que los turistas habían desaparecido de Cuba, las playas y los lugares más emblemáticos parecían vacíos.

Llegaron vestidos hasta unas tumbonas, se despojaron de la ropa y Adela pudo ver el cuerpo delgado del joven, que estaba lleno de cicatrices. Se sentaron uno enfrente del otro y se observaron con detenimiento. Ya no eran los adolescentes que habían salido unos años antes en el grupo de amigos; ahora eran un hombre y una mujer, el primer hombre y la primera mujer en aquel Edén en medio del Caribe.

—Tienes muchas cicatrices.

—Varios impactos de bala, machetazos, ramas de espinos. Vivir en la sierra Maestra no es fácil. Algunos creen que nos quedamos tirados a la bartola y cuando Batista se largó salimos para repartirnos el pastel, pero la lucha en el monte fue muy difícil. Los primeros meses pasamos mucha hambre y frío, además del miedo y el acoso del ejército. Apenas sobrevivimos un puñado de amigos, el resto fue exterminado o apresado por los hombres del dictador. Cuando nos acostumbramos a la sierra, aún tuvimos que luchar contra las enfermedades y la falta de víveres. Lo que nos hizo salir adelante fue la generosidad del pueblo. Al principio nos tenían miedo; el Gobierno había difundido todo tipo de basura acerca de nosotros, pero cuando nos ganamos su confianza, sobre todo gracias a Fidel, las cosas cambiaron.

—Una verdadera aventura.

—La aventura de nuestras vidas. Siempre pensé que no sobreviviría, por eso era el primero en ofrecerme en las misiones más difíciles. Me lanzaba contra el enemigo como si fuera inmune a las balas o de todos modos fuera a morir. Los ancianos siempre comentan que los jóvenes nos creemos inmortales; ese no era mi caso, te lo aseguro. Cada día veíamos el rostro de la muerte acechando, pero la única forma de sobrevivir es enfrentando el miedo.

Adela no dejaba de mirarlo con sus ojos enormes, parecía maravillada con las historias del guerrillero.

—¿Mataste a mucha gente?

—¿Qué clase de pregunta es esa para un día de playa?

—La que dos jóvenes no deberían hacer, pero que en el mundo en que vivimos se hace inevitable.

Camilo se encogió de hombros.

—Éramos uno de los países más ricos de América, pero unos cuantos cerdos tuvieron que echarlo todo a perder. Los gringos no querían que nos quitásemos los grilletes, preferían que nos gobernaran asesinos antes de dejar que su perla del Caribe se perdiera para siempre.

Adela se puso en pie, su porte era imponente a pesar de la modestia de su bañador negro.

—Vamos a darnos un baño y olvidarnos de todo.

Los dos corrieron hacia el agua. Al entrar notaron el frío y se les puso la piel de gallina, pero no pararon hasta sumergirse en las cristalinas aguas del Caribe. Cuando emergieron, se encontraban a menos de un palmo el uno del otro. Al principio se miraron a los ojos sin saber cómo reaccionar; al final, ella pegó sus labios salados a los del hombre y se fundieron en un beso casi eterno.

CAPÍTULO 22

VERDE OLIVO

La Habana, 5 de abril de 1959

EN EL MES DE MARZO, UN artículo de tendencia marxista en la revista *Verde Olivo* había enfurecido a Huber Matos. El articulista hablaba sin disimulo de las intenciones de algunos miembros del Gobierno de convertir a Cuba en un país comunista. Matos leyó otros artículos de la misma publicación y comprobó que defendían ideas similares.

En su primer viaje a La Habana pidió una reunión con Camilo Cienfuegos; sabía que era el único con quien podía hablar abiertamente del asunto. Su viejo amigo lo recibió en la sede del Estado Mayor.

—¡Querido Huber! Me alegra que te hayas pasado por aquí. Llevo días sin parar de trabajar y con montañas de papeles.

El comandante lo abrazó sin disimular su rostro compungido.

—¿Está todo bien por Camagüey? ¿Ha surgido algún problema? —agregó Camilo.

—La verdad es que estoy como tú, desbordado de trabajo. Le he pedido a Fidel dejar la comandancia, pero me ha contestado que soy imprescindible para la Revolución. Al principio eligió mal a algunos de los jefes del Ejército y ahora está intentando restructurarlo.

Camilo puso los ojos en blanco mientras volvía a sentarse en su silla.

—No me digas, chico, Raúl me tiene loco. Un día se levanta y dice que hay que recuperar a algunos miembros del antiguo régimen y al siguiente que es mejor no contar con nadie que estuviera con Batista.

Uno de los hombres de Camilo sirvió una limonada. Huber agradeció tomar algo fresco, el calor era insoportable a pesar de que todavía no había entrado la estación húmeda.

—Ya te he comentado en otras ocasiones que algunos miembros del Gobierno y la Revolución se están inclinando hacia el comunismo. Aquí tienes las pruebas —dijo soltando varios periódicos sobre la mesa. Camilo los leyó brevemente y los dejó entre sus papeles.

—¡Es inadmisible, Camilo!

—En la Revolución cabemos todos. ¿No?

—Lo malo es que los comunistas no piensan así; donde han tomado el poder han terminado por encarcelar o matar a todos los disidentes. Antes Fidel decía que él no era miembro del Gobierno, pero ahora es el primer ministro.

—Hay que darle más tiempo. Tiene muchas presiones de todos lados.

—Tú sabes que la Revolución se comprometió a orientar democráticamente al Ejército. Muchos son campesinos y no saben nada de política, lo que les meta a estas gentes en su cerebro es lo que pensarán. El periódico es para el Ejército y está modelando la mente de esos campesinos de buena fe. Cuando los comunistas consigan más poder, no dudarán en asaltar el poder. ¿Cómo ves el asunto?

Camilo se encogió de hombros, ya no sonreía. Sabía que aquel asunto era serio, pero él no podía hacer nada para cambiarlo. Raúl era el que estaba detrás de los artículos y era el ministro.

—Tendría que investigar, puede que sea cosa de Raúl, mi hermano Osmany o el Che. Ya sabes cómo se las traen esos tres.

—No me importa quién este detrás, pero hay que parar esto.

—El único que puede hacerlo es Fidel, yo soy un mandado.

Huber Matos frunció el ceño. No entendía por qué su amigo no actuaba; parecía como si tuviera miedo de llevar la contraria a sus viejos camaradas.

—No me digas eso, tú eres el responsable.

—Desde que llegó Raúl me ha quitado casi todas mis funciones y me ha inundado con informes y memorándums. Ya no tengo el más mínimo poder.

—Vamos los dos a hablar con Fidel.

—Habla tú y dile que yo te apoyo —contestó Camilo sin demasiado convencimiento.

Huber salió resoplando del despacho y se dirigió al Hilton para pedir una reunión con Fidel.

Su viejo amigo lo recibió enseguida.

—No sabía que venías —dijo Fidel mientras saludaba calurosamente a su viejo camarada.

—He tomado un avión esta mañana. Han salido unos artículos marxistas en el periódico del Ejército y quería que Camilo terminara con esta tendencia tan perniciosa.

—Ya estás otra vez con lo de los comunistas. Creo que ves fantasmas donde no los hay. Estamos en un momento delicado, en unos días pondremos en marcha la Reforma Agraria y muchos de nuestros enemigos están esperando para vernos tropezar. Debemos dar una imagen clara de unidad.

—¿Unidad? Claro que estamos unidos, ya sabes que yo apruebo un reparto justo de la tierra, pero no un sistema comunista. En Rusia y muchos otros países, lo único que han llevado los comunistas ha sido hambre y dictadura. No quiero eso para mi país.

—Yo tampoco, Huber, joder, ya hemos tenido suficiente dictadura —contestó Fidel visiblemente mal humorado.

—Pues tienes que hacer algo.

—¿Qué quieres que haga?

—Parar lo de los artículos.

Fidel se mesó la barba antes de contestar.

—Bueno, seguro que la idea ha sido de Raúl o de Osmany, hablaré con ellos y lo arreglamos en un santiamén.

Tras sus palabras cambió de nuevo de semblante y sonrió a Huber.

—Ahora que estamos tan cerca de conseguir un cambio real para Cuba, no vamos a dejar que estas cosas lo perturben. Tengo muchas presiones; el presidente Urrutia no está muy de acuerdo con la Reforma Agraria ni con algunas nacionalizaciones de empresas. Anda quejándose por ahí de que no cuenta conmigo para nada. Eso no es cierto, pero con su talante liberal todas las cosas se iban a quedar como estaban. Si dejamos todo igual, en unos meses tenemos de nuevo a los gringos llevando el país, y eso sí que no.

Huber le hincó sus ojos claros y le contestó muy serio.

—A ver sí por frenar a los yanquis vamos a meter a los rusos en Cuba. Estamos en medio de una guerra fría y solo podemos elegir pertenecer a una de las dos partes; te aseguro que los soviéticos son peores amos que los estadounidenses.

Huber dejó el despacho de Fidel con una idea en la mente: ver al presidente Urrutia. Quería corroborar todo lo que le había dicho su viejo amigo; ya no se fiaba de nadie.

El coche oficial lo llevó hasta la sede de la presidencia. Apenas había funcionarios o secretarios; el edificio se encontraba medio desierto. Únicamente dos secretarias viejas y el jefe de gabinete estaban en la planta del presidente.

Urrutia recibió a Huber en su despacho, parecía abatido y mucho más viejo que unos meses antes. En cuanto Huber le explicó lo que sucedía, el presidente tomó una botella de cristal del mueble-bar y se sirvió algo de ron.

—¿Quiere, comandante?

Matos afirmó con la cabeza.

—No me vendrá mal para templar los nervios.

—Fidel hace lo que se le antoja. Si los comunistas están más activos es porque él se lo ha permitido. Le he pedido varias veces poner fecha para las próximas elecciones y me ha dicho que por ahora no lo ve. Tenemos una obligación para con los ciudadanos de este país. A nosotros nadie nos ha elegido democráticamente.

—Eso mismo vengo diciendo yo hace meses —contestó Huber después de dar un trago al ron.

—Ante la parálisis de mi cargo como presidente, he pedido la dimisión, pero Fidel me ha comentado que no es el momento. Por lo tanto, ni me deja dimitir ni ocuparme de mis obligaciones. Soy un rehén de este Gobierno.

—Él dice que es él quien no puede dar ni un paso sin que usted se oponga a todas sus políticas.

—¿Sus políticas? No tiene políticas. Da giros de timón peligrosos, está poniéndose en contra a todos los empresarios de la isla, los banqueros y los dueños de las grandes industrias. Muchos miembros de la oposición me están pidiendo que lo destituya, como si eso fuera tan fácil. Sería como destituir a Cristo del Cristianismo.

—Tenemos que hacer algo.

—Pero ¿qué? Si Fidel no para a los comunistas, nosotros no podremos hacerlo. Además, ahora va a tener a todos los campesinos de su parte, tenemos las manos atadas. Lo único que podemos hacer es esperar; cuando la gente comience a pedir elecciones, entonces podremos forzar las cosas.

Huber Matos salió del despacho del presidente aún más furioso y desconcertado que del de Fidel. Tenía la sensación de que su viejo amigo le estaba tomando el pelo. Tomó el primer avión para Camagüey y se dirigió a su casa, que estaba dentro del cuartel general.

María Luisa dejó lo que estaba haciendo y salió a recibirlo.

—¿Cómo ha ido el viaje?

Matos negó con la cabeza y se quitó las botas.

—Pero ¿qué ha dicho Fidel?

—Nada claro, que lo arreglará.

—¿Y Cienfuegos?

—Tampoco parece dispuesto a enfrentarse a los comunistas.

—Déjalo, Huber, regresa a la escuela, nosotros no somos gente de política.

Matos abrazó a su esposa. Sabía que tenía razón, pero se había derramado tanta sangre inocente que no podía permitir que hubiera sido en vano.

CAPÍTULO 23

CAMAGÜEYANOS

Camagüey, 12 abril de 1959

CAMILO VIAJÓ CON FIDEL, EL PRESIDENTE Urrutia y otros altos mandos del Gobierno hasta Camagüey. La reforma de la Ley Agraria parecía encontrarse en peligro; algunos miembros de la oposición no la veían con buenos ojos. Los dirigentes de la Revolución pensaron en celebrar en Camagüey una gran manifestación en apoyo a la reforma. Huber Matos se había encargado de la seguridad, no quería que nada saliera mal. Al llegar a la ciudad, Fidel y sus hombres comprobaron que estaba llena de forasteros que habían venido para escuchar el discurso del presidente y del primer ministro.

—Creo que ya ha sido un éxito —comentó eufórico Fidel al entrar al edificio.

—Hemos calculado que se ha doblado la población de la ciudad; en la plaza hay más de trecientas mil personas —le contestó Matos. Era la primera vez que se veían desde su reunión anterior.

Raúl saludó fríamente a Matos, y Camilo intentó compensarlo dándole un largo abrazo.

Los invitados de honor subieron a la tarima. Primero tenía que hablar el presidente Urrutia, eso se le había ocurrido a Matos, según él para aliviar las tiranteces y demostrar al pueblo que Urrutia apoyaba la Reforma Agraria. Todos sabían que el presidente era un excelente orador, y en cuanto comenzó a hablar, se ganó el afecto de tos camagüeyanos.

—Pueblo de Camagüey, pueblo sufrido y trabajador, que ha trabajado esta bendita tierra durante generaciones, que la ha sembrado con sus lágrimas y su sangre, es ahora tiempo de que recojan el fruto que les han negado aquellos que los han explotado todo este tiempo. Campesinos altivos, es su hora, el momento de que en los papeles conste lo que ya lo hace en cada terruño de esta fértil tierra: sus nombres y a apellidos.

La gente comenzó a aplaudir enfervorecida. Fidel frunció el ceño e hizo un gesto jocoso a su hermano Raúl, aunque en el fondo no soportaba que nadie le hiciera sombra.

Tomó el atril y, levantando la barbilla, miró a uno y otro lado antes de comenzar a hablar:

—Todavía recuerdo aquel día, hace apenas tres meses, cuando conmocionada todavía la nación por la caída de la tiranía, entramos en la ciudad de Camagüey, con los hombres de la Columna 1 «José Martí». Me había llevado de Camagüey una impresión inolvidable (oigan, estense tranquilos ahí, dejen al pueblo tranquilo, vamos a ver si nos ponemos de acuerdo, vamos a ver si los camagüeyanos guardan silencio o no guardan silencio, porque estoy ronco, y si no, no me van a oír; yo creo que sinceramente un acto como este de hoy no tiene precedente por su entusiasmo, bien vale la pena que se le deje desahogar la emoción que realmente ha experimentado en el día de hoy).

»Yo recordaba el acto del 4 de enero y, sinceramente, creí que una manifestación como aquella no volvería a ocurrir, creí que aquello solo podía ser posible por el entusiasmo estremecedor que produjo en todo el país la noticia de la victoria rebelde. Sin embargo, vemos con pesar que mi primer sentimiento en la tarde de hoy fue de asombro, y después me puse a meditar sobre lo que aquí estábamos contemplando, me puse a calcular que la población de Camagüey asciende aproximadamente a 140 000 habitantes, y, sin embargo, aquí se había reunido una multitud equivalente casi al doble de toda la población de la ciudad de Camagüey. Tuve la impresión de que la ciudad había quedado desierta, y me preguntaba cómo pudieron venir tantas personas a este acto y por qué habían venido tantas personas a este acto...

La gente se había calmado tras el discurso de Urrutia, pero no parecían muy impresionados por las palabras de Fidel.

—Bueno, señores, ¿a quién se le ocurre poner en marcha la columna de tractores en medio del mitin? Vamos a esperar, que con el ruido de los motores no dejan oír a nadie. Vamos a ver si guardamos silencio... Vamos a tener que dictar una ley revolucionaria para que todo el mundo se calle la boca en los mítines.

»Hubiera querido decir algunas cosas aquí, pero me va a ser imposible, siempre pasa lo mismo cuando las concentraciones son muy grandes: personas que se desmayan, altoparlantes que se rompen, tractores que echan a andar, gente que protesta porque no la dejan ver la tribuna, y resulta que hacemos un esfuerzo extraordinario, el pueblo viene de los lugares más apartados, se pasa horas enteras esperando que le hablen y resulta que no se le puede hablar al pueblo, porque en las concentraciones demasiado grandes resulta casi imposible que haya silencio.

Camilo miró a su viejo amigo preocupado; parecía más un viejo profesor malhumorado porque no le hacían caso que el líder de masas que él conocía. Sabía que Fidel se ponía siempre de aquella forma cuando se sentía inseguro, y aquel día lo estaba.

—Nuestra consigna es clara, nuestra consigna es bien clara: que haya elecciones, pero que haya elecciones cuando no quede un solo desempleado en nuestra patria; que haya elecciones cuando no quede un solo cubano que no sepa leer ni escribir; que haya elecciones cuando haya una cama y un médico y medicinas para cada cubano que se enferme; que haya elecciones cuando los campesinos tengan sus tierras. Porque entonces sí serán elecciones democráticas y libres; porque entonces sí que no podrá venir nadie a ofrecer una cama en el hospital a cambio del voto, a ofrecer cinco pesos a cambio del voto, a ofrecer favores a cambio del voto. Lo otro no era democracia; lo otro era un comercio repugnante de conciencia; lo otro era el imperio de la oligarquía que venía con su dinero a comprar cargos de senadores, de representantes y de alcaldes; lo otro era pisotear en el dolor, en la ignorancia y en la miseria de nuestro pueblo.

Huber Matos abrió los ojos como platos al escuchar aquellas palabras. Fidel estaba diciendo a las claras que no tenía ninguna intención de celebrar unas elecciones libres con la excusa de que el pueblo no estaba preparado.

Urrutia, que estaba sentado detrás, se movía inquieto, Camilo tragaba saliva y Raúl no dejaba de aplaudir a cada palabra de su hermano.

En cuanto terminó la reunión y todos se dirigieron al edificio principal, Matos se acercó a Camilo y le dijo al oído:

—¿Lo has escuchado? No lo ha podido decir más claro, Fidel no quiere elecciones, se va a quedar en el poder.

—Ya hablaremos de eso en otro momento. Antes de la reunión de la cúpula revolucionaria en La Habana, tengo que venir aquí.

Cenaron en el Gran Hotel de Camagüey. Huber Matos intentó mostrarse hospitalario a pesar de que estaba furioso por las palabras de Fidel.

—Huber, ¿quién invitó a Urrutia al acto?

—La Coordinación del Movimiento.

—Pues la próxima vez, no quiero que hable en los mítines en los que voy a hablar yo. ¿Entendido? Ese viejo es muy astuto.

Urrutia, que estaba al otro lado, se dirigió a Fidel y le preguntó:

—¿Es cierto que Batista le propuso ser ministro de uno de sus Gobiernos?

Se hizo un silencio incómodo en la mesa. Fidel había conocido a Batista con apenas tres años, ambas familias vivían muy cerca una de la otra, y el padre de Fidel mantenía una buena relación con Fulgencio y su familia. Batista fue incluso su padrino de bautizo. También lo había sido para su boda con Mirta Díaz-Balart, hija de un ministro del dictador, y fue quien financió su viaje de novios a Nueva York, una estancia que duró varios meses. Aunque la relación se enturbió cuando Fidel presentó una denuncia en La Habana por la derogación de la Constitución de 1940 con su golpe de Estado de marzo de 1952. Batista lo envió a una cárcel muy cómoda y con grandes privilegios, para amnistiarlo poco después.

—Ese cerdo habría hecho cualquier cosa para ponerme de su parte —dijo Fidel levantando la barbilla.

—Entonces, ¿le ofreció una cartera? —insistió en preguntar Urrutia.

Fidel no era de los que se callaban, así que comenzó a menear la cabeza y después hincó la mirada en el presidente.

—Batista me ofreció el Ministerio de Justicia, pero le contesté que no, que no serviría a un Gobierno que quería derogar una constitución democrática. —Aquel era el momento que Urrutia había estado esperando. Fidel continuó—: Claro, iba a presentarse por el Partido Ortodoxo como candidato en las elecciones de 1952.

—¿Por qué se opone ahora a convocar elecciones?

—Creo que ha quedado claro en mis discursos: los políticos son unos expertos en manipular y pervertir las consciencias de la gente humilde; muchos se aprovechan de su ignorancia y otros de su pobreza para controlar las elecciones, por no hablar de los medios de comunicación que siempre están vendidos al capital y a las grandes empresas. Si convocamos elecciones demasiado pronto, lo que harán nuestros enemigos será quitarnos el poder para devolverlo a los mismos que nos llevaron a esta situación, a esa mafia estadounidense y su Gobierno corrupto.

—¿Cuándo será libre el pueblo? —preguntó Huber Matos.

—Cuando nadie pase hambre, todos hayan recibido una educación y sean ciudadanos de pleno derecho.

—Pero, Fidel, para que lleguemos a esa situación puede que pasen décadas —comentó Huber Matos.

—Los verdaderos cambios siempre son lentos y difíciles.

La cena terminó muy tarde, pero Fidel y Camilo no tenían sueño, salieron al patio del hotel para fumar un poco antes de irse a la cama.

—¿Qué piensas, Camilo? Ya sabes que confío mucho en tu criterio.

Cienfuegos dio varias bocanadas al habano antes de contestar.

—Bueno, ya sabes que yo no estoy tan leído como tú, soy un hombre del pueblo.

—Por eso me interesa tu opinión.

—Creo que la mayoría de la gente lo único que quiere es paz y trabajo, poder gozar con sus seres queridos los años que esta mísera vida les regale, ir los domingos a la playa o al campo, poder dar un buen futuro a sus hijos y morir en paz.

—Sabias palabras, Camilo.

—La libertad no es una idea abstracta de esas que pronuncian los filósofos, es el derecho de cada hombre de vivir su propia vida sin que nadie se lo impida o lo convierta en un esclavo.

Fidel sonrió a su viejo amigo.

—Esa es la Revolución que estamos construyendo: una comunidad de hombres libres, en la que cada uno tenga la oportunidad de vivir conforme a su conciencia y aportar a la comunidad con sus capacidades y dones.

Las palabras de Fidel sonaban hermosas, como siempre, pero Camilo ya no confiaba en él. Había perdido la fe, la confianza, y aunque sonrió ante las palabras de su camarada, en el fondo tuvo deseos de llorar, gritar y salir corriendo.

—No podemos permitir que nadie se interponga en el camino de la Revolución y de la libertad de nuestro pueblo, aunque sea nuestro hermano o amigo. Estoy casado con Cuba, es mi esposa, mi madre y mi dueña.

Aquellas palabras de Fidel le parecieron proféticas a Camilo, como si al escucharlas, de alguna forma, su viejo amigo estuviera conjurando unas fuerzas poderosas e invisibles que lo mantendrían en el poder fuera como fuera. Camilo se estremeció. Lo achacó al frescor de la noche, pero en el fondo sabía que la causa era el influjo que Fidel ejercía sobre los hombres y la forma en que sus palabras podían convertirse en la cárcel más terrible del alma.

CAPÍTULO 24

EL CÓNCLAVE

Camagüey, 1 de mayo de 1959

CAMILO FUE FIEL A SU PROMESA. A pesar de que llevaba varias semanas sin ver a Adela, se dirigió a Camagüey para reunirse con su amigo Huber Matos. Quedaron en el Gran Hotel de Camagüey; nadie conocía los detalles de la reunión y únicamente los acompañaban sus hombres de confianza.

—Gracias por venir Camilo, imagino que La Habana será una olla de grillos ahora que se aproxima la reunión de la cúpula de la Revolución.

—Sí, pero creo que nuestra reunión es de vital importancia, tenemos que asegurarnos de que la Revolución no tome un rumbo equivocado.

Los dos hombres se sentaron en una mesa en un cuarto privado, a salvo de miradas indiscretas. Huber le había estado informando a Camilo de todos los artículos que aparecían con ideología marxista en la prensa del Movimiento.

—Es preocupante.

—Sí, y Fidel no ha hecho nada, aunque me lo prometió —dijo Huber.

—Están claramente desviando el proceso hacia el marxismo. Aprecio mucho al Che, pero junto a Raúl y mi hermano están poniendo las bases para crear un régimen soviético. Odio el capitalismo y no me gustó lo que vi en los Estados Unidos, pero el comunismo es infinitamente peor.

—Por no hablar de que los Estados Unidos nunca consentirán un régimen comunista a unas millas de Miami.

—Creo que lo más importante es informar a gente de confianza, ponerla en guardia sobre este asunto, pero sin caer en provocaciones —dijo Camilo, que no disimulaba su nerviosismo. Sabía que, en el fondo, aunque ellos lo llamaran de otra forma, estaban conspirando contra el Gobierno de su amigo y líder Fidel Castro.

—¿Crees que sería prudente decir algo en la reunión?

Camilo lo pensó un poco.

—He leído el programa y únicamente hablará Fidel. Puede que haya tiempo de preguntas, pero creo que no sería una buena idea.

Los dos hombres se comprometieron a extender las señales de alarma a otros líderes de la revolución de confianza. Hasta que no lograsen un frente común y suficiente fuerza no podían medirse con las de Fidel. Debían tener paciencia y esperar.

Unos días después del regreso de Fidel de su viaje por los Estados Unidos, se convocó la reunión en la sede del Tribunal de Cuentas. La Ley Agraria estaba a punto de ser promulgada y la tensión en el país podía palparse. Mientras Fidel se encontraba fuera del país,

Raúl no se había quedado de brazos cruzados. Había enviado al coronel Barquín como agregado militar en el extranjero y colocado en la dirección del G2 del Ejército a uno de sus hombres de confianza, Ramiro Valdés Menéndez. Ahora los Castro dominaban los servicios de inteligencia y espionaje de Cuba; su intención era tener controlados a todos los enemigos internos y externos del país.

Unos cien miembros del Movimiento se reunieron aquel día en el edificio del Tribunal de Cuentas. A todos los asistentes se les había informado que tendría como único orden del día la organización del trabajo de la Revolución y Fidel sería el único que intervendría.

Camilo procuró ponerse lo más alejado posible de Huber Matos. Nadie debía sospechar nada de sus intenciones o su plan sería abortado antes de echar a andar.

—Compañeros, es un placer verlos a todos juntos como en los viejos tiempos. A veces uno echa de menos los días en la sierra Maestra, cuando nos atrevíamos a soñar con una Cuba nueva. Ahora está en nuestras manos, pero la tarea no es fácil. Los enemigos de la Revolución se encuentran en todas partes, pertenecen a todas las clases sociales y algunos aparentan ser nuestros amigos. —Fidel hizo un silencio y, cambiando el gesto, comenzó a subir el tono de la voz—: ¡Y saben que se ha absuelto a esos pilotos asesinos de Batista! ¡El juez de Santiago de Cuba los ha declarado inocentes porque no se ha encontrado el libro de operaciones! ¿Qué mierda es esa? Hay que repetir ese juicio. ¡Esas fechorías no pueden quedar impunes!

Nadie se atrevió a contradecir a su líder, aunque cualquier régimen democrático prohibía juzgar dos veces a una persona por un mismo asunto. Fidel estaba dispuesto a saltarse las leyes y terminar con la separación de poderes si no le gustaban las sentencias de los tribunales.

—Los jefes militares de cada provincia tienen que ejercer a la vez el cargo de jefe revolucionario. El pueblo simpatiza con nuestra causa, pero hay que comprometerlo de manera militar; hay demasiados peligros a nuestro alrededor para que el Ejército caiga en malas manos. Tenemos que reorganizar todo el ejército y sacarlo de las ciudades para distribuir sus cuarteles por lugares estratégicos. Mi hermano Raúl no ha logrado todavía formar un verdadero Ejército Revolucionario, no sé si es por su pereza o su incapacidad.

Raúl protestó:

—Fidel, ya sabes que no ha sido fácil. Nos faltan efectivos y no hemos contado con el antiguo Ejército de Batista como tú nos pediste, pero cuesta formar a los campesinos y convertirlos en verdaderos soldados.

—Yo organicé un ejército de la nada, sin dinero, en mitad de la Sierra, y tú no puedes hacerlo con dinero y recursos. Eres un majadero. Espero que eso lo soluciones de inmediato o si no, a la calle, me importa un carajo que seas mi hermano. ¿Entendido?

Raúl afirmó con la cabeza gacha, como si se avergonzara del trato que le estaba dispensando su hermano.

Camilo vio cómo Huber Matos se ponía en pie, y se temió lo peor. Fidel aún estaba furioso increpando a su hermano cuando todo el mundo se fijó en el acto de Huber, que se atrevió a intervenir:

—Compañeros, en los tiempos difíciles de la Sierra, éramos todos como hermanos, y esa fraternidad es la que debe reinar entre nosotros. Estábamos unidos con el único propósito de la victoria; por eso propongo que, ahora que estamos en el poder, nos mostremos con la mayor de las cautelas y salvemos la imagen de la Revolución. Somos solo nosotros, los hombres a cargo del proceso, los que lideramos esta nación. No debemos permitir que nuestras discrepancias se conozcan en público y desconcierten al pueblo solidario y entusiasta que hasta ahora nos ha apoyado.

Raúl aprovechó las palabras de Huber para abandonar la sala, avergonzado. Fidel retomó la palabra.

—Tienes razón Huber, debemos darle al Movimiento 26 de Julio un rol importante y una integración distinta como instrumento político. No podemos ser únicamente los vigilantes de la Revolución, debemos llevarla a cabo y poner en práctica nuestra visión de esta. Nosotros somos los autores de la Revolución y ahora debemos ser los actores, los que intervengan para llevarla a buen puerto…

Tras dos horas de eternas divagaciones de Fidel, se hizo un receso en la reunión, y Camilo, Matos y el Che se acercaron hasta su líder para pedirle clemencia por el comandante Jaime Vega, que había sido degradado tras sufrir una emboscada en Pino Tres y perder a varios de sus hombres.

—Ya veremos. No podemos ser débiles con las órdenes ni dejar pasar las negligencias.

La reunión se reanudó unos minutos más tarde. Fidel comenzó a hablar de nuevo, pero en uno de sus incisos, el Che pidió la palabra.

—Veamos qué quiere decirnos nuestro amigo y compañero.

El Che se puso en pie y se dirigió a Matos.

—Compañero Huber Matos, me han dicho los camaradas del Partido Comunista de Camagüey que te niegas a recibirlos y a devolverles el archivo de su partido incautado por Batista.

Huber sabía que el Che estaba intentando meter a Carlos Rafael Rodríguez como enlace del Partido Comunista en Camagüey, para que tomara más fuerzas en la provincia.

—Nosotros atenderemos al compañero Carlos Rafael Rodríguez como se merece cuando regrese a Camagüey. Y con respecto al resto, si lo piden por los canales adecuados, no habrá ningún problema en devolverles sus archivos —concluyó el Che. Fidel añadió:

—Aclarada la cuestión les anuncio que haré algunos viajes por Sudamérica explicando nuestra Revolución. Queremos que todo el continente y el mundo sepa lo que está pasando aquí y no sean esos medios vendidos al capital los que lo expliquen con sus tan sabidas mentiras.

Al terminar la reunión, Fidel se acercó a Huber Matos y le dijo en voz baja:

—No te puedo llevar en ninguno de los viajes. Me hubiera gustado que vinieras a Caracas a la toma de posesión de Betancourt.

—No importa, Fidel, tengo mucho trabajo en Camagüey.

—A veces pareces un calvinista, siempre trabajar y trabajar. Te pido que ayudes a mi hermano Raúl en su cometido, creo que el ministerio le queda grande.

—Lo que digas.

Huber no se extrañó del comentario del mayor de los Castro. Cuando estaban en sierra Madre ya le había pedido que vigilara las acciones de su hermano.

—¿Pensaste en lo que te dije sobre el Partido Comunista? —se atrevió a preguntar Huber.

En ese momento llegaron Camilo y otros miembros del Movimiento. Fidel puso su media sonrisa y le contestó:

—Eso está controlado, no te preocupes, yo me encargo.

Camilo y Huber cruzaron una mirada de incredulidad, mientras Fidel cambiaba de tema y comenzaba a caminar hacia el comedor.

—¡Tengo un hambre de mil diablos! —exclamó Fidel tocándose su tripa debajo del uniforme verde oliva.

CAPÍTULO 25

LA DULCE ADELA

La Habana, 2 de mayo de 1959

LA CENA FUE EN UN RESTAURANTE muy cercano al mar. Después de semanas sin poder verse, Adela y su amado habían logrado un encuentro rápido, antes de que Camilo tuviera que irse con el Che por varios países de América. Habían estado en contacto telefónico todo el tiempo, pero al verse uno frente al otro volvió a surgir la magia, aquello que muchos llamaban amor.

—Creo que no necesitas una novia —le dijo Adela con una sonrisa—, estás demasiado ocupado.

Camilo le devolvió la sonrisa.

—No eres mi novia.

La mujer frunció la nariz y después se cruzó de brazos mientras Camilo añadía:

—Una novia es la que va a casarse, y no hemos hablado de bodas, ya me casé una vez y...

—No te he pedido que te cases conmigo, Camilo —contestó furiosa la mujer.

—Lo siento, simplemente era un problema semántico, para mí el amor está por encima del matrimonio.

—Y del compromiso, por lo que veo.

—No, del compromiso no. Algunos necesitan firmar un papel para sentirse comprometidos, pero para mí un beso de amor verdadero es una unión para toda la vida, hasta que la muerte nos separe.

El hombre extendió su mano y cogió la de la mujer. Llegó el mozo y les preguntó que iban a comer. Pasaron la siguiente hora riendo y hablando de mil cosas: del trabajo de ella, de los viajes que tenía que hacer Camilo, aunque él no se atrevía a compartir con ella lo que le pesaba en el corazón.

—Te veo algo ojeroso, cansado, creo que tu trabajo te tiene agotado.

—Sí, pero no es solo el trabajo. Tengo que tomar decisiones, posiciones que no son nada fáciles. Desde niño siempre preferí, hasta en los juegos, ponerme en un segundo plano; no me gustaba ser el protagonista. Prefería seguir a un buen líder. Cuando me hice adulto me sentí perdido. Mi padre ya no era ese héroe que todos vemos cuando somos pequeños, y tampoco veía así a mis hermanos. Vagué por los Estados Unidos buscando una causa, un propósito para vivir. Cuando me deportaron a Cuba me quedé asombrado de cómo había empeorado la situación. Participé en las movilizaciones, pero me hubiera ido a los Estados Unidos y escapado de todo lo que estaba pasando aquí, solo que me pasó algo. Estando en Los Ángeles, me enteré de lo que estaban planeando los miembros del Movimiento, y decidí dejarlo todo y, por primera vez en la vida, comprometerme. Al principio era todo como un juego, pero después me di cuenta de que estábamos arriesgando la vida. Me costó mucho entrar en el círculo de confianza de Fidel; no me permitió acercarme a él hasta que observó mi valor en el campo de batalla. Yo ya lo admiraba desde lejos, pero tuve miedo de que, al conocerlo, eso empañase su figura, pero no lo hizo. En la sierra Maestra era el padre de todos nosotros. Nos inspiraba y acunaba con su voz, pero ahora, no sé, las cosas han cambiado.

—Todo cambia, nada permanece, es la primera ley de la vida. Además, nosotros también cambiamos; puede que hayas madurado y ya no necesites a un padre, que veas las cosas que antes no querías ver o que simplemente no estaban ahí.

Tras la cena pasearon por el Malecón y Adela señaló uno de los hoteles.

—Quiero que vayamos allí.

Camilo frunció el ceño.

—¿Para qué?

—¿Eres tonto?

Los dos caminaron de la mano hasta el hotel, pidieron una habitación que el recepcionista se negó a cobrar al ver que era Camilo Cienfuegos quien se la pedía, aunque al final este la pagó.

Subieron por el ascensor, después se dirigieron a la terraza y contemplaron la noche habanera.

—Siempre quise irme de Cuba, me agobiaba vivir en una isla —dijo la mujer.

—Pero si eres cubana.

—Ya, pero quería conocer el mundo, y ahora sé que todo es igual, hombres y mujeres luchando por sobrevivir y ser felices. Ahora tú eres todo mi mundo.

Los dos se besaron, después se dirigieron hacia la cama y ella se desnudó lentamente.

—¿Estás segura?

—No seas tonto, nunca he estado tan segura de algo.

Se puso encima de él y siguieron besándose toda la noche, hasta que el alba les recordó que eran mortales y que debían seguir jugando en el gran teatro de la vida, cada uno en el papel que le había tocado en suerte.

CAPÍTULO 26

VIAJES

La Habana, 3 de mayo de 1959

EL CHE VIO POR LA VENTANILLA cómo La Habana se convertía poco a poco en una minúscula maqueta hasta desaparecer por completo. Camilo parecía pensativo justo a su lado: aún recordaba la noche que había pasado con Adela; jamás se había sentido tan enamorado.

—¿Qué te pasa boludo? Parece que tienes la cabeza en las nubes.

—Justo es eso —dijo Camilo señalando por la ventanilla.

—No me digas que te has enamorado; el amor y la revolución casan mal.

—Lo dices tú que estás coladito por Aleida.

El Che sonrió y después frunció los labios antes de hablar.

—Es cierto, pero para mí lo primero es la Revolución. Quiero a mis hijos y respeto a mi exesposa Hilda, pero si uno no se entrega por completo, es imposible que el mundo cambie.

—Yo no creo que pueda cambiar el mundo; soy un simple cubano que se conforma con que sus compatriotas vivan mejor.

El Che miró de reojo a su compañero.

—Camilo siempre tan pragmático; mientras nosotros nos perdemos en la oratoria y la teoría, tú siempre das en el clavo. Ya sabes que soy profundamente antimperialista. Creo que los Estados Unidos han hundido al resto de América, marxista y comunista. He oído por ahí que no quieres que los comunistas tengamos más poder. Nosotros somos los únicos que sabemos exactamente qué clase de mundo queremos, además de que somos los que estamos más organizados.

—También los que pactaron con Batista cuando las cosas se pusieron feas. —El Che frunció el ceño—. No me refiero a ti ni a Raúl, pero ya sabes que el partido encabezado por Blas Roca sí lo hizo.

—Yo no me meto en política —bromeó el argentino.

—¿Crees de verdad que todos somos iguales y que hay que abolir la propiedad privada?

—No, amigo. Lo que hay que socializar son los medios de producción, para que los campesinos y obreros tengan un sueldo justo. Hasta ahora todo el beneficio se lo quedaban el terrateniente o el empresario, pero ahora es el tiempo de los pobres.

—En Europa las cosas no son así. He leído un poco, y los obreros tienen salarios dignos y viven en libertad sin la necesidad de la dictadura del proletariado.

—Esas posiciones socialdemócratas son cortoplacistas. En el fondo todo el mundo sabe que el capitalismo está a punto de colapsar, lo único que hace es exprimir los recursos naturales y a la gente. No se puede crecer indefinidamente.

Camilo había escuchado ese argumento antes.

—Eso decía Marx hace casi cien años, y el capitalismo no parece que vaya a desaparecer de inmediato.

—Mira la Unión Soviética o los países del Este, allí nadie está tirado por las calles como en Nueva York.

—Puede que tengas razón, pero Stalin asesinó a millones de personas y a otras las dejó morir de hambre para conseguir sus propósitos.

El Che encendió un cigarrillo.

—Esa mentalidad es típica de Occidente. ¿Qué es más importante: el bienestar individual o el colectivo? Puede que Stalin dejara morir a millones, pero fue para salvar a cientos de millones. Ahora la Unión Soviética es uno de los países más desarrollados del mundo.

—Pero con menos libertad —apuntó Camilo.

—Libertad burguesa. Para ellos es muy importante la libertad de expresión, de reunión, de creencias y ciertos derechos individuales, pero la verdadera libertad se conseguirá cuando después de la dictadura del proletariado, el nuevo hombre no necesite que nadie lo controle, el nuevo hombre soviético.

Camilo encendió su puro.

—A veces hablas como un cura. El paraíso socialista, el nuevo hombre, el mundo ideal.

—Eres un cínico. Cómo se nota que eres hijo de españoles; ellos son unos expertos en ese deporte.

—Puede que sea cierto, pero provengo de una raíz de personas que han sufrido durante siglos y muchas veces han creído en los cantos de sirena. Cuando veo al hombre, me salta a la cara su egoísmo y maldad, su capacidad para el odio y la violencia. No creo que eso vaya a cambiar de la noche a la mañana. Creo que la labor de un buen gobierno es conseguir que esos instintos fratricidas estén dormidos y que haya cierto equilibro social.

El Che señaló la cercana Florida.

—¿Ves eso? Puede que tengas razón, pero los Estados Unidos no nos permitirán hacer democracias como la suya. Ya lo he visto en Guatemala y otros lugares. Los intereses como la United Fruit Company quitan y ponen presidentes en Centroamérica, pero también aquí. Sus tentáculos se extienden por todo el continente y otras empresas no le andan a la zaga. ¿Cómo podemos frenar eso? ¿Con buenas palabras e intenciones? No, amigo. Lo único que para al imperialismo son las balas. Quiero que la Revolución se extienda a toda América, que los Estados Unidos tengan que regresar a sus fronteras naturales, y si para ello tengo que aliarme con el diablo, lo haré, te lo aseguro.

—Las alianzas con el diablo nunca salen bien.

—Ya lo sé, Camilo, pero es el único que parece interesado en cambiar las cosas. Dios está dormido hace demasiado tiempo.

Cienfuegos meditó acerca de las palabras de su amigo. Sabía que el Che tenía razón en parte, pero él creía que la Revolución continua traería más dolor y desgracias que paz. El mundo se merecía algo mejor que aliarse con el diablo para ser libre; él, al menos, no quería ese tipo de libertad.

CAPÍTULO 27

REFORMA O MUERTE

La Habana, 16 de mayo de 1959

EL PRESIDENTE URRUTIA ESTABA FURIOSO, y buena parte de su Gobierno también. Tenían ante sí la Ley Agraria, pero Fidel pidió a todos los ministros que la aprobasen sin leerla antes.

—No podemos hacer algo así. Nuestra responsabilidad es asegurarnos de que cumple con las normas constitucionales y que se puede aplicar sin vulnerar ningún derecho.

—Me importan una mierda los derechos de los terratenientes: la primera finca a expropiar será la de mi madre. Ya saben que yo siempre doy el ejemplo. ¿Piensan que me importa perder mi herencia o mis derechos? No me importa el dinero. Lo que quiero es que nuestros campesinos salgan de la esclavitud en la que están hace cientos de años. Mi padre contrataba a obreros haitianos para saltarse las pocas condiciones laborales a las que estaba obligado en Cuba y para pagarles miseria. A las afueras de Santiago miles de negros viven como si estuvieran en la selva, y eso le importa un carajo a la gente de la ciudad; tenemos que acabar con los ciudadanos de primera y de segunda.

—Pero he enseñado el proyecto a José Antonio Guerra, el administrador del Banco Nacional, y me ha comentado que al compartirlo con su director Felipe Pazos han visto algunas deficiencias —dijo el ministro de Agricultura, que no había participado en la composición de la ley.

Fidel se giró hacia él y le hincó su mirada; muy pocos podían resistirla.

—Esos burócratas no saben nada de la tierra; yo he vivido muchos años en una hacienda y sé cómo funciona.

—El director y administrador han dicho que bajará la producción de alimentos. No es eficiente dividir la tierra en fincas más pequeñas. Esto es más un reparto de propiedades que una mejora de la agricultura. Las haciendas de menos de cuatrocientas hectáreas no son productivas.

—Ya sabes que se ha hecho una excepción con las de caña de azúcar y arroz, además de que el Gobierno podrá conceder a una compañía el control de más hectáreas si lo ve necesario.

El ministro de Agricultura decidió no contestar; sabía que era inútil llevarle la contraria a Fidel.

—La ley la ha redactado el doctor Osvaldo Dorticós —continuó Fidel.

El presidente sabía que Dorticós no tenía ni idea de la situación del campo cubano; simplemente quería contentar a los campesinos y ponerlos del lado de la Revolución. Sin dar pie a réplicas, Fidel concluyó:

—Además se ha creado el INRA, el Instituto Nacional de Reforma Agraria, que creará cooperativas y administrará directamente las tierras del dictador Batista y todos sus aliados. Estamos haciendo historia, señores. Mañana la firmaré para celebrar el Día del Campesino y daré un discurso para que la gente entienda la envergadura del cambio que estamos produciendo. Ahora, todos a votar.

La ley fue aprobada. Cientos de miles de personas se desplazaron hasta la comandancia de La Plata, en la sierra Maestra.

Las carreteras se encontraban anegadas por las lluvias, y a muchos altos cargos les costó llegar a tiempo a la firma de la ley. Huber Matos logró llegar en helicóptero con algunos compañeros. Fidel llevaba una hora hablando sobre la nueva ley mientras muchos de los oyentes permanecían bajo la lluvia torrencial. Castro era capaz de tener ese tipo de magnetismo sobre las masas. Matos se puso al lado Camilo con su chubasquero y se quedó escuchando.

—Todos sabemos cuál ha sido la vida de la república desde sus inicios. Todos sabemos el ambiente de corrupción, de hipocresía, de insinceridad y de inmoralidad, de falta de patriotismo, de falta de sentido de amor a la nación, de falta de conciencia de los deberes que tenemos para con nuestros propios intereses. Todos sabemos que ese ha sido el ambiente en que ha vivido la nación, y que nosotros nos hemos propuesto rectificar en todos los sentidos.

»Los datos estadísticos demuestran, por ejemplo, que un 1,5 % de los propietarios poseen más del 46 % del área nacional en fincas, mientras 111 000 fincas de menos de dos caballerías vienen ocupando menos del 12 % del área nacional. Por lo tanto, esta Ley no afecta a la inmensa mayoría de los propietarios de fincas. Esta Ley afecta al 1,5 % de los propietarios y, sin embargo, permitirá al Gobierno Revolucionario resolver la situación económica de más de 200 000 familias campesinas.

La gente no se cansaba de aplaudir a su caudillo, al nuevo padre de la patria.

—Y así, la medida de la Reforma Agraria debe marchar parejo, con todas las demás medidas de la Revolución, en cada una de las cuales nos esmeraremos cada día más; los beneficios de cada una de las cuales se verán cada día más, no solo en el llano, sino aun en estos apartados rincones de la sierra Maestra, donde ya se levantan las gigantescas cooperativas de consumo, donde ya se disponen los créditos para comenzar a adelantar desde ahora mismo créditos a los campesinos.

»Y así, comenzando por la sierra Maestra, que fue el lugar más destruido por la guerra, el que más sufrió en la guerra, y que es sin lugar a dudas la zona del campo más pobre de Cuba por no haberse podido desarrollar económicamente, por ser los que están en peor situación económica, a las familias de la sierra Maestra que se dedican a la agricultura, que poseen algunas parcelas dedicadas a distintos cultivos, se dedicará de inmediato un millón de pesos para créditos, que recibirán a un interés solo del 4 %, a pagar en dos años. Crédito que es simplemente para empezar.

Huber le preguntó al oído a Camilo.

—¿Has podido hablar con parte del Ejército?

—He estado viajando, pero me ha servido para que el Che me dijera cuáles son sus verdaderas intenciones; pero será mejor que hablemos de ello en otro momento.

Fidel dejó la tarima después de horas de discurso. Parecía agotado, pero al mismo tiempo le brillaban los ojos, somo si se encontrase en éxtasis.

Todos se dirigieron hacia una de las casas. Fidel tomó un poco de ron y algo de comida mientras el resto de los jefes no dejaba de elogiarlo, pero al final los mandó a todos a salir, menos a Huber y a Camilo.

—¿Sabes qué es lo que me preocupa de verdad? —preguntó Fidel dirigiéndose a Huber.

Huber negó con la cabeza.

—Ver cómo hacemos para que la Revolución salga adelante. Tengo la sensación de que en cualquier momento el pueblo puede ponerse en contra. Son como ovejas que se dejan guiar a cualquier lugar. Tenemos que cumplir todo lo que hemos prometido o perderán su fe en nosotros.

—Si creásemos un Consejo Revolucionario conseguiríamos mayores consensos —le dijo Huber.

—No quiero que la Revolución se convierta en una jaula de grillos. Demasiado me cuesta meter en vereda al consejo de ministros. Ya sabes que cada cubano tiene una opinión distinta y que es muy difícil que nos pongamos de acuerdo en algo.

—Lo sé, pero si las leyes las hacen unos pocos, a la larga causarán problemas.

Fidel frunció el ceño, después se despidió y se fue a dormir.

Camilo y Huber aprovecharon para reunirse discretamente en una sala.

—Estoy a favor de la ley, ya lo sabes, aunque creo que no será muy práctica y que la mayoría de los campesinos se convertirán en presos del INRA —dijo Huber.

—Es muy difícil aventurar qué va a pasar, pero sin duda debíamos llevar a cabo la reforma.

Huber afirmó con la cabeza y después cambió de conversación.

—¿Has visto lo que ha pasado con Blas Roca? Ha comentado que Fidel no está legitimado por el pueblo. El periódico *Revolución* ha dicho que el Partido Comunista es un desviacionista y que no está a favor del Movimiento. Creo que es nuestra oportunidad para acabar con él de una vez por todas.

—El Che se siente muy seguro, me ha dicho que él quiere que se implante un sistema socialista al estilo soviético.

Huber se quedó sorprendido ante las palabras de su amigo.

—¿Lo ha dicho así, sin más?

—Ha sido muy claro y me ha pedido que no me oponga al proceso.

—Tenemos que volver a hablar con Fidel.

Camilo parecía dudoso.

—Creo que es mejor que sigamos aumentando nuestra influencia. Fidel prefiere los hechos consumados y apostará por los que vea más fuertes y unidos. Ahora que los comunistas parecen haber caído en desgracia es el momento propicio.

Huber era consciente de que Camilo tenía razón, pero él, que leía la prensa extrajera, sobre todo la norteamericana, veía cómo cada vez se hablaba más de la deriva comunista de la Revolución. Si los Estados Unidos intervenían, el sueño de Cuba podía convertirse pronto en pesadilla.

—Tenemos que convencer a los sindicatos no comunistas para que se unan a los partidos de la oposición para que tomen más relevancia y que, al mismo tiempo, el Movimiento despierte y se dé cuenta de que es el momento de tomar las riendas de Cuba antes de que nos tomen la delantera los comunistas.

CAPÍTULO 28

EL HOMENAJE

Camagüey, 26 de mayo de 1959

CAMILO HABÍA SIDO INVITADO CON EL presidente Urrutia a la celebración del Día del Abogado, en el que Huber Matos quería homenajear a Manuel Urrutia por su labor. Camilo había disculpado su ausencia, pero sabía que Fidel se enfadaría al enterarse de que Urrutia pronunciaría un discurso; llevaba meses intentando aislarlo para que su presidencia fuera testimonial. Unos días antes, Castro había tenido que enfrentar a los comunistas en público, y después había tenido que ver cómo todos los sindicatos se unificaban para formar el Frente Obrero Humanista. Al líder cubano no le gustaban los movimientos obreros; temía que pudieran enfrentarse a su poder o poner al país en pie de guerra. Todos criticaban el Gobierno de Fidel: unos lo consideraban demasiado tibio y moderado, otros muy extremista.

A pesar de la condena indirecta a los comunistas para advertirles que en la Revolución no había sitio para extremistas, la realidad era que cada vez detentaban más cargos en las instituciones, sobre todo en el nuevo Instituto Nacional de Reforma Agraria.

Urrutia, después de recibir el homenaje en Camagüey, pronunció un breve discurso de agradecimiento que fue muy aplaudido por la multitud. El caudillismo de Fidel opacaba a todo el que intentase pensar o actuar por sí mismo, pero sin duda el presidente era un hombre brillante.

Después del discurso de Urrutia, subió al estrado Huber Matos. Apenas quería añadir unas palabras de respeto al presidente, pero también quería enfocar lo mejor posible la ideología de la Revolución.

—Compañeros y camaradas, estamos hoy aquí para homenajear al presidente Urrutia, pero también para enfatizar el carácter sagrado de esta Revolución. La Revolución está basada en el desafío por las armas a un régimen tiránico y antidemocrático. La victoria se dio por el sacrificio de un pueblo cansado de ser dirigido desde el exterior y mal gobernado por reyezuelos que en lo único que pensaban era en medrar y hacerse ricos a costa de todos nosotros. Por ninguna causa podemos desviar esa misión sagrada y poner por delante los ideales de cualquiera de los miembros del Movimiento. No estamos aquí para cumplir nuestros deseos, sino los del pueblo cubano.

La gente comenzó a aplaudir las palabras de Huber.

—Nadie es dueño de nuestra Revolución ni puede imponer sus doctrinas políticas al resto. El pueblo de Cuba está llamado a ser libre y a elegir libremente su destino.

Tras sus palabras, Huber y Urrutia se fueron a comer. Mientras se dirigían al restaurante, el presidente le dijo en voz baja:

—Comandante, me ha gustado mucho su discurso. Si usted fuera el jefe del Estado Mayor del Ejército en Cuba estaría más tranquilo, pero lo tienen destinado aquí lejos, en las provincias.

Entiendo que hace todo lo posible para que la Revolución no se desvíe de su rumbo. Le confieso que yo me siento como un prisionero. Ya le comenté que no me dejan renunciar, pero algunas de las decisiones que se están tomando van en contra de mi opinión y de mi conciencia. Fidel piensa que si dejo el cargo, podría producirse una crisis de Gobierno que lo afectará a él.

—Pero ¿ha hablado con Fidel y Raúl?

—Sí, les comenté que podría pedir una excedencia de treinta días por enfermedad y después retirarme discretamente, pero no han querido.

El discurso de Huber Matos salió unos días más tarde en el periódico *Revolución*; su director, Carlos Franqui, era uno de los que se oponían al giro comunista de la Revolución.

Unos días más tarde, Huber Matos acudió a una reunión en La Habana con Raúl, Fidel y el Che, después de la toma de posesión de algunos ministros nuevos.

Raúl apenas lo había saludado, pero fue el primero en hablar.

—Huber, tienes mucha suerte. Yo doy discursos por todo el país y nunca me los publican, y el tuyo sale en primera plana. Tú que dices que prefieres no hablar, resulta que tu voz se escucha más fuerte que ninguna otra.

—Bueno, tal vez por eso, que hable yo es noticia —contestó para restarle importancia al asunto.

El Che permanecía callado, como si aquel tema no fuera con él. Siempre había sido de la opinión de que las cosas caían por su propio peso.

—Bueno, la verdad es que las cosas parecen un poco más tranquilas en el ámbito internacional. Aunque el Gobierno norteamericano nos ha escrito preocupado por el embargo de tierras a algunas de sus compañías —dijo Fidel intentando cambiar de conversación, pero Raúl no quería dejar pasar la oportunidad de enfrentarse a su enemigo declarado.

—Para que la Revolución triunfe, hace falta una noche de los cuchillos largos, para que corte muchas de las cabezas de nuestros enemigos —dijo haciendo referencia al asesinato de los líderes de las SA por Hitler en la Alemania nazi.

—Imagino que no estás hablando en serio, porque eso no tiene nada que ver con los planes de la Revolución en Cuba —respondió Fidel.

—Pue sí. Sin una Noche de San Bartolomé, como en la que eliminaron a los molestos protestantes de Francia, las cosas van a ir a peor y las dificultades van a multiplicarse.

—Yo creo que lo que debemos hacer no es cortar cabezas —se apresuró a decir Huber—, sino definirnos, mostrar al pueblo cubano claramente nuestras cartas antes de que sea demasiado tarde.

Fidel no quiso hacer ningún comentario, él, que siempre solía ser tan locuaz y casi había que pararlo para que no diera su opinión.

—No te preocupes, un día nos vamos a reunir los cuatro en Camagüey para definir las cosas.

—¿Qué día, Fidel? Tenemos que concretar —le contestó Hube dirigiéndose a Fidel.

—A finales de junio.

—¿Por qué no invitas también a Camilo?

—Bueno, él no cuenta en asuntos como este.

A Huber le sorprendieron las palabras de Fidel. Quería excluir de algo tan importante a uno de los líderes más destacados de la Revolución. Matos sabía que Camilo Cienfuegos estaba siendo excluido del círculo de confianza del líder, como si su fama le molestara y necesitase poner en su sitio a su viejo camarada. Huber sabía que eso colocaba a Camilo en una posición muy peligrosa: cuando no eras útil para la Revolución, terminabas convirtiéndote en un estorbo.

CAPÍTULO 29

LA NOCHE DE LOS CUCHILLOS LARGOS

Camagüey, 5 de junio de 1959

TAL Y COMO DIJO FIDEL, LA reunión se llevó a cabo en Camagüey, pero Camilo no fue invitado. Huber se había imaginado que, en cierta manera, al no estar Cienfuegos, los comunistas eran mayoría en aquella pequeña comisión improvisada. Fidel se mantenía neutro, como si fuera un árbitro, o simplemente se inclinaría por la posición que viera que más le convenía a él.

Celia Sánchez, una de las más fervientes admiradoras de Fidel y que había formado parte de su escolta personal, fue la que le avisó a Huber que Fidel estaba en Las Villas y que iría a Camagüey aquel mismo día.

Huber acababa de colgar el teléfono cuando Raúl lo llamó para que fuera al aeropuerto y esperase con él a su hermano. Cuando Matos llegó al aeropuerto, Fidel y el Che no habían llegado todavía.

—Hola, Huber, espero que hoy quede todo aclarado. Me gusta que se digan las cosas a la cara y sé lo que andas diciendo del Che y de mí a todo el mundo.

—Todo el mundo sabe lo que opino, y mis palabras, como

dijiste hace unos días, se publican en los periódicos. Yo no tengo dos agendas, lo único que deseo es lo mejor para Cuba. ¿Por qué no se ha invitado a Camilo?

Raúl puso su sonrisa más irónica.

—Ese inocentón sirve para pegar tiros, no lo niego, pero no es un ideólogo.

—En eso discrepo, creo que tiene muy claro lo que quiere para nuestro país.

—Fidel es el que manda, ya lo sabes.

Fidel llegó a los pocos minutos y se fundió en un abrazo con Matos.

—¡Qué bien vives aquí, alejado de toda esa mierda de la política! Cualquier día me vengo a Camagüey y te mando a ti a La Habana.

—Ni loco —contestó Huber intentando relajarse un poco. Sabía que no podía perder los estribos. Raúl y el Che eran muy astutos, preferían lanzar la piedra y después esconder la mano.

Al llegar al cuartel, Matos preguntó por el Che.

—No ha podido venir —contestó Raúl.

Huber se quedó muy decepcionado; sabía que Fidel no tomaría ninguna decisión seria sin su mano derecha. Durante un tiempo, su hombre de confianza había sido Camilo, pero la balanza parecía inclinarse cada vez más a favor del argentino.

Después de más de una hora en reunión, Fidel había estado divagando sin rumbo.

—Creo que tendremos que reunirnos en otro momento; sin el Che no podemos tomar decisiones —dijo Huber algo molesto.

—La culpa ha sido mía, un despiste —comentó Fidel.

—No, era yo el que tenía que haberlo llamado —concluyó Raúl.

—Pues tendremos que vernos en otra ocasión. Celia quiere que le envíes unos documentos que escribí en la sierra Maestra, estamos intentando escribir la historia de la Revolución —le dijo Fidel a Matos.

Fidel se fue a atender a algunos sindicalistas ferroviarios y Huber se quedó a solas con Raúl antes de que se disolviera la reunión.

—Ten cuidado amigo, nadie es imprescindible en la Revolución. Si te pones en contra de las reformas, nadie podrá salvarte. Fuiste muy valiente en la sierra Maestra; si no hubiera sido por las armas que conseguiste, seguro que nadie estaría hoy aquí, pero el líder es mi hermano y él sabe a dónde lleva la Revolución.

—Lo único que le pido es que la defina, que la ponga en negro sobre blanco. Todos tenemos el derecho de saber hacia dónde se dirige la Revolución.

—Mira a mi hermano —dijo señalando a Fidel—, él sabe tratar al pueblo, lo adoran. ¿Quién mejor que él puede entender sus necesidades? Confía un poco y deja que las cosas fluyan.

CAPÍTULO 30

LA PURGA

La Habana, 15 de junio de 1959

Camilo sabía que la suerte estaba echada. Fidel iba a pedir a todos sus hombres que se definieran. No podían estar con él y, al mismo tiempo, criticar cualquier aspecto de su Gobierno. Dos días antes, Castro había hablado en la televisión cubana con vehemencia, intentando acallar las críticas contra la Reforma Agraria y, sobre todo, contra el hecho de que no hubiera una fecha para la celebración de las elecciones. Incluso había preguntado, en uno de sus famosos golpes de efecto a los que estaban en el plató, si querían elecciones, y todos habían dicho que no.

—Todos son unos traidores y no se cambiará ni una coma. Ni los gringos ni los terratenientes se saldrán con la suya.

Camilo se enteró aquel día de que Pedro Luis Díaz Lanz había sido destituido de su cargo de jefe de las Fuerzas Aéreas. Díaz Lanz se había unido al Ejército Rebelde en 1957, y había trabajado como piloto comercial en Aerovías Q. Tras unirse a la Revolución, su aportación había sido fundamental al traer armamento desde Costa Rica y Florida. El 1 de enero había sido confirmado como jefe de las Fuerzas Áreas. Durante un tiempo había sido hasta el piloto personal de Fidel Castro, pero cuando expuso en público su desacuerdo sobre el giro comunista que estaba tomando el régimen, fue depuesto de su cargo.

Camilo intentó ir a verlo, pero le dijeron que tenía tifus y no podía recibir a nadie. Aquella era otra de las mentiras de Raúl Castro. Huber sí lo había visto, y Pedro le había advertido que tuviera cuidado, que el siguiente podía ser él.

Todo lo que sucedía estaba afectando mucho a Camilo, por ello decidió dejar lo que estaba haciendo y dirigirse al apartamento de su querida Adela.

La joven acababa de llegar del trabajo; tardó un rato en abrirle la puerta.

—¿Cómo vienes sin avisar? ¿No ves que una chica tiene que ponerse guapa?

—Tú siempre estás guapa —le dijo mientras le abrazaba.

—¿Qué te sucede? Llevas unos días con mala cara.

—Han depuesto a Díaz Lanz. Huber me ha comentado que de muy mala manera y que lo tiene encerrado. Ya ves, a alguien que ha hecho tanto por la Revolución.

Adela le pidió que se sentase y comenzó a tocarle el pelo.

—Algo habrá hecho.

—Manifestarse en contra de los comunistas. Ni siquiera me informaron, todo lo manejan entre el Che y Raúl.

Adela puso morritos.

—Dimite.

—No me lo permitirían; además, no sé sí podría hacerlo en estas circunstancias. Si los dejamos a ellos solos, ¿qué harán con esta Revolución que ha costado tanto?

—Una vez me dijiste que no podías salvar al mundo. Podemos

irnos a Miami o Puerto Rico y comenzar de cero. Nadie podrá recriminártelo, ya has hecho por la Revolución más de lo que el deber te exige.

Camilo cerró los ojos e intentó relajarse un poco.

—Tengo que irme, Fidel quiere que me reúna con él y Huber en la Comisión de Fomento. Hace tiempo que no lo veo; cada vez me excluye más de las decisiones importantes. Creo que él y su hermano me están aislando. Solo me sacan cuando les conviene.

—Haz tu propia agenda, no permitas que acallen tu voz si eso es lo que crees que tienes que hacer.

Camilo besó a la mujer, y luego de ponerse el sombrero tomó el coche hasta el edificio donde se encontraba la Comisión de Fomento.

Huber y él estaban arreglando unos asuntos, pero una llamada los interrumpió. Fidel tapó el auricular y puso cara de circunstancia.

—Es la esposa de Urrutia, una pesada.

El ministro de la Construcción, que estaba en la reunión, fue el único en reírle la gracia. Huber y Camilo se quedaron callados.

—Señora mía, la entiendo, pero ahora es imposible, pronto lo haremos, no se preocupe.

Tras colgar comenzó a reírse.

—Estos viejos son insoportables. Pertenecen a la vieja Cuba y no podremos cambiarlos, aunque vivieran cien años. Hay que trabajar con los jóvenes, no se puede echar vino nuevo en odres viejos.

—Fidel —dijo Camilo muy serio.

—¿Qué sucede, Camilo?

—¿Por qué se ha destituido a Díaz Lanz?

—Bueno, hay un hombre mejor preparado. Juan Almeida es mucho más capaz.

—Díaz Lanz hizo una contribución indispensable a la Revolución —añadió Huber.

—Y se le agradece, pero nadie estará eternamente en su puesto, ni siquiera yo —dijo Fidel entornando los ojos.

—¿Quién será el próximo? —preguntó Huber.

Fidel sonrió, pero se quedó callado. Algo que casi nunca solía hacer.

—Estamos aquí para frenar a los antirrevolucionarios, ya saben que estamos rodeados de ellos. Planeo quedarme con todas las cabezas de ganado de Camagüey; esos ganaderos son unos fascistas.

—Pero, Fidel, es una locura. La comunidad internacional se nos echará encima —dijo Huber horrorizado.

—La comunidad internacional está muy ocupada con otros asuntos. Además, en Cuba no manda nadie más que el pueblo.

Aquella era la excusa perfecta para hacer lo que se le antojaba, pensó Camilo, pero no se atrevió a decir nada. Todavía no se sentía con las fuerzas suficientes. Durante mucho tiempo había admirado a aquel hombre y habría entregado gustoso su vida por la de él.

CAPÍTULO 31

RENUNCIA

La Habana, 17 de julio de 1959

CAMILO SABÍA QUE LA ÚNICA COSA que temía Fidel en el mundo era que el pueblo se le pusiera en contra. A pesar de su aparente seguridad exterior, en el fondo aún no se creía del todo que pudiera mantenerlo a favor para siempre. Urrutia había decidido dimitir por fin, sin importar las consecuencias. Desde la caída de Díaz Lanz y sus declaraciones contra los comunistas, tanto Raúl como el Che habían hecho todo lo posible para desprestigiarlo, a través de artículos en *Avance* y otras publicaciones como *Prensa Libre*. Acusaban a Urrutia de haberse comprado una casa enorme mientras que Fidel seguía sin tener un techo bajo el que cobijarse. Camilo sabía que quienes habían propiciado la caída del presidente fueron los comunistas encabezados por Raúl; de alguna manera querían obligar a Fidel a que se posicionara de una vez y escorara a la Revolución hacia su ideología.

Díaz Lanz había huido a los Estados Unidos y se había presentado en una comisión ante el Senado en Washington tachando al Gobierno de Fidel de comunista. Era el peor momento para

Castro, y era consciente de que podía ponerse en contra a toda la opinión pública, aunque ya casi todos los medios le eran leales.

Castro tenía la dimisión de Urrutia sobre la mesa y reunió a algunos de sus hombres de confianza.

—El cabrón del viejo ha dimitido —dijo delante de Raúl, el Che y Camilo.

—Es lo mejor para Cuba —comentó Raúl, que parecía eufórico.

—Tenemos que ser astutos —añadió el Che.

—¿Qué piensas tú, Camilo?

—Bueno, esto se veía venir desde hace tiempo. No le va a gustar al sector más moderado que tiene la mosca detrás de la oreja, pero a mal tiempo buena cara.

—No empieces con dichos españoles —le contestó Fidel.

—Lo que debes hacer es dimitir tú —dijo inesperadamente el Che.

—¿Cómo? —exclamó Fidel desconcertado.

—Está claro, dimite y di que Urrutia no te ha dejado gobernar y que, aunque el pueblo te quiere al mando de la Revolución, no puedes continuar en estas condiciones.

—Pero si es Urrutia el que ha dimitido —dijo Fidel.

—Eso no lo sabe nadie todavía.

Camilo frunció el ceño.

—Pero eso sería mentir al pueblo, Fidel.

Castro se quedó pensativo, se mesó la barba y después contestó.

—Me parece un golpe magistral.

Camilo miró a Fidel sin lograr salir de su asombro. Acababa de caerse lo poco que le quedaba del mito que había construido alrededor del nuevo dueño de Cuba.

Urrutia recibió la noticia en su residencia y acudió de inmediato a la sede del Gobierno. Allí los ministros le esperaban nerviosos.

—¿Alguien sabe lo que ha sucedido?

—No, únicamente el comunicado de la dimisión en los medios —contestó uno de los ministros.

—Llamen de inmediato a Castro.

Varios de los secretarios lo estuvieron intentando, pero no tuvieron éxito. El Gobierno se disolvió desconcertado; Urrutia no sabía qué hacer y decidió esperar y ver cómo se desarrollaban los acontecimientos.

Aquella noche Fidel salió en la televisión dando un discurso: quería explicar al pueblo por qué había dimitido.

—Pueblo de Cuba, me presento ante ustedes para explicar mi renuncia al Gobierno de la República. Ya saben que no soy de los que abandonan el barco, pero por el bien de nuestra amada nación he decidido hacerme a un lado. El presidente Urrutia y su Gobierno me tienen atado de pies y manos. El presidente Urrutia ha creado muchos problemas desde el principio de la Revolución. No ha sido honesto, ha robado a este país y sobre todo a difamado a mi gabinete acusándolo de comunista. Con estas acusaciones falsas quiere una intervención armada de los Estados Unidos contra Cuba. Urrutia es un traidor a la patria; hasta ha borrado el nombre de Dios de la Constitución para impedir su protección sobre su pueblo.

Camilo miraba a su líder desde el plató sin saber cómo reaccionar. Estaba mintiendo de forma descarada al pueblo y desprestigiando a un buen hombre.

—Por eso, he presentado mi dimisión, ya que no quiero poner en peligro esta Constitución.

La gente comenzó a llamar al plató pidiendo la dimisión y el encarcelamiento de Urrutia. Raúl y el Che miraron exultantes a su líder, mientras que Camilo dejó el estudio y se dirigió caminando aquel día hasta la casa de su amada. Tenía el corazón destrozado, ya no creía en nada. Había dedicado los últimos años de su vida a una causa noble, y ahora se sentía avergonzado, totalmente indignado. No le quedaba otra opción que dimitir, aunque sabía que las consecuencias para él y su familia serían durísimas. Podía terminar en la cárcel o algo peor, pero tenía que actuar según su conciencia. Ya había vendido durante suficiente tiempo su alma al diablo.

CAPÍTULO 32

CAMPESINOS

Yaguajay, 18 de julio de 1959

CAMILO PARTIÓ DE LAS VILLAS AQUELLA mañana al frente de una inmensa columna de campesinos a caballo. El país no tenía Gobierno oficial, pero Fidel quería demostrar sus fuerzas ante las masas y llevarlas a La Habana. Quería que los dudosos y los tibios vieran su poder, sobre todo con los campesinos a los que había favorecido tanto. La columna campesina recorrió el país hasta su llegada a La Habana el 26 de julio para celebrar el aniversario del ataque al Cuartel de Moncada.

La Columna Antonio Maceo estaba integrada por dos mil jinetes, pero la seguían decenas de coches, y otros campesinos se desplazaban en tren hacia la capital. Se los había engañado diciéndoles que la Reforma Agraria se encontraba en peligro y que ellos tenían que ir a defenderla frente a los caciques y terratenientes.

Con el eslogan «En cada hogar habanero un campesino», el nuevo régimen pretendía unir a las clases urbanas menos entusiasmadas con el curso que estaba tomando la Revolución con las campesinas. La casi obligatoriedad de abrir la puerta a un campesino se mezclaba con la fiesta infantil de que la hermandad entre los hombres podía existir. La mayoría de aquellos campesinos eran analfabetos y el régimen tenía la intención de alfabetizarlos, pero también de introducirlos en su ideología y manera de ver el mundo.

Camilo llegó a la capital unos días antes de la fecha señalada. Había disfrutado del viaje, como siempre lo hacía cuando estaba rodeado de gente campesina y humilde, pero era consciente de que Fidel estaba utilizando toda aquella parafernalia para afianzarse en el poder.

Fidel recibió a su amigo junto a otros líderes políticos. A su lado estaba el ministro Osvaldo Dorticós, un hombre bastante gris a pesar de proceder de una de las familias más importantes de la ciudad de Cienfuegos.

—Camilo, aquí tienes al nuevo presidente de la República. En el acto del día 26 lo anunciaremos y pediremos al pueblo que dé su aprobación.

Camilo intentó disimular su sorpresa. Fidel no había hablado con nadie de la cúpula del Movimiento para tomar esa decisión.

Osvaldo Dorticós era miembro de la burguesía; su familia había sido una de las más ricas de la isla. Osvaldo era un conocido abogado en su localidad y se había opuesto a la dictadura de Batista. Fue arrestado en 1958 y tuvo que exiliarse en México. Dorticós había enviado armamento a la guerrilla y, en cuanto el dictador abandonó Cuba, él regresó a La Habana. A pesar de tener una apariencia de conservador, Osvaldo había ayudado a redactar las leyes de la Revolución, en especial la de la Reforma Agraria.

—¿Te sorprende? —preguntó Fidel a su amigo.

—Conozco a Osvaldo y sé que lo hará muy bien, pero no has consultado a nadie.

—No tenemos tiempo que perder, ya sabes cómo son los camaradas, les gusta dar su opinión, y habríamos tardado una eternidad para llegar a un consenso. Muchos nos critican por haber derribado a Urrutia, pero Dorticós es un burgués, como los que se nos oponen.

Camilo se preguntó cómo se vería Fidel a sí mismo, que también venía de una de las familias más privilegiadas de la isla. Seguramente por encima del bien y del mal, como si esos asuntos humanos no fueran con él.

—El día 26 vamos a dar candela a esos gringos. Creían que podían derribarnos de un plumazo, pero serán ellos los que se irán de Cuba definitivamente. Vamos a traer a La Habana a todos los campesinos del país.

Un día antes, la Confederación Nacional Obrera de Cuba, el sindicato afín al régimen, había convocado una huelga general para exigir la vuelta de Fidel al Gobierno.

Fidel parecía muy seguro de sí mismo, como si nadie pudiera arrebatarle ya el poder, aunque sabía que muchos conspiraban para hacerlo. Camilo se puso al lado de su líder y siguió saludando a campesinos y ciudadanos de La Habana. Por fuera su sonrisa forzada engañaba a la mayoría de la gente, pero alguien lo observaba muy de cerca: Raúl Castro no se fiaba de él y había ordenado que lo vigilasen estrechamente.

CAPÍTULO 33

EL PARTIDO

La Habana, 24 de julio de 1959

EL ESTADIO DEL CERRO ESTABA A rebosar; todos querían ver a Fidel jugar al beisbol. De joven había destacado por sus habilidades atléticas, e incluso había soñado en algún momento con dedicarse profesionalmente al beisbol. Fidel necesitaba destacar siempre, ser el primero y ganar. Su infancia como bastardo no reconocido por su padre lo había marcado de manera significativa. En el fondo todavía era ese niño herido, rebelde y retraído que necesitaba demostrar al mundo su valía. Lo habían echado de varios centros, hasta que el Colegio de Belén de La Habana, regentado por los jesuitas, logró enderezarlo. Allí fue elegido como el mejor deportista del curso en 1943 y 1944. El padre Máximo Ezpeleta, un navarro que había sido misionero en varios países de América, fue el que logró enfocar a Fidel y sacar lo mejor de su carácter fuerte y arrogante. Ezpeleta había ido a verlo a la sierra Maestra y lo había animado a terminar la Revolución; en cierto sentido era el padre que Fidel jamás había tenido.

En el partido se enfrentaban el equipo de la Policía Nacional

Revolucionaria contra los Barbudos. Cuando Camilo saltó al campo, Fidel y el resto de los jugadores ya estaban en sus sitios.

—Tú vete al otro equipo, que les falta uno —comentó uno de los compañeros.

—Contra Fidel, ni en la pelota —contestó Camilo, pues sabía que desde hacía meses estaba en el punto de mira de su viejo amigo.

Todos se acercaron al árbitro y este anunció:

—Los bateadores de los Barbudos serán Fidel Castro y Camilo Cienfuegos.

El gran árbitro cubano, Amado Maestri, levantó las manos y la multitud comenzó a gritar entusiasmada.

—Estas son las cosas que les gustan al pueblo, nos tiene que ver cercanos, Camilo. No necesitan meter un papelito en una urna. ¿No crees?

Camilo miró a la multitud y sintió lástima por ella. Se podía manipular tan fácilmente que no hacía falta ni la fuerza para gobernarla.

El primero en batear fue Fidel. Logró acertar a la bola y corrió hasta la primera almohadilla; el segundo turno era para Camilo. El comandante miró fijamente la bola pero falló el primer golpe, y no fue sino hasta el tercero que la mandó lejos y los dos corrieron por las bases. Fidel, a pesar de su sobrepeso parecía volar. Cuando los dos llegaron a la última base se abrazaron.

—De nuevo caminamos juntos Camilo, no te tuerzas, que es muy fácil deslizarse del sendero —dijo Fidel al oído de su viejo amigo.

—Revolución o muerte, eso es lo que creo —contestó Camilo a Fidel.

CAPÍTULO 34

FUERZA

La Habana, 26 de julio de 1959

CAMILO ESCENIFICÓ LA ENTRADA EN LA Habana con los campesinos a caballo. También hubo un desfile de soldados y la población de la ciudad se echó a las calles. El mitin estaba previsto en la plaza Cívica; allí debían reunirse los habaneros y los campesinos para conmemorar el aniversario del 26 de julio. El primero en subir al palco fue el recién nombrado presidente. El presidente Dorticós se puso ante el gran auditorio.

—¡Pueblo de Cuba, su nuevo presidente ha escuchado el clamor popular, y el camarada Fidel Castro vuelve a ser primer ministro! ¡Viva Fidel!

Fidel salió ante el público con la barbilla en alto y los ojos entornados, como si estuviera en trance y comenzó a hablar:

—Es difícil que en un día como hoy, tan lleno de recuerdos para todos nosotros, no nos sintamos embargados por la más profunda de las emociones. Es difícil que en una tarde como hoy, en un día de victoria para la patria, de honores para nuestra nación y en que además se han expresado tan extraordinarias muestras de solidaridad con el que les habla, no me sienta como se sentía nuestro compañero de lucha en la sierra Maestra, el primer campesino que se sumó a las filas del Ejército Rebelde y hoy es comandante, Crescencio Pérez, porque al fin y al cabo estamos hechos de la misma fibra, y es imposible que por grandes que hayan sido las muestras de afecto anteriormente recibidas puedan pasar sobre nuestro ánimo sin hacer y marcar una huella profunda.

»Al hablarles en estos instantes, la primera pregunta, la primera idea que me venía a la mente era preguntarme por qué tiene que pesar sobre un ciudadano igual que ustedes un peso tan grande de gratitud con su pueblo por las muestras excesivamente generosas que le han dado de cariño y adhesión; por qué, si en definitiva no hemos hecho más que tratar de cumplir con el deber, si en definitiva esta no es obra de un hombre, sino la obra de un pueblo; no es el mérito de un hombre, sino el mérito de un pueblo; no es la gloria de un hombre, sino la gloria de un pueblo y, sobre todo, la gloria de los hombres que han caído por hacer posible estos instantes de felicidad que Cuba vive.

La gente comenzó a aplaudir como si se encontrase en éxtasis. Camilo miró a Fidel. Su cara llena de orgullo le hizo sentir un escalofrío; notaba cómo cada día que pasaba el guerrillero de las montañas se convertía en un hombre autocrático e inflexible, pero también paranoico y desconfiado.

—Los que quieran saber lo que es una verdadera democracia, que vengan a Cuba; los que quieran saber lo que es un pueblo gobernando, que vengan a Cuba; los que quieran conocer de un país donde el pueblo lo es todo, donde la palabra pueblo tiene su significado real, no teórico, que vengan a Cuba; los que, invocando hipócritamente la palabra democracia, nos calumnian, que vengan a Cuba para que sepan lo que es una democracia. Y una democracia tan pura y tan limpia, que la democracia engendrada en nuestra Revolución nos recuerda la primera democracia del mundo: la democracia griega, donde el pueblo, en la plaza pública, discutía y decidía sobre su destino. Con una diferencia, que en Grecia solo discutían los amos de los esclavos, y en Cuba hay una democracia donde el pueblo discute directamente sus problemas y donde todo el mundo puede opinar, porque es una democracia, aspira a ser una democracia sin esclavos, sin amos, una democracia sin ilotas, una democracia donde los hombres tengan por igual plenos derechos. Y los ilotas de nuestra patria son los campesinos. Si en Grecia era un grupo de hombres que no tenía acceso a los medios de vida y hombres privados de sus derechos, esos eran nuestros campesinos: hombres sin medios de vida y hombres virtualmente privados de sus derechos.

Camilo lo escuchó por primera vez: Fidel estaba diciendo que no habría elecciones libres en Cuba, que era suficiente con las aclamaciones populares y la manipulación masiva de la población.

Raúl miró de reojo a Cienfuegos y este intentó disimular su expresión de horror. Tenía ganas de salir de allí, de escapar, le subía a la garganta la bilis, como una especie de angustia que lo ahogaba.

—Qué equivocados están los que crean que aquí pueden regresar a buscar sus prebendas, que aquí pueden regresar a buscar sus negocios, a buscar sus edificios, a buscar sus fincas y a buscar sus cuentas de bancos, los criminales que tan cobardemente se fugaron el primero de enero para ahora estar sirviéndoles de instrumento a enemigos de nuestra patria, para ahora estar en contubernio con los peores enemigos de Cuba, en un presunto propósito de volver a nuestra patria, porque esos negocios no los volverán a tener jamás. Ni aquí se volverá a implantar el juego odioso y explotador de nuestro pueblo, ni aquí se podrá volver a implantar la tortura, ni aquí se podrá volver a implantar la malversación, la prebenda, ni aquí podrán volver a recobrar sus edificios, ni aquí podrán volver a recobrar sus fincas, porque esas ocho mil caballerías de tierras, esas caballerías de tierras pasarán a manos de nuestros campesinos; ni aquí podrán volver a recuperar sus cuentas bancarias, porque esos veinte millones de pesos, ¡esos veinte millones de pesos! van a parar directamente a manos de los campesinos en equipos, en créditos, en semillas, en viviendas y, en fin, en todos los propósitos que la reforma agraria persigue.

Ahora apuntaba directamente contra los Estados Unidos; sus palabras parecían una verdadera declaración de guerra. Se acordó de Huber Matos; se habían cumplido cada una de sus predicciones, y Camilo se preguntaba ¿cuál sería ahora el siguiente paso? ¿Fidel pediría ayuda a Rusia?

—Y al verla ondear, y al verla tan limpia, y al verla tan hermosa, y al verla tan honrada, la palabra patria, el símbolo de la patria y todo lo que se concreta alrededor de ese sentimiento que hace a los hombres morir cuando llegue la hora de morir para defenderla; al verla hoy, al ver el sitial tan alto en que hemos situado nuestra bandera, me sentí tan feliz que vi, en ese minuto, premiados todos los sacrificios que hemos hecho y todos los sacrificios que tengamos que hacer en lo adelante.

La eterna perorata de Fidel duró cuatro largas horas, pero el público parecía escucharlo apasionado, como si todo lo que dijera fuera casi palabra de Dios. ¿Es que nadie veía que su viejo amigo se estaba convirtiendo en un dictador? Camilo se bajó de la tarima, pálido, con el alma en vilo, y caminó entre la multitud. En lo único que pensaba era en ver a Adela, refugiarse en sus brazos y olvidarse de todo y de todos. Ya no quería salvar al mundo; se conformaba con salvarse así mismo.

CAPÍTULO 35

AMISTAD

La Habana, 26 de julio de 1959

HUBER MATOS NO PENSABA IR A las celebraciones. Acababa de enviar su renuncia a Fidel, con lo que sabía que eso suponía, pero Roberto Cárdenas tenía un avión disponible, y una hora y media después estaban ambos en la capital.

El expresidente de México, Lázaro Cárdenas, estaba dando su discurso cuando llegaron. Huber se acercó a Fidel y este le dio un amistoso abrazo.

—Hombre, la verdad es que te echaba de menos.

—No podía faltar un día como hoy —le contestó.

A Huber le extrañó no ver por allí a Camilo.

Tras su largo discurso, Castro se acercó a Huber y le dijo:

—Mañana tenemos que conversar, te espero en mi despacho en el Hilton. No faltes.

Huber pasó esa noche inquieto; apenas pudo pegar ojo. Al final optó por dar un paseo y ver cómo amanecía frente al mar. Se sentía solo y, sobre todo, cansado. Su lucha interior parecía haber llegado a su fin con la dimisión, pero en el fondo no había hecho sino empezar. Su esposa le había recomendado dimitir, pero se preguntaba si era mejor irse al exilio. En Cuba, alguien que se opusiera a Fidel no tenía futuro.

Cuando Huber llegó a la habitación de Fidel, este estaba rodeado de algunos de sus colaboradores más estrechos. Estaban hablando de la captura de Rafael del Pino unas horas antes, cuando intentaba salir de manera ilegal de la isla. Rafael del Pino los había ayudado en México a organizar la expedición en el Granma. Huber conocía bien al compañero y no entendía por qué había huido de Cuba y se enfrentaba abiertamente a los Castro. En el fondo, él no había llegado a esa posición. Prefería irse en silencio y no crearse ningún enemigo.

—Está herido en el vientre —dijo Raúl.

—Déjennos solos —dijo Fidel a todos. Su hermano hizo un gesto de desaprobación, pero terminó por salir de la habitación.

—¿Te ha llegado mi renuncia?

—Claro que me ha llegado, pero no procede. No es el momento de que ninguno de nosotros de un paso atrás; si lo hacemos, nuestros enemigos se aprovecharán de ello. Están buscando cualquier muestra de debilidad.

—Pero ya no me siento a gusto en este proyecto.

—Huber, querido amigo, queda aún mucho por hacer, sobre todo en las fuerzas armadas, donde debes seguir adelante con tu buena labor. Estamos haciendo un ejército prácticamente desde cero. Tú eres un buen organizador. No temas, no caeremos en manos de los comunistas. Yo ya he dicho por activa y por pasiva que no soy comunista.

—Eso ya lo sé, Fidel, pero sí lo es la gente que te rodea y están inclinando a la Revolución hacia su ideología.

—Ya sabes que la mayoría de nosotros somos ajenos al

marxismo. Admito que Raúl y el Che están coqueteando con el comunismo, como el hermano de Camilo, Osmany, pero eso no significa que el Partido Comunista se vaya a adueñar de la situación. Tengo todo bajo control.

Huber Matos comenzaba a sospechar que en el fondo tenía razón acerca de Fidel cada vez era más consciente de que su viejo amigo pretendía mantenerse en el poder y lo haría con el grupo que lo apoyase incondicionalmente.

—No es eso. Acabas de decir en tu discurso que no habrá elecciones libres en Cuba. Sabes a qué huele eso.

—A libertad, a democracia orgánica, al poder directo del pueblo sin intermediarios. No necesitamos aplicar los convencionalismos de las democracias de occidente. Tienen apariencia de libertad, pero la desigualdad económica ahoga a los más pobres, son democracias fallidas. ¿Cuántos negros votan en los Estados Unidos? ¿Tal vez un veinte por ciento? Ellos nos quieren dar lecciones de democracia, pero son unos hipócritas.

—Hay muchas preocupaciones entre los revolucionarios y yo te las he reiterado muchas veces. Ya te he presentado el problema una y otra vez y se sigue agravando. Mucha gente que ha estado con nosotros puede rebelarse por el rumbo que está tomando la Revolución, y cuando se levanten en nuestra contra, esgrimirán el mismo eslogan que usamos en la guerra: «Libertad o muerte».

Fidel frunció el ceño y se cruzó de brazos.

—Amigo, ¿entonces no confías en mí?

Huber sabía que Fidel era un manipulador nato. Siempre apelaba a las emociones y, por ese lado, podía ganarse incluso a sus enemigos.

—Ese no es el problema, Fidel. Mientras tú te ocupas de mil

asuntos, ellos van poco a poco ocupando el poder. Cuando quieras reaccionar ya será tarde.

Fidel se puso las manos detrás de la nuca, como si estuviera comenzando a relajarse. En el fondo Huber se preguntaba si su viejo amigo sentía empatía por alguien o algo.

—Recuerda que yo defiendo lo mismo de siempre. La libertad sobre todas las cosas. Pero tengo que admitir que toda revolución tiene algo de izquierdas, en eso no somos tan distintos de otros procesos similares. ¿La Reforma Agraria es una idea comunista? Creo que es una política justa. Recuerda lo que dije cuando regresé de mi viaje a los Estados Unidos. No estamos a la derecha ni a la izquierda, estamos en contra de todos los totalitarismos, porque eso cercena la libertad que siempre le ha costado tan cara a los pueblos.

Fidel estuvo un buen rato argumentando su discurso, pero Huber parecía impasible.

—Si las cosas continúan así, tendré que irme definitivamente.

Fidel puso un gesto osco y le preguntó:

—Bien, supongamos que te vas. ¿Qué puedo pensar? ¿Que no quieres repartir responsabilidades o que no crees en el rumbo que está tomando la Revolución?

—Ya lo sabes, me preocupan el futuro y el presente.

—Lamento que pienses de esa forma, pero no hay ningún problema entre nosotros. Quédate durante un tiempo en el mismo puesto, si después ves que las cosas han cambiado, entonces estás en tu derecho de dimitir. No pasará nada, nos sentaremos a hablarlo y quedaremos tan amigos. Pero te aseguro que no tendrás motivos para llegar a ese extremo.

Huber asintió con la cabeza. Fidel lo había convencido una vez más; esperaría un poco, aunque en el fondo no confiaba en que las cosas fueran a cambiar para bien. De alguna forma quería aferrarse al sueño de la Revolución; no quería que todo lo que había hecho y que todos los que habían dado su vida por la causa, en el fondo, lo único que hubieran conseguido fuera un nuevo dictador.

CAPÍTULO 36

CONSPIRACIÓN

La Habana, 30 de julio de 1959

Los secretos en Cuba no existían. Al menos eso era lo que pensaba Raúl, por eso intentó ser lo más discreto posible. Todos sabían de su buena relación con el Che, aunque Fidel se hubiera distanciado de él en los últimos tiempos. Por un lado, lo usaba de embajador de la Revolución, pero, por el otro, resentía que fuera tan popular. Las mujeres caían rendidas a sus pies, y, lo que era peor, cada gesto suyo era tomado como un acto de entrega y humildad, mientras que a Castro no le salía ser tan campechano ni cercano al pueblo; en cuanto descendía del pedestal, se le veían las costuras burguesas por todas partes.

Raúl entró en la casa después de que sus escoltas se quedasen afuera; no iba a ninguna parte sin ellos. Vilma era muy temerosa y no quería que su marido se pusiera en riesgo.

—Hola, camarada —lo saludó afectuoso el Che al verlo entrar.

—Buenos días, espero que te haya sido fácil encontrar el sitio.

—¿A qué viene tanto misterio? Podríamos habernos reunido en tu despacho.

—Ya no sé en quién podemos confiar. Huber Matos ha enviado una carta a Fidel en la que renuncia a su cargo.

—Era de esperar, Raúl, hace meses que estaba descontento.

El hermano de Fidel frunció el ceño.

—¿No te das cuenta? Huber Matos es muy peligroso. Además de ser uno de los héroes de la Revolución es un referente para la mayoría de los cubanos y alguien tremendamente astuto. No podemos confiar en que regrese a su cargo de profesor. Conspirará contra nosotros y lo que queremos construir.

El Che pensaba que Raúl a veces exageraba. Veía enemigos peligrosos en todas partes. Él lo achacaba a su inseguridad innata; el joven revolucionario siempre había estado a la sombra de su hermano Fidel.

—Matos es un hombre de honor. No he leído la carta de dimisión, pero si dice que no va a hacer algo en contra de la Revolución, lo creo.

Raúl se frotó la frente, como si le pesaran los pensamientos negativos que constantemente circulaban por ella.

—Huber y Camilo están tramando algo, no se van a conformar con que surja un Gobierno comunista en Cuba. Mi hermano está casi convencido. Al final ve que no hay otra salida. Si no quiere convertirse en un títere de los Estados Unidos, su única oportunidad es aliarse con la URRS.

El Che se encendió un puro y dejó que el humo le inundase el pecho.

—Puede que tengas razón, pero Fidel aprecia a los dos, y eso no lo podemos cambiar.

Raúl sonrió. Sabía cómo era el corazón de su hermano: a la única persona a la que amaba en el fondo era así mismo.

—Eso también pasará. Fidel está muy nervioso, más bien, diría agotado. Estos seis meses en el poder han sido de infarto. Tiene que construir Cuba de cero si no quiere repetir los modelos del pasado, y la actitud de Matos está comenzando a cansarlo.

—Ya, pero otra cosa muy distinta es Camilo. Es nuestro amigo, he curado sus heridas y él me ha guardado las espaldas más de una vez.

Raúl resopló. No entendía por qué el Che era tan despiadado con los enemigos declarados, pero podía ser demasiado complaciente con los disidentes.

—Si algo hemos aprendido de la Unión Soviética, es que no valen las medias tintas. No se puede poner una vela a Dios y otra al diablo. Camilo se ha definido al apoyar a Matos.

—¿Qué quieres que hagamos?

—Primero hay que neutralizar a Matos sin paliativos y, después, cuando la fruta esté madura, a Camilo.

El Che se quedó en silencio. El humo lograba relajarlo en parte, pero no pudo evitar que un escalofrío le recorriese la espalda. Una vez, Matos había comentado que la Revolución se parecía demasiado a Saturno devorando a sus hijos. ¿Acaso él sería el siguiente? A los Castro no les gustaba que nadie les hiciera sombra, y él no podía evitar que el pueblo lo amara.

—Yo te apoyaré, hagas lo que hagas, ya sabes que en lo único que confío es en el socialismo, no hay otro modelo real para cambiar el mundo.

Raúl sonrió de nuevo. Desde el principio había buscado el apoyo del Che. No podían ser más diferentes, pero tenían algo en común: ambos creían que Cuba sería socialista o no sería.

—Pues que Dios reparta suerte —dijo cínicamente el ateo Raúl, como si con esa frase estuviera ensortijando todos los demonios del país.

CAPÍTULO 37

UN CONSEJO

La Habana, 4 de agosto de 1959

CAMILO HABÍA DECIDIDO TOMARSE UNOS DÍAS de descanso. Primero quería visitar a sus padres y después tomar un coche e irse con Adela a Varadero. Al menos durante una semana podría olvidarse de las presiones de su puesto y de la creciente hostilidad de Raúl Castro.

Camilo llegó al barrio y vio la casa del viejo coronel. Por un lado, se dijo que debía visitarlo. Era demasiado mayor y temía que no tuviera otra oportunidad para hacerlo. Pero, por otro lado, era consciente de que terminarían hablando de política, y eso era lo último que le apetecía en ese momento.

Al final, aparcó el coche enfrente de la casa del coronel, abrió la cancela del jardín y entró en la finca; antes de que llamara a la puerta, el anciano coronel le abrió.

—¿Qué demonios?

Los dos se quedaron mirándose sin saber qué decir.

—Camilo —dijo al final el anciano.

—No me esperaba.

El hombre abrió la puerta y lo dejó entrar.

—Hace un calor de mil diablos.

—¿No tiene ventilador? Le puedo conseguir uno.

—No hace falta, lo que no te mata te hace más fuerte.

Camilo sabía que el viejo coronel español era muy cabezón, así que no insistió.

—¿Un cortado?

—Se lo acepto.

Mientras el hombre servía el cortado, Camilo miró todos los libros que tenía el viejo. Había leído algunos de ellos cuando era más joven.

—¿Has podido hacer un hueco en tu apretada agenda?

—Sí, la verdad es que estoy agotado. Me voy unos días a Varadero.

—Con Adelita.

Camilo frunció el ceño.

—¿Cómo lo sabe?

—Es *vox populi*. Todo el barrio está al tanto, ya sabes que esto es como un pueblo. Cuando lo supe, me alegré mucho. La verdad es que tienes muy buen gusto.

Camilo tomó el café. Estaba a punto de disculparse para irse cuando el anciano le dijo:

—He pensado en irme a España. Franco sigue en el poder, pero han pasado casi veinte años y no creo que me hagan nada. Me ha escrito una prima; me ofrece su casa y un trabajo.

—Eso es una buena noticia.

—Es una tentación. No quiero pensar en lo que se habrá convertido España, pero al fin de cuentas sigue siendo mi país.

—Eso es cierto.

—Pero sobre todo me tienta la idea por lo que veo en lo que se está convirtiendo Cuba. Ya he oído que no habrá elecciones ni democracia; como dice Franco, una democracia vertical. Ese amigo tuyo es un pequeño dictador. A lo mejor es una enfermedad que sufren todos los gallegos cuando llegan al poder.

Camilo ya no podía contradecirlo, pero no le gustaba escuchar lo que ya sabía en boca de nadie. Sentía como si en el fondo estuviera traicionando a su viejo amigo.

—Bueno, más adelante habrá elecciones.

—No te engañes. Fidel no dejará jamás el poder. Tiene el típico síndrome de salvador, de caudillo. En España sabemos bien de eso. Primero logran eliminar a todos los que les hacen sombra, después acallan a todos los que piensan de manera diferente y, por último, piden que el pueblo les rinda culto como si fueran dioses.

—Tengo que irme.

—¿Me permites que te dé un consejo? No hagas como yo. Esperé demasiado tiempo, creía que las cosas se iban a enderezar, pero en España desde 1937 ya nada tenía remedio; la guerra estaba perdida en todos los sentidos. Eres un miembro importante de la Revolución y eso Fidel no te lo va a perdonar. Coge a tu Adelita y vete a los Estados Unidos o a Puerto Rico, pero sal lo antes posible de aquí.

—Muchas gracias por el consejo, le prometo que lo pensaré.

El anciano cerró los ojos y después extendió la mano.

—Ten cuidado, Camilo.

—Lo tendré.

En cuanto el joven se fue por la puerta, el anciano se echó a llorar. Había visto la muerte reflejada en el rostro de su amigo, como si una sentencia de muerte ya pesara sobre él.

CAPÍTULO 38

MUJERIEGO

Varadero, 6 de agosto de 1959

ADELA ESTABA ESCUCHANDO LA RADIO CUANDO se sorprendió de lo que decía el presentador: «Camilo Cienfuegos es un amante de la noche y la fiesta de La Habana. Lo han relacionado con la actriz argentina July del Río, además de con otras mujeres de la noche. El mismo primer ministro, Fidel Castro, confesó que su amigo y prócer de la Revolución se había convertido en un *playboy*».

Camilo estaba en el baño en ese momento y Adela fue a hablar con él. El comandante se había cortado el pelo y tenía la barba más corta; justo en ese momento se la estaba repasando.

—¿Has oído lo que han dicho de ti en la radio?

Camilo se encogió de hombros y le mostró su mejor sonrisa.

—Ya sabes que se dicen muchas cosas.

—Sí, pero esta ha sido de boca de Fidel.

Camilo se secó con la toalla y salió del baño.

—Fidel debe estar descansando.

—Pues ha tenido tiempo para hablar de ti y de tus conquistas.

Adela parecía algo celosa.

—¿Conquistas? Desde que comenzamos a salir no he estado con otra mujer, te lo juro.

Adela sabía que él decía la verdad.

—Entonces, ¿por qué Fidel Castro está diciendo que eres un mujeriego?

—Me imagino que es para esquivar los rumores sobre sus amoríos; él y el Che son los verdaderos donjuanes.

—Me parece extraño y algo desleal por su parte.

Camilo frunció el ceño de nuevo.

—No te lo tomes en serio. ¿Nos vamos a la playa? Las vacaciones casi se están terminando y se me ponen los pelos de punta de tan solo pensar que tengo que regresar a mi puesto.

—Vámonos.

—¿A dónde?

—A cualquier sitio, ya has hecho suficiente por la Revolución.

—Es toda una tentación, pero creo que no me dejarían irme sin más, todavía no.

—¿Quieres decir que te han prohibido dimitir?

—Algo así, pero hablemos de otra cosa.

Mientras se dirigían a la playa bajo un sol abrasador, Camilo no podía dejar de pensar que el proceso de difamación que precedía a la caída de cualquier líder de la Revolución ya había comenzado. En el fondo eso no le extrañaba, aunque lo que sí le sorprendía era que hubiera sido el propio Fidel Castro el que abriera la veda.

CAPÍTULO 39

DECLARACIÓN

La Habana, 19 de agosto de 1959

AQUEL VERANO HABÍA SIDO LA ÉPOCA más feliz de su vida. Trabajaba muy pocas horas, aprovechando que casi todos los líderes de la Revolución se encontraban fuera de La Habana. Pasaba las tardes con Adela y los fines de semana se escapaban a alguna playa cercana. Aquellos días de ron y largas siestas después de comer pescado fresco o mariscos se le asemejaron al paraíso. Camilo no quería que llegase septiembre, pero Huber se puso en contacto con él aquel día antes de salir de la oficina.

—Camilo, espero que estés disfrutando de un merecido descanso, pero aquí las cosas se están poniendo feas. Ya te conté que, tras mi charla con Fidel, decidí darle el beneficio de la duda, aunque ahora pienso que simplemente quería ganar tiempo para implementar sus políticas impositivas y controlar aún más el país. ¿No sabes la orden que ha dado en pleno agosto a todos los jefes revolucionarios de las fuerzas armadas?

Lo cierto es que había llegado un memorándum del ministerio, pero, relajado como estaba, había preferido ni mirarlo. Raúl le apretaba más las tuercas y él, para evitar el conflicto, solía escabullirse de sus encerronas y darle poca importancia a las difamaciones que vertía sobre él.

—No lo he leído. He estado intentando relajarme. Además, como me comentaste que por ahora era mejor frenar nuestra presión contra los comunistas en el Movimiento, lo tomé al pie de la letra.

—Pues la orden nos prohíbe hacer declaraciones, nos deja sin voz, para que solo se escuche la versión oficial que Raúl y Fidel quieran dar. Lo más curioso es que esta orden llegó ayer y hoy tenía yo una entrevista en CMQ Televisión. Tengo la sensación de que lo que pretendían era acallar mi voz, pero pienso ir a la televisión y responder a todas las preguntas. No hemos hecho una revolución con tanto sufrimiento y víctimas para que secuestren nuestra libertad y nuestra voz.

Camilo intentó calmar a su amigo, pero en el fondo pensaba exactamente como él. Raúl había tomado casi todas las funciones de Camilo; ya no tenía actos en los que hablar o presentarse. Sin duda, en parte lo había hecho por la envidia que sentía por él, pero también estaba detrás la mano de Fidel, que no soportaba que nadie le hiciera sombra.

—Pero no te he contado todavía lo mejor: acabo de hablar con Raúl, me ha llamado personalmente para decirme que debo acatar la circular. Imagina, la entrevista es para hablar sobre la educación y la Revolución. El periodista Jorge Mañach se contactó conmigo por mi condición de maestro. Imagino que los pone nerviosos que alce la voz. Eso es porque no tienen la conciencia tranquila.

—Me dejas de piedra. Voy a hablar con él.

—No sé si es buena idea, Camilo. No quiero crearte un problema.

—Estoy hasta los cojones de ese huevón. Lo único que ha hecho desde que llegó al ministerio es tocarme las pelotas, y ya estoy harto.

—Bueno, si vas a hablar con él, al menos cálmate un poco antes.

—No te preocupes, estas cosas me encienden, pero luego sé controlarme.

Camilo colgó el teléfono y se dirigió al despacho de Raúl. El hermano de Fidel estaba en su escritorio; los papeles ocupaban toda la mesa hasta una altura que casi le tapaban la cara. Raúl le sonrió con su cara de efebo andrógino y Camilo le devolvió el gesto.

—¿Qué es esta circular? —preguntó mientras la depositaba sobre la mesa.

Raúl la observó un rato, aunque sabía perfectamente de qué se trataba.

—Es un secreto, pero Trujillo está planeando atacar Cuba. Seguramente por los voluntarios que enviamos para derrocarlo. Todos los medios deben estar al servicio del Estado hasta nueva orden.

—¿Cómo no me has dicho nada?

—Son asuntos de los servicios secretos y por eso no te compete, pero no te preocupes, ya está todo controlado. Trujillo ha pagado a un grupo de batistas y los ha armado, sabemos que saldrán de la isla de Trinidad y que pretenden unirse a los rebeldes que hay en las montañas del Escambray.

—Eso es muy grave.

—Mientras tu juegas a Romeo y Julieta, otros estamos protegiendo la Revolución.

Camilo se apoyó en la mesa y dejó su rostro a unos centímetros del de Raúl.

—¿Me estás diciendo que no hago bien mi trabajo?

Raúl reculó. Nunca había sido muy valiente, prefería hacer las cosas por la espalda.

—Tranquilo, entiendo que andes encoñado, la chamaca es muy guapa.

—No hables de ella. Estoy aquí para que me des una explicación sobre la prohibición de que los líderes del Ejército hablen o hagan declaraciones.

—Es una medida provisional de seguridad nacional.

—Pues yo voy a seguir hablando si lo veo oportuno y Huber Matos también, no te metas con él.

Raúl frunció los labios.

—¿Por eso has venido? ¿Te ha llamado tu compadre?

—He venido porque estoy harto de que me espíes, me controles y neutralices. Voy a hablar con Fidel. ¿Me has oído?

El pequeño de los Castro pareció recular.

—Bueno, tampoco hace falta ponerse así. Esa medida es sobre todo para los que están alejándose de nuestra visión principal, pero no es tu caso.

—¿Quién se aleja de qué? No hicimos esta Revolución para implantar un régimen comunista. Casi nadie del Movimiento es comunista. Estás intentando manipularlo todo, malmeter a la gente y buscar cómo dividirnos, pero ándate con cuidado, la gente como tú suele caer en el pozo que excava.

—¿Me estás amenazando?

—Tómatelo como quieras, Raúl.

CAPÍTULO 40

LA VISITA

Camagüey, 20 de agosto de 1959

HUBER MATOS LLEVABA VARIOS DÍAS INQUIETO; cada vez sentía más presión. El Gobierno había declarado el estado de emergencia en la zona de Las Villas, pero poco a poco lo había extendido a todo el territorio. Con la excusa del intento de invasión desde República Dominicana, el control sobre la población se había acrecentado. En aquel momento había más gente encarcelada por asuntos políticos que en la época de Batista.

Los guerrilleros venidos de Trinidad fueron exterminados en cuanto pusieron un pie en Cuba. Matos sospechaba que, desde el principio, todo ese asunto había sido provocado o al menos consentido por Eloy Gutiérrez Menoyo, que les estaba haciendo el trabajo sucio a los Castro, aunque él creía que estaba salvando la democracia en Cuba. Eloy era un guerrillero de origen español. Había nacido en Madrid, hijo de un médico socialista que había servido a la República durante la guerra civil española. Tras la muerte de su padre y su hermano, Carlos, el primogénito se llevó a toda la familia a Cuba. Desde el principio se opuso activamente a Batista. Carlos participó en el asalto del Palacio Presidencial de 1957, donde perdió la vida. Desde ese momento Eloy se incorporó más a la lucha política. Eloy abrió un frente guerrillero en la isla desde 1957. Su grupo fue uno de los primeros en entrar a La Habana. Ahora que los Castro lo habían capturado, iba a ser la cabeza de turco para que los Castro expusieran sus ideas de que la Revolución estaba amenazada, aunque en muchos sentidos eran ellos los que la tenían secuestrada.

Huber Matos sabía que Manuel Piñeiro estaba detrás de todos esos tejemanejes. Piñeiro estaba formando unos nuevos servicios de inteligencia y era la mano derecha de Ramiro Valdés Menéndez. Piñeiro tenía origen gallego como los Castro, y desde el principio se habían entendido a la perfección. Huber sabía que el jefe de inteligencia estaba detrás de casi todos los asuntos turbios del régimen que se estaba formando. Por eso, aquella mañana en la que recibió la visita del capitán Lázaro Soltura, amigo de Camilo y miembro del Estado Mayor, desde el primer momento desconfió de que viniera en nombre de Cienfuegos y no en el de Raúl Castro.

—Te traigo un recado importante del Estado Mayor. Se sabe que en los próximos días ocurrirán hechos muy graves de carácter contrarrevolucionario. Si esto pasa, tendrás que detener a mucha gente. Tendrás que hacer una buena limpia de los enemigos de la Revolución ocultos en Camagüey y tendrás que fusilar a los que sean condenados y a los que sean sospechosos de haberlos apoyado.

Las palabras del capitán lo dejaron sorprendido, mucho más que dijera que venía en nombre de Camilo.

—Me está pidiendo que fusile a gente sin juicio previo. ¿Eso es así?

—Afirmativo.

—Eso es ilegal. Todo el mundo tiene derecho a un juicio justo. Si nos comportamos así, ¿en qué nos diferenciaríamos de Batista? ¿Para qué hemos hecho esta Revolución?

—Él se protegía a sí mismo y a su dictadura, nosotros lo hacemos por una buena causa.

—El fin no justifica los medios. Además, me gustaría confirmar las ordenes con Camilo.

—No hace falta —contestó el capitán algo nervioso—, no pierdas el tiempo.

El oficial se marchó de inmediato de la oficina y Huber se dio cuenta de que todo aquello eran maquinaciones de Raúl Castro.

Matos llevaba varios meses hablando con Carlos Franqui y Faustino Pérez sobre la deriva de la Revolución. Los tres se decidieron a verse en una reunión clandestina a la que también estuvo invitado el ministro de trabajo. Los cuatro se vieron en Camagüey unos días más tarde. Aún les costaba pensar que Fidel apoyara aquellas medidas draconianas y no frenase al Partido Comunista ni su influencia en el Movimiento.

Franqui, que era el director del periódico *Revolución*, provenía de una familia campesina. Había pertenecido al Partido Comunista Cubano anterior a la Revolución y había logrado estudiar gracias a una beca. En La Habana dejó el partido, aunque se seguía considerando de izquierda. Entró en el Movimiento 26 de Julio, vivió en el exilio y, al unirse a la guerrilla, comenzó a publicar el periódico *Revolución*. Era un fervoroso seguidor de Fidel hasta que se dio cuenta de que este comenzaba a apoyar la idea de que la Revolución se aproximara a la ideología comunista. Faustino Pérez provenía de inmigrantes canarios, tuvo que huir también al exilio, había participado en la lucha clandestina y tampoco estaba a favor de la deriva del régimen.

—Fidel no puede estar de acuerdo con estas actuaciones —comentó Faustino.

—Pues yo no veo que haga nada al respecto —dijo Carlos Franqui.

—Tiene una posición muy difícil, ya lo saben. Los enemigos de la Revolución acechan por todos lados.

—Ya lo sabemos Faustino, pero creo que los peores enemigos de la Revolución son los comunistas, ellos quieren secuestrar a la sociedad cubana —dijo Matos, que estaba harto de escuchar siempre los mismos argumentos.

—Aún hay esperanza de revertir esta situación —comentó Franqui.

—La única forma de provocar una crisis es que dimitamos todos a la vez —dijo Matos, pero notó que sus compañeros se ponían nerviosos.

—Podemos hacer más desde dentro que en la oposición —dijo Faustino, que era el más reacio a dar pasos en falso y dejar su puesto de influencia.

—Tenemos que pensar en Cuba antes que en nosotros mismos —añadió Matos, aunque sabía que muy pocos estarían dispuestos a sacrificarse hasta el punto de renunciar a los cargos que Fidel les había dado. Sus vidas antes de la Revolución eran anodinas y anónimas; cambiar eso y enfrentarse a Fidel era demasiado arriesgado.

—Bueno, ustedes pueden hacer lo que les dicte su conciencia, pero yo voy a salir de un Gobierno en el que ya no creo y del que pienso que es un peligro para la libertad de todos los cubanos.

CAPÍTULO 41

AMOR

La Habana, 22 de agosto de 1959

CAMILO ESTABA DECIDIDO; NO ERA DEL tipo de hombre que cometía el mismo error dos veces seguidas, pero era consciente de que había madurado. Siempre había sido impulsivo y pasional, poco dado a la reflexión y la prudencia, pero si sabía algo en el mundo era que amaba a Adela. Todos decían que él se parecía a su madre; su padre era mucho más racional y frío, como su hermano Osmany.

A medida que los días pasaban y se acercaba inexorablemente el mes de septiembre, estaba más convencido de que debía dejar la política cuanto antes. Ahora la única duda que tenía era cómo hacerlo. Su último acto público había sido el 26 de julio. Los Castro lo estaban apartando de la primera línea, pero en contra de lo que pudiesen creer personas ajenas a su vida, él lo agradecía. Nunca le había gustado ser el centro de atención y mucho menos desde que se había dado cuenta de que eso producía los celos de Fidel. En el partido de beisbol del 24 de julio le había quedado muy claro: no había lugar para él en la política cubana, Fidel lo ocupaba todo, y el poco espacio que quedaba, las migajas que caían de la mesa y comían los perros, eran para Raúl. Ni siquiera el Che podría sobrevivir mucho en Cuba; el líder de la Revolución ya buscaría alguna fórmula para alejarlo del poder, ya fuera por las buenas o por las malas.

Deseaba llevar a Adelita a un lugar bello; quería que ese momento fuera inolvidable. Camilo fue al apartamento de la joven a primera hora, la montó en el coche sin dejar que fuera al trabajo, y cuatro horas más tarde estaban en Trinidad, una de las ciudades más bellas de la isla.

Trinidad era una ciudad colonial vieja de singular belleza, anclada en el tiempo como una joya ensortijada en medio de la isla, relativamente cerca de del pueblo de Cienfuegos.

Camilo había alquilado un apartamento cerca de la playa de Ancón, un enclave mágico en el que apenas había turismo. Al llegar al pueblo se fueron a comer a un restaurante de pescadores, después hicieron el amor en el apartamento y, por la noche, caminaron en la ciudad vieja hasta un restaurante muy cuco con apenas cuatro mesas en su interior.

—¿Sabes qué es lo más bello que tiene esta ciudad? —le preguntó Camilo a su novia.

La mujer, que parecía extasiada por la experiencia, negó con la cabeza.

—Fue una de las ciudades más ricas de Cuba hasta el siglo XIX, pero a pesar de que pasó su tiempo de gloria, vive con dignidad. Así quiero yo envejecer contigo, hacerme viejo hasta que nuestras almas se fundan en una.

—Eres un poeta —contestó la joven.

Comieron una suculenta cena. Después pidieron unos postres y, mientras brindaban con champán, él la miró a los ojos y le dijo:

—«Eres hermosa, amada mía; tan hermosa que no puedo expresarlo. Tus ojos son como palomas detrás del velo. Tu cabello cae en ondas, como un rebaño de cabras que serpentea por las laderas de Galaad. Tus dientes son blancos como ovejas recién esquiladas y bañadas. Tu sonrisa es perfecta; cada diente hace juego con su par. Tus labios son como una cinta escarlata; tu boca me cautiva. Tus mejillas son como granadas color rosa detrás de tu velo. Tu cuello es tan hermoso como la torre de David, adornado con los escudos de mil héroes. Tus pechos son como dos cervatillos, los mellizos de una gacela que pastan entre los lirios. Antes de que soplen las brisas del amanecer y huyan las sombras de la noche, correré a la montaña de mirra y al cerro del incienso. Toda tú eres hermosa, amada mía, bella en todo sentido. Ven conmigo desde el Líbano, esposa mía; ven conmigo desde el Líbano. Desciende del monte Amana, de las cumbres del Senir y del Hermón, donde los leones tienen sus guaridas y los leopardos viven entre las colinas. Has cautivado mi corazón, tesoro mío, esposa mía. Lo tienes como rehén con una sola mirada de tus ojos, con una sola joya de tu collar. Tu amor me deleita, tesoro mío, esposa mía. Tu amor es mejor que el vino, tu perfume, más fragante que las especias. Tus labios son dulces como el néctar, esposa mía. Debajo de tu lengua hay leche y miel. Tus vestidos están perfumados como los cedros del Líbano. Tú eres mi jardín privado, tesoro mío, esposa mía, un manantial apartado, una fuente escondida. Tus muslos resguardan un paraíso de granadas con especias exóticas: alheña con nardo, nardo con azafrán, cálamo aromático y canela, con toda clase de árboles de incienso, mirra y áloes, y todas las demás especias deliciosas. Tú eres una fuente en el jardín, un manantial de agua fresca que fluye de las montañas del Líbano»[*].

Adela no pudo reprimir una lágrima; jamás se había sentido amada de esa manera.

—¡Qué hermosas palabras!

—Son las que le dijo el rey Salomón a la sulamita, una mujer a la que no podía alcanzar, porque ambos eran de etnias diferentes, pero él la amaba profundamente. Tú y yo también somos de etnias diferentes. Yo he matado hombres, aunque fuese por una buena causa, he visto lo que es la crueldad y el odio, pero en tu corazón únicamente habita el amor y la compasión; yo he vivido como un vagabundo, a la espera de un golpe de la fortuna; tú eres la diosa fortuna, la que da sin esperar nada a cambio, mi casa y mi hogar. Yo he robado a la vida lo que he podido, he intentado saquear sus tesoros a la fuerza; tú eres el mayor tesoro que haya podido crear Dios.

Adela estaba abrumada, no sabía que decir. Entonces, Camilo sacó un anillo, se puso de rodillas y le pidió en matrimonio.

—¿Quieres casarte conmigo?

Ella, con los ojos llenos de lágrimas, dijo un sí entre suspiros, y él le colocó el anillo de compromiso. Deseaba que aquel amor durase para siempre, pero para un revolucionario, *siempre* es una palabra demasiado grande.

---

[*] Cantar de los Cantares 4, 1-15 NTV.

CAPÍTULO 42

EL GIRO

La Habana, 5 de septiembre de 1959

DESPUÉS DE UN MES DE AGOSTO en el que todos temían que el régimen fuera en una línea descendente hacia la radicalización, Fidel decidió parar la tensión con los Estados Unidos y reunirse con el embajador Philip Bonsal. El neoyorquino había sido el último gesto de buena voluntad de su amigo del norte. Los Bonsal descendían de los cuáqueros ingleses que habían fundado la colonia de Pensilvania. Philip no tenía que demostrar nada a nadie; para él representar a su país en el extranjero era una especie de misión sagrada, como la de sus antepasados había sido fundar un Estado en el que la tolerancia fuera la premisa más importante. Había vivido en Cuba durante su etapa de estudiante, pero también había pasado largas temporadas en España y Chile. Durante la década de los treinta había estado como vicecónsul en la embajada en La Habana, y tras un trabajo magistral en Colombia y Bolivia, el Gobierno de Ike lo había enviado a Cuba. Hasta el progresista *New York Times*, que desconfiaba de todas las decisiones de Eisenhower, había aplaudido el nombramiento.

Desde el primer momento, Bonsal había advertido que la animosidad del nuevo Gobierno era evidente, y no era para menos, después de más de sesenta años de dominio directo e indirecto sobre la isla. Bonsal había ido con el mejor de los talantes y Fidel, que odiaba la arrogancia, tal vez por ser uno de los hombres más arrogantes de Cuba, intentó ser amable con el embajador.

Bonsal entró en el despacho e hizo un leve gesto, como si estuviera delante de un rey. Castro le extendió una mano flácida, sin fuerza, como la daba siempre que estaba desganado. Lo invitó a sentarse y después se cruzó de piernas.

—Gracias por recibirme, sé lo ocupada que está su agenda.

—¿Quién se lo ha contado, sus espías de la CIA? —preguntó el cubano con su sarcasmo habitual.

Bonsal conocía muy bien el temperamento de los hispanos, en especial el de los cubanos, por eso sonrió.

—Sabe que el embajador Macartney llegó a China para firmar un tratado comercial a finales del siglo XVIII. El embajador tenía que encontrarse con el emperador Qianlong; según el protocolo, debía arrodillarse ante él e inclinar la cabeza hasta que esta tocase el suelo. Para el embajador, esto era un dilema; él representaba a Jorge III y a Gran Bretaña, el imperio más poderoso del momento, por eso solo dobló una rodilla. La leyenda dice que eso impidió un tratado provechoso entre los dos países. Señor primer ministro, yo estoy dispuesto a doblar las dos rodillas ante usted si eso facilita un acuerdo.

Fidel sonrió ante la ocurrencia de que lo comparase con el emperador de China.

—Yo no soy un emperador, señor embajador, soy un simple representante del pueblo.

Bonsal sabía que no era cierto. En el poco tiempo que Fidel

Castro llevaba en el cargo había demostrado que se comportaba como un rey absoluto.

—Nuestros empresarios han aceptado todos los cambios de la Ley Agraria, pero algunos de sus funcionarios no han respetado las normas.

Fidel frunció el ceño.

—No lo veo posible, pero tomo nota y lo investigaré personalmente —dijo Fidel, aunque sabía todo aquello; de hecho, lo había instigado.

—Algunos de sus representantes, como Ernesto Guevara, se han pronunciado como comunistas y están anunciando a voz y platillo por el mundo el carácter marxista de la Revolución.

Fidel sonrió y después encendió un cigarro.

—Ya sabe que algunos elementos jóvenes de la Revolución son demasiado entusiastas a la hora de expresar sus ideas, pero nosotros no somos comunistas, somos cubanos.

Bonsal no sabía qué creer. Las pruebas parecían evidentes, aunque el líder cubano disfrutaba moviéndose en la ambigüedad.

—Lo único que deseamos como sus vecinos es paz y prosperidad para Cuba, unas buenas relaciones políticas y comerciales, como ha sido nuestra costumbre durante los últimos sesenta años.

—Las cosas ya no serán como antes, eso se lo aseguro. En Cuba mandan ahora los cubanos.

El embajador se despidió de la mejor manera. Aunque se había llevado una buena impresión de Castro, sabía que no se podía confiar en su palabra.

CAPÍTULO 43

DERRUMBAR MUROS

La Habana, 14 de septiembre de 1959

Aquel día Camilo se sentía feliz. El Campamento Militar de Columbia, que había sido un lugar de muerte y destrucción, estaba a punto de convertirse en una escuela para el pueblo cubano. Lo que le gustaba menos de aquel día era que Raúl Castro iba a presidir el acto.

El ministerio de Defensa había puesto un atril alto, donde el ministro iba a dar el cuartel simbólicamente a su homólogo de Educación Armando Hart.

Aquel era uno de los primeros cuarteles de La Habana ocupado por los revolucionarios tras la huida de Batista. Camilo lo había ocupado el 2 de enero sin que mediara resistencia, y unos días más tarde Fidel lo había visitado.

Raúl se subió a la plataforma y comenzó a hablar:

—Compañeros colegiales: yo sé que es un poco tarde y que ustedes llevan varias horas de pie, por eso voy a hablar brevemente para decirles algunas cosas que siento en estos momentos.

»Hacía mucho tiempo —y yo quiero que me oigan— que

estábamos deseando esta oportunidad, y de todos los actos y de todos los hechos que hemos vivido desde que iniciamos esta lucha revolucionaria, ningún momento más feliz para nosotros que este, y les voy a explicar por qué: porque este acto de hoy, esta reunión de ustedes, los niños cubanos, con nosotros, es el acto más hermoso de esta Revolución, porque quiere decir que ustedes no van a vivir como nosotros, quiere decir que ustedes no van a sufrir lo que nosotros sufrimos.

»Nosotros nunca pudimos venir aquí a esta fortaleza, nosotros solo sabíamos que aquí se albergaban millares de soldados, de hombres armados que eran capaces de los peores abusos, que eran capaces de las peores injusticias. Nosotros nunca tuvimos este privilegio de ver lo que era una fortaleza militar. Nosotros nos preguntábamos para qué servían las fortalezas militares; nosotros nos preguntábamos por qué había tantos soldados aquí dentro, por qué había tantas compañías y tantos regimientos, qué significaba todo aquello, qué fin perseguían esos soldados. Y nosotros, los que en un tiempo fuimos niños como ustedes, tuvimos oportunidad de saber para qué servían aquellos soldados.

Los estudiantes reunidos y los vecinos comenzaron a aplaudir. Camilo intentaba disimular su enfado. La idea había sido suya, pero prefería contentarse con que los niños cubanos pudieran estudiar. Él tuvo que dejar sus estudios muy pronto porque sus padres no podían pagarle la academia de bellas artes.

—Así que tenemos un acuerdo entre ustedes y nosotros: ustedes van a ayudar a la Revolución por todos los medios posibles, porque la Revolución está por hacerse y ustedes son los que la tienen que hacer, y para hacerla tienen que estudiar. Eso es lo que más me interesa; y voy a estar al tanto de cómo están estudiando los niños en la escuela, y les vamos a preguntar a todos los maestros cómo está cada escuela, para saber cuáles son las escuelas que más estudian y las escuelas que menos estudian.

»El año que viene nos volveremos a reunir. Vamos a tener un acto con ustedes todos los años, así que, ¡a estudiar!

»Compañero ministro de Educación: en sus manos ponemos esta fortaleza, y de ella arriamos nuestra bandera victoriosa para entregarle a la educación la fortaleza conquistada.

»Esperamos que este acto marque el inicio de una nueva era en la educación y que el centro de alta enseñanza que aquí se establezca llegue a convertirse en el primero de toda la América.

Camilo, de una forma preclara, como no lo había entendido antes, sintió que Raúl quería, más que educar a aquellos niños, convertirlos a su causa.

Tras el acto de entrega, varios de los líderes tomaron una maza, entre ellos Camilo, y comenzaron a derrumbar algunos de los muros. Mientras Cienfuegos golpeaba con todas sus fuerzas sentía que descargaba toda la tensión del momento. Le habría gustado que, en lugar de ese muro, hubiera sido Raúl Castro al que golpeara, para acabar con su arrogancia, pero sobre todo con sus mentiras y manipulaciones.

CAPÍTULO 44

PALABRAS HUECAS

Ciego de Ávila, 20 de septiembre de 1959

LA VISITA DE FIDEL UNOS DÍAS antes no había dejado de sorprenderlo. No se veían desde julio cuando ambos habían participado en las celebraciones del 26 de julio. Camilo sentía ante el alejamiento de su amigo e ídolo una sensación ambivalente: por un lado, prefería no encontrarse con él, notaba la distancia y la tensión que había surgido entre los dos; pero, por otro lado, lo echaba de menos.

Fidel había ido a su despacho de forma sorpresiva. Ahora cada vez que se acercaba a algún sitio, el primer ministro causaba expectación, como si se tratase de un rey o de Papá Noel.

—Hola, migo, hace mucho que no te veo.

—Sé que andas ocupado y no quiero molestarte.

—Los amigos no se molestan, siempre eres bien recibido. Estás haciendo un trabajo excelente. Primero, sé que has encajado bien que mi hermano fuera el ministro, ya sabes que a veces lo importante es la carga y no el cargo, yo sé que cuidadas y amas a nuestro ejército, por eso estoy aquí.

—Tú me dirás, Fidel.

—El Ejército Revolucionario está siendo atacado últimamente, pero no solo por guerrilleros enviados por el dictador, también por algunos políticos de segunda fila y ciudadanos vendidos a los Estados Unidos. Los batistas mandan aviones para lanzar panfletos, y dentro de poco nos tirarán bombas. Nosotros estamos intentando hacer las cosas bien; he nombrado a Almoina para que haga algunos planes de inversiones para el turismo. Los que nos acusan de dirigir Cuba hacia el comunismo se equivocan.

Fidel comenzó un monólogo de veinte minutos y después le dijo directamente:

—Mañana hay un encuentro importante enfrente de la Unidad Judicial en Ciego de Ávila, va a hablar el presidente Osvaldo Dorticós, pero quería que tu dieras un discurso para defender la Reforma Agraria.

—Conocía el acto, pero no tengo nada preparado…

—Vamos, Camilo, eres un buen orador.

—He perdido práctica.

Fidel se lo tomó como un reproche.

—Te he dejado descansar, te veía agotado, además de que Huber Matos estaba siempre encima de ti calentándote la cabeza. Ahora que estás fresco, tienes que contribuir de nuevo a la Revolución…

Las palabras de Castro aún resonaban en su cabeza. Se sentía utilizado, pero, por otro lado, buscaba su aprobación. Lo habían criado en la insatisfacción de no reconocer nunca lo que hacía bien y enfatizar lo que hacía mal.

Se había preparado un discurso sencillo, por eso cuando llegó ante la plataforma sintió cómo le temblaban las piernas. El presidente Dorticós, en cambio, parecía tranquilo. Primero habló el presidente y después le dejó a él la tribuna. Una multitud de unas treinta mil personas lo escuchaban atentamente:

—Compañeros campesinos y campesinas: ustedes mejor que nadie saben qué sacrificios ha supuesto la Revolución. Si no hubiera sido por su ayuda y apoyo, esta obra no habría podido concluirse. Desde el principio nosotros y el Ejército Rebelde hemos buscado lo mejor para el pueblo.

La gente parecía muy animada por las palabras de Camilo y no dejaba de aplaudir.

—Ahora se han levantado muchos críticos contra el Ejército, pero ¿qué hacían ellos mientras nosotros luchábamos por la libertad? Yo se lo diré: nada. —La gente comenzó a bramar de entusiasmo—. En unas horas vamos a inaugurar una nueva escuela en lo que era un viejo prostíbulo y sala de juego; esa es la Cuba que todos queremos. Que los cuarteles y los prostíbulos se conviertan en clases, para que nuestros niños y niñas salgan de la ignorancia y el orgulloso pueblo de Cuba escriba la página más hermosa de su historia.

Después del discurso, Camilo parecía agotado. Tras la inauguración de la nueva escuela, regresó a La Habana y se dirigió a la casa de Adela. Aquella noche ella no trabajaba, en cuanto lo vio con la cabeza gacha y las ojeras profundas enmarcando sus ojos, se preocupó.

—¿Estás bien?

Camilo se quitó el sombrero y se derrumbó en el sillón.

—Soy un farsante, un timo. He dado un discurso como si aún creyera en todo lo que se está haciendo. Sin duda algunas cosas son muy buenas, pero detrás del escenario, donde nadie mira, se está creando un país del que no me siento parte. Tenemos que irnos, salir de Cuba.

—¿Estás seguro? No será otra de tus crisis.

—No, esta vez no… con cualquier excusa, tengo un amigo piloto, podríamos irnos a Miami, a donde sea.

Ella le acarició el pelo negro.

—A veces tengo ganas de despertarme, como si todo esto fuera una pesadilla y todavía estuviera en la sierra Maestra. Allí todo era muy duro, pero en el fondo más sencillo; luchábamos por una buena causa, una causa en la que todavía creo, pero ellos lo han pervertido todo. ¿Por qué lo han hecho?

—Son humanos y todo lo que tocamos los humanos al final se convierte en basura. Nos pueden la ambición y el orgullo, la soberbia y el ansia de poder.

Camilo comenzó a llorar como un niño.

—Yo creía que esto sería diferente, te lo juro por Dios.

—El hombre es el mismo bajo cualquier bandera. En el fondo saca lo que tiene en el corazón. Fidel ansiaba el poder, por eso los utilizó a todos; pero el poder jamás sacia y cada día quiere más. Hace tiempo que confundió sus intereses y los de Cuba. Lo siento por nuestro amado país —comentó Adela.

—Yo también. Parece que estamos condenados a vivir siempre como esclavos. Me gustaría pensar que algún día la palabra libertad volverá a ser proclamada en cada pueblo y ciudad de nuestra amada isla, que todos nos podremos sentar como hermanos a la misma mesa y dejar tanto odio y violencia a un lado.

CAPÍTULO 45

AHORA VEO

La Habana, 25 de septiembre de 1959

LAS MALAS NOTICIAS PARECÍAN ACUMULARSE EN los últimos días. Eso era lo que pensaba Camilo mientras se dirigía a la capilla ardiente en el Aula Magna de la Universidad de La Habana. Juan Abrantes Fernández, al que todos conocían por Cocó, había fallecido el día anterior cuando se había estrellado la avioneta en la que viajaba con el teniente Jorge Cilla Yanes. Mientras Camilo entraba en el aula y se dirigía a los féretros lo asaltó un miedo irracional hacia la muerte.

Cocó había sido un camarada fiel. Algunos lo llamaban «el mexicano». Se había opuesto desde el principio a la dictadura de Batista. Fidel lo había usado para frenar los primeros movimientos antirrevolucionarios.

El Che se acercó por detrás y le puso una mano en el hombro. Había pasado varios meses viajando por el mundo. Camilo pensaba que lo hacía para separarse de Fidel, que cada vez tomaba más decisiones unilaterales junto con su hermano.

—¿Por qué los mejores siempre mueren tan jóvenes? Nos

ayudó tantas veces, siempre dispuesto a sacrificarse por la Revolución.

—Uno nunca piensa que pueda morir joven.

—Los revolucionarios somos inmortales, Camilo, puede que esta carne muera, pero siempre estaremos en el recuerdo del pueblo.

—Dice la Biblia que es mejor perro vivo que león muerto.

El Che frunció el ceño.

—Ahora te vas a hacer cura, eso no es lo que se escucha por ahí.

—Solo tenemos una vida, amigo y debemos saber cómo emplearla.

—Y eso lo dice uno de los héroes de la Revolución; tú ya has pasado a la posteridad.

—La cosa es cómo pasamos —dijo Camilo muy serio.

—Como un héroe, que es lo que te mereces.

—Estoy cansado, no sé cuánto tiempo aguantaré.

—Pide un destino lejano, una embajada y deja todo esto un tiempo, los procesos revolucionarios son difíciles. Hazme caso.

Cuando Camilo se quedó a solas y vio de nuevo los dos cuerpos se echó a llorar. Había visto partir a muchos camaradas, pero ahora se preguntaba si merecía la pena sacrificar la vida y la juventud para que el pueblo fuera secuestrado por un megalómano.

Mientras salía del edificio y caminaba por los jardines de la universidad, Camilo pensó en todas las veces que se había callado ante las injusticias del nuevo régimen. Parecía que la conciencia le dolía aquel día en el alma.

Cuando en febrero Fidel obligó a los jueces a juzgar a los cuarenta y tres acusados de las Fuerzas Aéreas, no dijo nada; al fin y al cabo, pertenecían al ejército de Batista. También calló cuando acusaron de traición al comandante Antonio Michel Yabor, que había dimitido tras el supuesto suicidio de Félix Pena, el juez que había absuelto a los aviadores. No había apoyado a Pedro Luis Díaz Lanz, que había huido en un barco tras acusar de comunistas a los Castro y su Gobierno. Miró al otro lado cuando Fidel difamó al presidente Urrutia, que tan fiel había sido a la Revolución, para afianzarse en el poder. Ahora todo aquello pesaba sobre su conciencia y no le permitía estar tranquilo. Llevaba días planeando con su prometida la forma de huir de Cuba, pero temía las represalias que pudiera sufrir su familia. Sabía que él no era un cualquiera; lo habían convertido en uno de los símbolos de la Revolución. Los Castro podían llegar a ser muy vengativos si se sentían atacados o en peligro. Tal vez la idea del Che no fuera tan descabellada después de todo: irse a alguna embajada lejana era lo mejor que le podía pasar a él y a su familia.

CAPÍTULO 46

UNIDAD

La Habana, 15 de octubre de 1959

EL PUEBLO SEGUÍA AMANDO A FIDEL. Les había dicho a algunos de sus colaboradores, para tranquilizarlos, que en cuatro años se celebrarían elecciones libres, pero en el fondo todo el mundo sabía que era mentira: nunca iba a ceder su poder a nadie. El país aún vivía la euforia social y política de la Revolución y seguía siendo la tercera economía de Hispanoamérica. Después de más de sesenta años de continuas frustraciones, en el fondo todos confiaban en que aquella oportunidad histórica era la buena, que al final habían conseguido conquistar la ansiada libertad, pero en el fondo todo era una quimera, un espejismo.

Camilo había hablado con Huber Matos unos días antes. Ambos se habían desahogado, aunque las cosas no pintaban bien para su causa. Los pocos que se atrevían a pensar por sí mismos y oponerse a la manipulación de los Castro no se atrevían a dar el primer paso, aunque en el fondo ya habían perdido la fe en que las cosas se solucionasen por sí mismas. Carlos Franqui, Faustino Pérez y Rufo López Fresquet no quería arriesgar su posición en el régimen y enfrentarse a la furia de Fidel, que podía ser diabólica.

Matos le había dicho que había muchos más líderes descontentos, pero que se limitaban a sufrir en silencio la desazón que les producía todo lo que estaba sucediendo. El ejército había frenado un ataque rebelde en Pinar del Río, y Camilo tenía que salir constantemente en algunos medios para informar de lo sucedido e intentar calmar las aguas.

—¿No has pensado en marcharte? —preguntó Cienfuegos a Matos.

—Bueno, lo hemos barajado, pero no creo que sea una buena idea. Este es mi país y si me marcho, todo el mundo va a pensar que soy un traidor. Cuba no es de los Castro y sus amigos comunistas.

—Pero, por tu familia; ya sabes lo duras que pueden ser las consecuencias.

—No tengo miedo, Camilo. Temo más traicionar a mi conciencia que a la muerte, te lo aseguro. Lo que sí te confieso es que siento una profunda tristeza, Cuba me duele en el alma. Nos la han robado, ¿me entiendes?

Claro que lo entendía. Él sentía exactamente lo mismo.

—¿Entonces?

—En unos días firmo la renuncia y se lo digo a los míos. No quiero que se produzca violencia, me voy en paz.

—Eres muy valiente, yo no me atrevo a tanto.

—Bueno, Camilo, a lo mejor no estamos en el mismo punto. Yo he admirado mucho a Fidel, pero no hice todo esto por él; lo tuyo era adoración, y los grandes amores tienen que esperar a que lleguen los grandes desamores.

Cienfuegos sabía que Matos tenía razón, pero él ya no amaba a

Fidel, aunque puede que aún tuviera la esperanza vana de que las cosas cambiasen.

Unos días antes había llegado desde los Estados Unidos la carta que contestaba a la nota cubana entregada en junio. Los norteamericanos se posicionaban en contra del régimen y, en cierto sentido, aquello arrojaba a Fidel y su Gobierno en brazos de sus enemigos. Matos lo sabía y, por eso, era consciente de que el ascenso de los comunistas era imparable.

—Será lo que Dios quiera —dijo al final Matos, aunque no era un hombre religioso, pero era una forma de expresar que no tenían el control de los acontecimientos. En el fondo jamás lo había tenido. La vida era una suma de sorpresas e incertidumbre que terminaban siempre de una forma muy distinta a la que uno había planeado. No en vano algunos utilizaban la frase de que mientras los hombres hacían planes, Dios se reía. Matos sentía que en ese momento Dios debía estar soltando una enorme carcajada en los cielos que retumbaría por toda la tierra hasta llegar a su pobre tierra de Cuba; pero a él lo único que le quedaba era llorar.

Tercera parte

PESADILLA

LA CARTA

Camagüey, 19 de octubre de 1959

HUBER MATOS TOMÓ EL PAPEL ENTRE los dedos. Notaba cómo le temblaban las manos. Era consciente de que su decisión tendría graves consecuencias; aunque no tenía miedo por él, le preocupaban más su familia y sus colaboradores. En ese momento escuchó que llamaban a la puerta. Dejó la hoja de nuevo sobre el escritorio e invitó a su ayudante a entrar. Aquellos casi diez meses habían pasado muy rápido, desde la euforia de los primeros días del año hasta la frustración al ver la deriva que estaba tomando la revolución.

—Comandante —dijo su primer oficial y se cuadró ante él.

—¿Sí?

—Ya están aquí todos los oficiales.

Huber olvidó por uno momento que había hecho llamar a todos sus oficiales para explicarles su decisión.

—Que pasen.

Los cinco hombres se presentaron ante él. Tenían el semblante serio; sin duda intuían que algo malo estaba a punto de suceder.

—Muchas gracias a todos por venir. Tengo que dejar mi puesto. Mi presencia en el Ejército y en el Movimiento son incompatibles con el giro que está tomando la Revolución. Debo actuar teniendo en cuenta mi conciencia. Ustedes han sido compañeros y colaboradores leales, y por eso quería prevenirlos. Las cosas pueden ponerse complicadas; les pido que se mantengan en sus puestos y no renuncien. Mi decisión es irrevocable.

Los oficiales lo miraron con una mezcla de asombro y decepción. Ellos también habían percibido los cambios que se estaban dando en el Ejército y tampoco les gustaba que la Revolución se inclinase hacia la izquierda más radical.

—Sí tú te vas, nosotros también lo dejamos —dijo uno de los oficiales más cercanos y el resto asintió con la cabeza.

—No, les pido que no hagan eso. De otro modo, los que buscan nuestro mal, podrán aducir que se han confabulado conmigo y que esto es un acto de traición o rebeldía. No les demos la oportunidad ni la excusa para acabar con todos nosotros. Somos militares y a veces tenemos que cumplir con nuestro deber, aunque nos cueste. He intentado en varias ocasiones que Fidel reconduzca la Revolución, que cumpla las promesas que había hecho al pueblo, pero me encuentro entre la espada y la pared. Ustedes deben quedarse un poco más y, si las cosas siguen el mismo proceso, pueden dimitir y dejar su puesto.

Los oficiales intentaron frenar sus emociones mientras abrazaban a su jefe y amigo. Habían luchado juntos en muchas batallas y visto morir a sus compañeros por los ideales que ahora parecían ser barridos de un plumazo por la avaricia y maledicencia de unos pocos.

Cuando Huber se quedó a solas comenzó a escribir su carta. Intentó que fuera anodina, que no dijera nada con lo que lo pudieran acusar de traidor a la Revolución; sabía que cada palabra sería vigilada con lupa. Sabía que el primero en leerla sería Camilo Cienfuegos, su viejo amigo. Él conocía perfectamente sus razones para tomar una decisión tan drástica, pero en cuanto la misiva llegase a Raúl, se lanzaría sobre él como un ave rapaz para intentar sacarle los ojos de sus cuencas.

Al día siguiente, uno de sus asistentes de confianza, el teniente Carlos Álvarez, llevó la carta a La Habana. Tras entregársela a Camilo Cienfuegos, este volvió a meterla en el sobre, lo miró con los ojos desorbitados y le pidió que se la llevase al mismo Fidel.

El primer ministro estaba muy ocupado, pero en cuanto se enteró de quién era el autor de la carta lo dejó todo. El mensajero le entregó el sobre. Dentro había una escueta nota de Camilo que decía: «Actuemos con cautela».

La carta decía así:

Compañero Fidel:

El día de hoy he enviado al jefe del Estado Mayor, por conducto reglamentario, un radiograma interesando mi licenciamiento del Ejército Rebelde. Por estar seguro de que este asunto será elevado a ti para su solución y por estimar que es mi deber informarte de las razones que he tenido para solicitar mi baja del Ejército, paso a exponerte las siguientes conclusiones:

Primera: no deseo convertirme en obstáculo de la Revolución y creo que teniendo que escoger entre adaptarme o arrinconarme para no hacer daño, lo honrado y lo revolucionario es irse.

Segunda: por un elemental pudor debo renunciar a toda responsabilidad dentro de las filas de la Revolución, después de conocer algunos comentarios tuyos de la conversación que tuviste con los compañeros Agramonte y Fernández Vilá, coordinadores provinciales de Camagüey y La Habana, respectivamente. Si bien en esta conversación no mencionaste mi nombre, me tuviste presente. Creo igualmente que después de la sustitución de Duque y otros cambios más, todo el que haya tenido la franqueza de hablar contigo del problema comunista debe irse antes de que lo quiten.

Tercera: sólo concibo el triunfo de la Revolución contando con un pueblo unido, dispuesto a soportar los mayores sacrificios... porque vienen mil dificultades económicas y políticas... y ese pueblo unido y combativo no se logra ni se sostiene si no es a base de un programa que satisfaga parejamente sus intereses y sentimientos, y de una dirigencia que capte la problemática cubana en su justa dimensión y no como cuestión de tendencia ni lucha de grupos.

Si se quiere que la Revolución triunfe, dígase adónde vamos y cómo vamos, óiganse menos los chismes y las intrigas, y no se tache de reaccionario ni de conjurado al que con criterio honrado plantee estas cosas.

Por otro lado, recurrir a la insinuación para dejar en entredicho a figuras limpias y desinteresadas que no aparecieron en escena el primero de enero, sino que estuvieron presentes en la hora del sacrificio y están responsabilizadas en esta obra por puro idealismo, es además de una deslealtad, una injusticia, y es bueno recordar que los grandes hombres comienzan a declinar cuando dejan de ser justos.

Quiero aclararte que nada de esto lleva el propósito de herirte, ni de herir a otras personas: digo lo que siento y lo que pienso con el derecho que me asiste en mi condición de cubano sacrificado por una Cuba mejor. Porque, aunque tú silencies mi nombre cuando hablas de los que han luchado y luchan junto a ti, lo cierto es que he hecho por Cuba todo lo que he podido ahora y siempre.

Yo no organicé la expedición de Cieneguilla, que fue tan útil en la resistencia de la ofensiva de primavera, para que tú me lo agradecieras, sino por defender los derechos de mi pueblo, y estoy muy contento de haber cumplido la misión que me encomendaste al frente de una de las columnas del Ejército Rebelde que más combates libró. Como estoy muy contento de haber organizado una provincia tal como me mandaste.

Creo que he trabajado bastante y esto me satisface, porque independientemente del respeto conquistado en los que me han visto de cerca, los hombres que saben dedicar su esfuerzo en la consecución del bien colectivo disfrutan de la fatiga que proporciona el estar consagrado al servicio del interés común. Y esta obra que he enumerado no es mía en particular, sino producto del esfuerzo de unos cuantos que, como yo, han sabido cumplir con su deber.

Pues bien, si después de todo esto se me tiene por un ambicioso o se insinúa que estoy conspirando, hay razones para irse, si no para lamentarse de no haber sido uno de los tantos compañeros que cayeron en el esfuerzo.

También quiero que entiendas que esta determinación, por meditada, es irrevocable, por lo que te pido no como el comandante Huber Matos, sino sencillamente como uno cualquiera de tus compañeros de la Sierra —¿te acuerdas? De los que salían dispuestos a morir cumpliendo tus órdenes—, que accedas a mi solicitud cuanto antes, permitiéndome regresar a mi casa en condición de civil sin que mis hijos tengan que enterarse después, en la calle, de que su padre es un desertor o un traidor.

Deseándote todo género de éxitos para ti en tus proyectos y afanes revolucionarios, y para la patria —agonía y deber de todos— queda como siempre tu compañero.

Huber Matos

Fidel mantuvo el rostro pétreo, sin mostrar la más mínima emoción. Después, sin comentar palabra, escribió la contestación y se la entregó al mensajero.

Huber esperaba ansioso en su despacho la contestación; sabía que podía esperar cualquier cosa, desde una detención fulminante, un intento de asesinato o el escarnio público, aunque Fidel era muy inteligente y no se atrevería a usar su táctica contra un héroe de la Revolución como había hecho con Urrutia. El ejército apreciaba mucho a Matos, en especial la Columna 9.

Huber le había entregado una copia de la carta a su esposa, para que esta la hiciera pública si lo detenían o acababan con su vida. Aún recordaba sus ojos llenos de lágrimas cuando le dio el sobre y sus palabras: «Solo queríamos que las cosas cambiasen y nos dimos por amor a nuestro país. Todo esto es muy injusto».

Matos leyó la respuesta de Fidel con detenimiento, leyendo entre líneas. Sabía que Castro no le diría jamás las cosas a las claras, pero era evidente que en aquella carta había una advertencia y una amenaza.

Huber aún creía que Fidel podía cambiar de opinión y reconducir la Revolución, pero sus esperanzas desaparecieron muy pronto.

El teléfono de su despacho sonó, y cuando se puso al aparato comprobó que se trataba de Calixto García, jefe del Primer Distrito Militar. El hombre hizo como si no supiera nada, tal vez enviado por Fidel para sonsacarle.

Tras la desagradable conversación, Huber decidió retirarse a su casa. Se sentía agotado, como si la adrenalina hubiera consumido sus últimas fuerzas. En cuanto llegó a su casa se echó un rato, aunque aún era de día, pero antes de la cena lo despertó una nueva llamada. Era su amigo y colaborador Napoleón Béquer.

—Huber, Fidel me ha llamado y me ha ofrecido tu puesto. Me he quedado paralizado al escuchar su voz, pero le he dicho que ya había solicitado un traslado al oriente para ayudar con la Reforma Agraria.

—¿Cómo se lo tomó?

—Se puso furioso y me colgó.

Huber sabía que Fidel no estaba acostumbrado a que le llevasen la contraria.

Matos cenó con su familia esa noche. Intentó que todo pareciera lo más normal posible, pero en cuanto los niños se fueron a la cama, su esposa comenzó a llorar. Él la sentó sobre su regazo y le dijo:

—No te preocupes, de otras peores hemos salido. Dios aprieta, pero no ahoga.

—Fidel es capaz de cualquier cosa.

—Es cierto, querida, pero conmigo tiene que actuar con cautela. Muchos compañeros se le podrían poner en contra.

Se fueron a la cama tarde. Estuvieron hablando del pasado y también de sus sueños para el futuro. Justo cuando Huber logró conciliar el sueño escuchó el teléfono y se despertó sobresaltado.

—Hola, soy Camilo —escuchó al otro lado de la línea.

—Buenas noches.

—¿Puedes venir ahora mismo a La Habana?

No se esperaba esa pregunta. Creía que Fidel le había pedido a Camilo que la hiciera, porque sabía de la buena relación entre los dos.

—Camilo, ya sabes que me quitaron mi avioneta; tenemos otra, pero no puede volar de noche, le faltan los aparatos necesarios.

—Bueno, entonces ¿cuándo vienes?

—Pues en el primer vuelo de Cuban, si te parece bien.

La voz de Camilo parecía tensa. Por momentos se detenía, como si alguien le estuviera dando instrucciones al oído.

—Está bien, nos vemos mañana. Buenas noches.

Huber colgó el teléfono. Se había desvelado, pero regresó a la cama, tal vez para sentir el contacto de su esposa; no estaba seguro de cuándo sería la próxima vez que volverían a estar juntos.

Una hora más tarde, sonó de nuevo el teléfono. Era otro de sus oficiales, Francisco Cabrera Gonzáles.

—Huber, me ha llamado Fidel y me ha ordenado que me haga cargo de la jefatura del distrito de inmediato. Después comenzó a insultarte furioso. Le dije que iba a cumplir sus órdenes, pero haré lo que tú me digas.

—Bien, pues cumple sus órdenes; yo le pedí que nombrase a otro responsable.

—Lo entiendo, pero quiero que sepas que desde muy temprano, todas las emisoras de radio están insultándote y hablando sobre todos nosotros. Creo que Fidel va a intentar un golpe sucio.

—No te preocupes, que las cosas tomen su rumbo.

Tras colgar el teléfono, Huber puso la radio. En las emisoras se lo insultaba y tildaba de traidor, en especial Enrique Mendoza, un compañero de la sierra que siempre estaba dispuesto a actuar servilmente hacia Fidel.

Huber se sirvió un café y salió al pequeño porche de la casa. Fidel se había atrevido a emplear la misma táctica que con Urrutia. No le sorprendía, pero era consciente de que las cosas pronto se iban a poner muy mal y que lo único que podía hacer era esperar y ver cómo se desarrollaban los acontecimientos.

CAPÍTULO 48

LLAMADA

La Habana, 20 de octubre de 1959

FIDEL, RAÚL, EL CHE Y CAMILO llevaban horas reunidos. Todos habían leído la dicha carta mil veces, pero cada vez que la veían, Fidel volvía a caer en un ataque de ira.

—¡Ese hijo de mil putas está aliado con los yanquis! Estoy seguro de que planea un golpe de Estado, desde el principio ha ambicionado mi puesto.

—Pero Fidel, Matos lo único que dice en la carta es que dimite y vuelve a su cargo de profesor de escuela. Llevaba mucho tiempo avisando que esto podía suceder, hay gente descontenta con algunas cosas.

Fidel arqueó la ceja y miró a Camilo.

—En unos meses hemos implementado decenas de medidas a favor del pueblo, además de poner en marcha la Reforma Agraria. Los empresarios y los norteamericanos nos están presionando por todas partes y esta es una de sus tácticas: dividirnos. La Revolución requiere unidad absoluta, no tenemos ni podemos dejar un espacio para la discrepancia.

—Bien dicho hermano, este es un acto de provocación. Huber lleva meses difamando nuestra Revolución con sus acusaciones, y los servicios secretos saben que ha estado conspirando con otros. Ese hijo de puta es un traidor y debe ir al paredón de inmediato.

—No es bueno que creemos un mártir —dijo el Che, que no había intervenido mucho hasta ese momento.

Fidel se giró hacía él.

—Tienes razón, debemos actuar con prudencia. Camilo, llama a Huber.

—¿Yo?

—Sí, tú. Él confía en ti.

—Sería mejor que hablasen ustedes dos solos.

—Llama a Huber y que venga a la Habana de inmediato. En cuanto llegue, encarcélalo y que confiese.

—¿Qué tiene que confesar? —preguntó alarmado Camilo. Sabía que Huber y él habían hablado sobre el rumbo que estaba tomando la Revolución y ahora, por alguna extraña razón, temía que Matos se lo contase a Fidel. Él no era un traidor, pero sin duda su viejo amigo, en el estado de nervios en el que se encontraba, no dudaría en acusarlo.

Mientras Camilo marcaba el número, Fidel se dirigió a su hermano.

—Llama al ministro de Información, que comiencen a hablar de Huber y sus cómplices. La gente tiene que saber que ese cerdo nos ha traicionado y ha dejado la causa.

Camilo se giró a Fidel antes de marcar el último número.

—Pero…

Fidel le hincó la mirada y al final Cienfuegos no dijo nada.

Tras una desagradable conversación con Huber, en la que Fidel le apuntaba lo que debía decir, colgó el teléfono; estaba sudando por todas partes.

—¿Crees que vendrá?

—Ha dicho que sí, y Huber es un hombre de palabra.

—Un hombre de palabra no dejaría la Revolución.

Camilo se fue al baño y se echó agua en la cara. Después contempló su rostro unos segundos frente al espejo. Le dolía la cabeza y le latía con fuerza el corazón; no sentía temor, pero la lucha en su interior era feroz. Por un lado, quería ser fiel a la Revolución y a Fidel; pero, por el otro, sabía que todo lo que estaba sucediendo era abominable. Los Castro habían ordenado que se difamase por los medios a un buen hombre, sin el que no habrían podido ganar la guerra. Después se secó la cara y se preguntó cuál sería el siguiente en caer en las manos de los Castro; la respuesta que le vino a la cabeza no le gustó nada, pero sabía que él era el siguiente en la lista.

CAPÍTULO 49

TESTIMONIO

Camagüey, 20 de octubre de 1959

Huber tuvo la tentación de ponerse al frente de sus hombres. Si contaba con los soldados del Campamento Agromonte y del resto de la provincia, podía reunir a unos mil ochocientos soldados, pero quería evitar a toda costa una matanza innecesaria. Al final, salió de su despacho y se dirigió al Departamento de Cultura. Allí pidió a varios testigos que grabasen una declaración; no quería que Fidel y sus hombres acabasen con su vida y dijeran después que se había suicidado. Los Castro se estaban especializando en eliminar enemigos potenciales con supuestos suicidios y accidentes.

—Activen la grabadora —ordenó a sus testigos.

—Ya está, Comandante.

—Yo, Huber Matos, en plenas facultades declaro lo siguiente: «El riesgo que corro no me importa. Creo que tengo el valor y la serenidad para afrontar todas las contingencias...; es preferible morir antes que volver la espalda a los valores que animan la causa de la verdad, la razón y la justicia. Hablaste ayer de que yo estaba de acuerdo con Díaz Lanz y con Dios sabe quién, y de que se trataba de apuñalar a la Revolución por la espalda...Muy bien, Fidel, espero tranquilamente lo que tú decidas. Sabes que tengo valor para pasar veinte años en la cárcel... No ordenaré a mis soldados que hagan un solo disparo contra nadie, ni siquiera contra los asesinos que tú tal vez envíes. Espero que la historia me dé su recompensa, que la historia juzgue como tú, Fidel, dijiste una vez que la historia te juzgaría».

Huber regresó al cuartel como si caminase por las nubes, febril de angustia y adrenalina. En cuanto llegó, vio al médico militar, el capitán Miguelino Socarrás, que había dejado su puesto unos días antes debido a la dirección que estaba tomando la Revolución.

—Comandante, he preparado un avión para que se marche en él, está a menos de quince minutos de aquí. Vámonos del país, yo me marcho con usted. Un hombre en su situación tiene que emigrar; lárguese antes de que sea demasiado tarde. Ya ha visto todos los insultos y difamaciones que ha recibido; están preparando su eliminación. Quieren que la población marche contra el cuartel y se produzca un derramamiento de sangre. Esa gente no tiene corazón, el avión nos espera.

—Socarrás, te doy las gracias y te reconozco el gesto, pero no puedo hacerlo; no quiero convertirme en un traidor a la Revolución. He pedido dejar el Ejército por el rumbo que está tomando la Revolución. Esta es una posición de principios y debo defenderla, aunque pueda costarme la vida.

—¡Pero, Comandante! La turba se lanzará contra el cuartel y lo arrastrarán por las calles.

—Estoy decidido a mantener mi postura, cueste lo que cueste.

—Lo menos que le sucederá es que lo fusilen, pero puede evitar que esa jauría lo detenga y lo destroce.

—Puede que tenga que sufrir, pero tal vez así salve al país.

—Lo entiendo. Me marcho, pero creo que está cometiendo un grave error, aunque sabe que lo respeto y lo admiro.

Unos minutos más tarde, Huber se enteró de que Fidel había mandado a la policía de Camagüey y a los guardas del aeropuerto a arrestarlo. Huber no dispuso la defensa del cuartel; prefería que lo detuviesen a que se derramara una sola gota de sangre de sus hombres.

El día pasó deprisa, lleno de incertidumbres y sobresaltos. Matos apenas pudo dormir aquella noche. Justo a las seis de la mañana recibió una llamada de Camilo anunciándole que iría a verlo al día siguiente, para que le mandase una escolta al aeropuerto. Huber ya sabía con qué intenciones venía su viejo amigo a Camagüey, pero estaba listo para lo peor.

CAPÍTULO 50

RESPIRO

La Habana, 21 de octubre de 1959

AQUELLA NOCHE, ANTES DE SALIR PARA Camagüey, Camilo logró dejar a Fidel y sus colaboradores y dirigirse a la casa de Adela. Llegó a eso de las doce de la noche y la joven le abrió algo asustada. No le gustaba que su amante fuera a su casa, las vecinas eran unas chismosas y comenzarían a dar rienda suelta a sus lenguas.

—¿Qué sucede?

Camilo entró sin contestar y se derrumbó en el sillón. Dejó el sombrero a un lado y agachó a la cabeza.

—¿Qué pasa? ¿Te encuentras bien?

—No, tengo que ir a detener a Huber Matos a Camagüey en unas horas. Todo lo que está sucediendo es una verdadera locura. Fidel quiere mostrar a Matos como un traidor, pero no lo es.

Adela se sentó a su lado.

—No vayas.

—Tengo que cumplir órdenes, soy un soldado y él es mi superior.

—Pero antes que la obediencia jerárquica debe estar la propia conciencia.

Camilo se encogió de hombros.

—Hace tiempo que traicioné a mi conciencia. He mirado para otro lado demasiadas veces. ¿Crees que soy un cobarde?

—No, claro que no. Lo has hecho por lealtad a Fidel, pero todo tiene un límite.

Fidel me ha prometido que Matos tendrá un juicio justo, pero si sube al estrado, contará a todo el mundo que yo pienso como él. ¿Sabes lo que supondrá eso?

—Que la gente se despertará —contestó Adela.

—No, por desgracia no será así. Lo que supone es que Fidel me acusará de traición y todo el mundo lo creerá. Es capaz de conseguir que una madre mate a su propio hijo.

Adela no sabía qué responder. En el fondo era consciente de que Camilo tenía razón.

—¿Qué vas a hacer?

—Ir a Camagüey y detener a Matos, si es que no nos recibe a tiros, que sería lo más normal.

—¿Y después?

—Iré paso a paso; según sucedan los acontecimientos, tomaré decisiones.

Adela le preparó un café y lo puso en la mesita.

—Deberías tener un plan de fuga, por si las cosas se tuercen.

—Me preocupa más lo que te puedan hacer a ti o a mi familia que lo que me suceda a mí.

Ella le dio un beso y después hicieron el amor hasta que él se marchó hacia el aeropuerto. Camilo temía que no volvieran a verse, había logrado esquivar la muerte en muchas ocasiones, pero eso no le garantizaba nada. No sabía por qué, pero cada uno tenía destinado un día y una hora, lo había observado en el campo de batalla cuando a su lado caían decenas de compañeros y a él apenas lo rozaban las balas. Temía que su suerte hubiera cambiado, pero debía enfrentarse a lo inesperado para conseguir lo inimaginable.

CAPÍTULO 51

ÚLTIMAS INSTRUCCIONES

Camagüey, 21 de octubre de 1959

María Luisa, la mujer de Huber, se había pasado nerviosa toda la mañana. Sabía que las cosas estaban a punto de precipitarse; notaba la tensión en el ambiente y en los ojos de su esposo. Aquello era lo primero en que se había fijado: sus intensos ojos azules. Aunque lo más bello de su esposo no era el color de sus ojos, sino la limpieza de su mirada. Huber era un hombre de principios, un buen padre y esposo, todos lo querían a pesar de su franqueza y su rigidez ocasional.

Matos intentaba disimular su tensión, pero esta crecía por momentos. Había enviado a recoger a Camilo al jefe de su escolta, José Martí Ballester, uno de sus hombres de mayor confianza, que además de tener unos nervios de acero, era astuto y resolutivo.

Mientras esperaba la llegada de Camilo, Huber no tuvo que reflexionar demasiado para darse cuenta de lo que buscaban los Castro al enviar a su amigo a buscarlo. Fidel creía que Matos se iba a resistir, que eso obligaría a Camilo a luchar y enfrentarse a él. Pensaban que cuando Cienfuegos entrase en el cuartel para arrestarlo, este respondería con violencia y se produciría una balacera. Camilo y su gente tenían las de perder, ya que Huber los superaba en número. De esta forma Raúl se desharía de su enemigo y competidor, y Matos quedaría ante Cuba como un traidor y un asesino; después enviarían a más hombres para matarlo y terminar con todos sus leales.

Mientras Huber divagaba con aquellas ideas, su hijo Rogelio, que estaba jugando con la bicicleta, la dejó en la puerta de la casa y corrió hasta el despacho de su padre. Parecía asustado y no dejaba de jadear.

—Papi, los soldados están muy enfadados y los he oído decir que si te intentan capturar los hombres de Camilo, los van a recibir a balazos.

Aquello alarmó a Huber. Llamó a su esposa, y ella acudió asustada.

—María Luisa, aquí se va a liar una buena, será mejor que los niños se marchen a casa de tu familia, me da miedo que alguno pueda salir herido.

—¿Tan mal ves las cosas?

—Más vale prevenir que curar —le dijo mientras la apremiaba a que buscara a todos los niños y se los llevara.

—¿Qué sucede si cuando regreso ya no estás?

—Estaré, te lo prometo —le contestó su esposo.

Huber se fue a ver a los oficiales y los reunió a todos en su despacho.

—Les pido que no respondan a ninguna provocación. Los Castro quieren que nos liemos a tiros, pero no les vamos a dar ese gusto. Nosotros no somos traidores a la Revolución.

Mientras Huber daba las últimas instrucciones a sus hombres, Camilo aterrizaba en el aeropuerto. Ya no había marcha atrás.

CAPÍTULO 52

DETENCIÓN

La Habana, 21 de octubre de 1959

CAMILO TUVO UN MAL VUELO; LA cabeza le daba vueltas y tenía ganas de vomitar. Llevaba un pequeño grupo de leales bien armados, pero sabía que, si Huber oponía resistencia, no tendría nada que hacer contra él. Llegó al aeropuerto de Camagüey y los hombres de su viejo amigo lo recibieron con respeto y amabilidad, lo acompañaron hasta el cuartel y dejaron los coches a la entrada. En cuanto atravesó la verja vio cómo los miraban los soldados. Sus hombres comenzaron a ponerse nerviosos.

Camilo fue hasta la puerta de la casa de Huber y pidió a sus hombres que se quedasen fuera.

—¿Está seguro, mi comandante?

—Tranquilo, no sucederá nada —le contestó Camilo mientras pasaba el umbral de la casa.

Huber, que había escuchado el alboroto, estaba llegando al pasillo cuando los dos hombres se encontraron de frente. El rostro de Camilo reflejaba nerviosismo y preocupación, no tenía su habitual sonrisa.

—Buenos días, Camilo. Prefiero que seas tú.

—Lo siento mucho —dijo mientras se quitaba el sombrero—, esto no es nada agradable para mí. Sabes que pensamos igual sobre el comunismo. Creo que Fidel se equivoca, pero quiero que comprendas que no me queda más remedio.

—Lo entiendo.

—No entiendo por qué me ha tocado a mí esta misión. Siento vergüenza, te lo aseguro.

Los dos se quedaron en silencio; para romper el hielo Camilo intentó esbozar una sonrisa y dijo:

—Oye, ¿en esta casa no se toma café?

Los dos se dirigieron al salón mientras les preparaban un café. Camilo se sentó y comenzó a hablar de nuevo.

—Tienes que acompañarme a La Habana. Fidel quiere que te detenga; yo no estoy de acuerdo, pero cumplo órdenes. Debes entregar el mando.

—Pero si Fidel ya ha designado a Francisco Cabrera. Él mismo lo llamó por teléfono, yo ya no estoy al mando de nada.

—Está bien, pero debemos ir a la comandancia para arreglar todo esto. Si ves que me muestro brusco o seco es por el papel que me ha tocado desempeñar; cumplo órdenes de Fidel.

—¿Sabes por qué te enviaron a ti?

Camilo se encogió de hombros después de apurar el café.

—Querían que nos enfrentásemos. Pensaban que cuando intentaras arrestarme mis hombres se opondrían. Desde la madrugada los han estado provocando para que cuando los vieran aparecer se agarraran a tiros contra ustedes. Valera y Mendoza se pasaron el día echando mierda sobre mí por orden de Fidel. Ten mucho cuidado, los Castro no quieren que nadie destaque, están buscando la manera de deshacerse de ti, en especial Raúl.

Camilo no era ajeno a todo aquello. Ya había notado cuánto le incomodaba a Fidel su fama y la animadversión que sentía Raúl hacia él.

—Tienes razón Huber, no lo había pensado, pero ahora tenemos que cumplir cada uno nuestro papel en este drama. Es ley de vida, no podemos luchar contra el destino.

Aquel tipo de fatalismo le molestó a Matos. Él estaba haciendo precisamente todo aquello para intentar cambiar las cosas.

—Procede con tus órdenes, como si no hubiéramos hablado de todo esto ni del problema con los comunistas; ya sé que interiormente tienes una lucha casi insoportable.

Se dirigieron hasta la comandancia caminando. Camilo iba adelante, como si tuviera prisa; Huber lo seguía con poca gana, pero sin el más mínimo temor. En el despacho Camilo llamó a los oficiales y les ordenó que entregasen las armas. Todos ellos se acercaron enseguida y, al ver que su jefe se lo pedía, depusieron las armas.

Ramiro Valdés, un hombre tenaz que había estado con ellos desde la etapa en la Sierra, se pegó a Huber para vigilarlo, como si temiera que pudiera escabullirse.

Varios de los oficiales comenzaron a cuchichear entre ellos.

—¿Qué sucede? —le preguntó a uno de los capitanes.

—Fidel Castro acaba de aterrizar en Camagüey.

Huber se quedó pálido. Al parecer estaba llamando a la multitud para que lo acompañara hasta el cuartel, quería que lo lincharan.

—Es una barbaridad, está trayendo al pueblo para liar una escabechina —dijo Cabrera.

—Tranquilos, no hagan nada cuando lleguen. Nos están provocando, pero no vamos a caer en la trampa. Si soy todavía moralmente su jefe, los oficiales deben obedecer mis instrucciones y dejar que los acontecimientos se desarrollen.

El teniente Llauradó entró en el despachó y dijo sin aliento:

—Fidel Castro se aproxima con una multitud; mis hombres lo han divisado desde sus posiciones.

—Ve al jefe de guardia y que diga a cada vigilante que no intervenga, que no use las armas en ninguna circunstancia. ¿Entendido? Una balacera nos hará culpables ante la historia y no conseguiremos nada; todo esto habrá sido en vano.

Mientras las cosas se tensaban cada vez más en el cuartel, el teléfono sonó de repente y todos se miraron. Camilo hizo un gesto para que Huber lo contestase.

—Huber Matos, soy Dorticós. ¿Qué es lo que está pasando? Tienes a todo el pueblo en vilo.

—Presidente, simplemente he renunciado a mi puesto y la respuesta ha sido este escándalo desproporcionado y mi arresto.

—Hay que buscar una solución, esto no puede manejarse de esta forma. ¿Dónde está Fidel? Necesito hablar con él.

—Camilo le informará. Muchas gracias por llamar, señor Presidente.

Después de hablar unos instantes, el teléfono sonó de nuevo. Esta vez era Fidel Castro. En cuanto Cienfuegos escuchó su voz se puso pálido y firme como un palo. Castro llamaba desde el edificio del Instituto Nacional de Reforma Agraria.

—¿Cómo están las cosas por allí?

—Aquí está todo en orden, pero los oficiales están muy disgustados. Nosotros hemos creado el malestar, empezando por los mensajes de radio de Valera y Mendoza. Aquí yo no he visto traición ni sedición ni nada de lo que se rumorea. Deberíamos haber manejado todo esto de otra manera, los capitanes quieren dimitir. Lo que se ha hecho ha sido una metedura de pata.

—Lo que ha sucedido es que no sabes poner a esa gente en su sitio. No me vas a decir tú cómo tengo que llevar los asuntos. Huber Matos es un traidor y un vendepatria.

—Acabo de hablar con el presidente Dorticós y me ha dicho que hay que buscar una salida decorosa con la mayor urgencia.

—Me importa una mierda lo que diga ese huevón, soy yo quien lo puse en el puesto y aquí se hace lo que yo mande. ¿Entendido? No me toques lo cojones, toma a ese comemierda y sácalo del cuartel.

Camilo parecía tan sorprendido como molesto por la actitud de Fidel.

—Se hará como dices, pero hemos metido la pata hasta el fondo.

Fidel colgó el teléfono.

—¿Qué pasó? —preguntó Huber.

Camilo se encogió de hombros, pero en el fondo sabía que Fidel iba para el cuartel. Le importaba un carajo la opinión del presidente; para él no era más que un pelele que cumplía sus órdenes. Huber miró a su viejo amigo. Camilo se sentía tan confundido que ni se dio cuenta de que Fidel se acercaba con una turba hasta ellos y no parecía traer buenas intenciones.

CAPÍTULO 53

CARA A CARA

Camagüey, 21 de octubre de 1959

HUBER COMENZÓ A SUDAR. SE TEMÍA lo peor, y no dudaba de que Fidel era capaz de cualquier cosa. Le encantaba agitar a las masas para justificar todas sus acciones; era consciente de lo fácil que resultaba, y aquello le permitía además escudarse en la multitud diciendo que el pueblo apoyaba todas sus acciones. Camilo estaba visiblemente nervioso. Se había atrevido a contradecir a Fidel en público y sabía que aquello le iba a costar caro, pero no entendía la reacción de Fidel y su deseo de terminar con Matos. Además, no le convenía que Matos fuera juzgado; sabía que su nombre saldría a relucir en un momento u otro.

Fidel llegó a las puertas del cuartel en medio de una turba que gritaba e insultaba a Matos y a sus hombres. La multitud estaba compuesta por más de tres mil personas. Al llegar frente a la comandancia, Fidel ordenó a todos los capitanes que se reunieran con él en la otra planta.

—Sé que aprecian mucho a su líder y que han luchado a su lado durante años. Esto es tan doloroso para mí como lo es para ustedes. Huber Matos era mi amigo, pero a veces tenemos que poner la Revolución ante todo. Sería capaz de matar a mi propio hijo si la historia o mi pueblo me lo exigiesen. Han hecho un gran trabajo y espero que ahora obedezcan las órdenes, como buenos soldados del Ejército Rebelde. Huber está del lado de Trujillo y su intento de invadir la isla; además ha estado en contacto con los batistianos de Miami. Una manzana podrida puede contaminar a toda la cesta, por eso es necesario apartarlo. ¿Lo entienden?

Nadie dijo nada; la mayoría agachó la cabeza, pero uno de los oficiales le contestó:

—Si eso es verdad, muéstrenos las pruebas, lo que usted ha dicho no son más que palabras.

Fidel abrió los ojos como platos y subió la barbilla.

—Yo las tengo en mi poder y a su debido tiempo se enseñarán.

—¿Por qué no las enseña entonces?

—Matos los ha tenido engañados. Ese perro traidor lo único que quiere es el poder y no le importa nada más.

Los oficiales comenzaron a apretar los puños y a quejarse de aquellas palabras.

—Ese loco dice que somos marxistas; eso es mentira. Ya he dicho muchas veces que yo no soy comunista, lo juro por mi padre. Pues todos ustedes váyanse con la Rosa Blanca, esa conspiración de Batista y sus secuaces, que yo me iré con el pueblo —respondió Fidel.

—Pero Comandante, ¿cómo llama a esa turba de vagos y maleantes «pueblo»? El pueblo ama a Matos, él ha hecho mucho por la Revolución y no se merece esto.

—¿No van a obedecer al primer ministro de la República? ¿Acaso yo no hice posible la Revolución y la he pagado con mi propia sangre? Yo soy el pueblo, yo represento al pueblo de Cuba.

Fidel dejó al grupo de oficiales; parecía molesto por no haberlos convencido de sus ideas.

—Espere, ¿por qué no traemos a Huber acá para que se pueda defender? Y dígale todo lo que nos ha dicho a nosotros delante de él.

—No, yo no quiero nada con Huber. ¡Es muy impulsivo y un mentiroso!

Fidel los dejó y se retiró a otro cuarto. Huber, que lo había escuchado, comenzó a ponerse furioso. Pensaba que Fidel era un cobarde que se escondía detrás de una turba de maleantes. El pueblo de Camagüey no quería su mal. Su plan de enfrentar a Camilo y Huber había fracasado; también su intento de que la turba atacase a los soldados y se produjera un enfrentamiento. Por último, tampoco había convencido a los oficiales de hacer un juicio militar y fusilar a Matos de inmediato. ¿Qué iba a hacer ahora?, pensó Huber mientras se sentía cada vez más frustrado por no poder defenderse y tener que aguantar todas las tropelías de aquel infame dictador.

CAPÍTULO 54

ALGARADA

Camagüey, 21 de octubre de 1959

CAMILO, RAMIRO VALDÉS MENÉNDEZ Y HUBER se encontraban en la segunda planta; no hablaban entre ellos, pero la tensión casi podía cortarse con un cuchillo. En ese momento pasó Fidel como un rayo enfrente de ellos, pero se dirigió al balcón; alguno de sus hombres había instalado un micrófono. Quería dirigirse a la gente y hacer lo que mejor se le daba: manipular a la multitud para conseguir sus propósitos.

Fidel levantó los brazos y pidió a la turba que guardase silencio.

—Pueblo de Camagüey, hemos llegado a tiempo para parar los pies de estos traidores. Tengo que agradecerles a todos su coraje. Estos cobardes no se han atrevido a luchar. Somo nosotros juntos, el pueblo y el Gobierno, los que podemos vencer a todos los que se levantan en contra de los que quieren terminar con la Revolución. Huber Matos es un traidor. Luchó a nuestro lado, pero ahora se ha aliado a aquellos que eran nuestros enemigos, a Batista y los suyos. Huber ha estado hablando por todos lados en contra de la Revolución; quería socavarla desde dentro lanzando todo tipo de difamaciones y mentiras. Es un aliado de Trujillo y los batistas de Miami, un agente del Gobierno de los Estados Unidos que no quiere permitir que nuestro pueblo por fin sea libre. Matos ha impedido que lleguen los tractores para la cooperativa de Camagüey, él no quiere que triunfe la Reforma Agraria, piensa que eso es comunismo. Ya ven, que dar a los campesinos lo que es justo es comunismo, que repartir tierras es comunismo. ¡Es justicia, es libertad y es fraternidad! Si miento, que salga aquí y hable, pero no lo hará porque es un cobarde y un traidor, y los cobardes se esconden.

La multitud comenzó a gritar e insultar a Matos. Fidel levantó la barbilla y comenzó a sonreír. Mientras tanto, Matos se removía en su silla; estaba escuchando todo a pocos metros.

—Camilo, por favor, ve y dile que quiero salir. —Camilo se quedó quieto, sabía que aquello no le iba a gustar a su jefe—. ¡Ve, o yo mismo salgo!

Camilo terminó por salir del cuarto, pero Ramiro Valdés Menéndez se puso en guardia y tomó la pistola.

Fidel escuchó las voces a su espalda y comenzó a gritar y gesticular más fuerte, intentando hipnotizar a todos con su verborrea.

Al final, Camilo se acercó a Fidel y le tocó el hombro, pero este hizo caso omiso. Camilo insistió hasta que, por fin, Fidel inclinó la cabeza y escuchó lo que tenía que decirle. Después le dio unas instrucciones.

Camilo regresó y le dijo a Valdés:

—Nos vamos, toma a Huber y llévalo con el Jeep.

Valdés se lo llevó y vio a algunos de los capitanes subir al coche.

—¿Qué hacen aquí? —preguntó Matos al verlos.

—A nosotros también nos han detenido.

—¡No han hecho nada! —exclamó furioso Huber.

—No hacer nada malo también es ya un delito en Cuba —contestó uno de ellos.

Eso era justamente lo que Huber había intentado evitar, que su decisión terminase afectando a todos sus hombres.

—No te preocupes, preferimos ir contigo que escuchar esa sarta de mentiras. Hemos dimitido todos del Ejército.

Los llevaron a todos al aeropuerto. Allí los dejaron a la guarda del capitán Roberto Cárdenas, que era amigo íntimo de Huber.

—¿Qué está pasando? —le preguntó el capitán al verlo esposado.

—Bueno, parece ser que es un delito dimitir y te convierte automáticamente en un traidor.

Huber se sentía decepcionado por todo lo sucedido, pero, por otro lado, tenía la vaga confianza de que aquel ruido mediático pudiera ayudar a que la gente despertase en Cuba.

Metieron al grupo de oficiales en un avión y lo enviaron a La Habana; querían sacarlo de Camagüey antes de que parte de la población pudiera reaccionar. Al llegar a la capital, los transportaron hasta Ciudad Libertad y los encerraron en el edificio del Estado Mayor. Parecía que todo lo que podía salir mal, había salido mal. Huber confiaba en que cuando su esposa se enterase, iría a La Habana con la copia de su declaración; no debían dejar que Fidel lo mandase matar y que después lo hiciese pasar por un suicidio. La suerte estaba echada.

CAPÍTULO 55

CASTRO ES LA REVOLUCIÓN

La Habana, 22 de octubre de 1959

AQUEL DÍA, DOS COSAS PARECÍAN HABER quedado claras: que los enemigos de Castro eran enemigos de la Revolución y que nadie se atrevía a desertar de la Revolución, así que no podían desertar de Castro porque él personificaba la Revolución. Nadie se atrevía a enfrentarse a él abiertamente, y los pocos que lo intentaban tenían que huir del país o pagar las consecuencias.

Aquel día, sobre La Habana, Díaz Lanz comenzó a lanzar panfletos en contra de la Revolución. Su acción no tenía nada que ver con lo que había sucedido con Matos, pero Raúl Castro aprovechó para alertar a la población y denunciar que un avión norteamericano había sobrevolado la ciudad para provocar otro Pearl Harbor. Para corroborarlo pusieron en un folleto una fotografía de un C54 que sobrevolaba Nueva Jersey en 1947, y todos los medios del régimen comenzaron a difundir la noticia falsa. Dos aviones cubanos salieron para interceptarlo, arrojaron varias bombas en la ciudad y dejaron varios muertos; las autoridades le echaron la culpa al avión.

Cuando Fidel explicaba la detención de Huber en un discurso en la televisión, el locutor le preguntó qué iba a suceder con Matos, y Castro contestó cínicamente:

—Podrá volverse a su casa si no ha hecho nada, pero si hay pruebas de su traición, recibirá una dura condena.

Camilo se había quedado en Camagüey para hacerse cargo de la situación, pero Fidel había regresado a la capital para continuar con su agenda. La tensión en el país no dejaba de crecer y el Gobierno quería hacer pensar a la población que el ataque de los norteamericanos era inminente. Fidel sabía que el miedo y el patriotismo eran capaces de cegar a cualquier pueblo. Por eso, cuando acudió a un Congreso de Agentes de Viajes en el Hotel Hilton, Castro quería conseguir que los turistas regresasen a Cuba; mientras se dirigía a su mesa, fue atacado por un borracho llamado Roberto Salas Hernández, pero este no consiguió herirlo. La policía registró a todos los miembros del congreso con muy malas formas, y la mayoría decidió que no enviarían a sus clientes a un país donde los derechos mínimos no estaban garantizados. Después fue a una emisora para denunciar a los Estados Unidos por cooperar en un golpe de Estado en el país.

Cienfuegos apenas había pegado ojo en toda la noche; su conciencia no le permitía descansar. Se sentía tan ruin y miserable por haber mentido al pueblo. No habían hecho una revolución para engañar, matar y detener a todo aquel que pensara diferente; además, Huber era su amigo, no había hecho nada malo, simplemente se había retirado de su puesto.

La restructuración del Gobierno unos días antes había reforzado aún más la influencia comunista. Las cosas no podían marchar peor; tal vez era la hora de irse, como le había dicho Adela, dejarlo todo y comenzar una nueva vida lejos de Cuba.

Mientras tanto, Camilo intentaba tomar las riendas de la provincia en Camagüey. Por la noche fue a la radio y comenzó a hablar de lo sucedido. Fidel le había pedido que lo apoyase y condenase públicamente a Huber.

Todo el comité del Movimiento 26 de Julio de Camagüey dimitió en pleno y el coordinador provincial Joaquín Agromonte fue arrestado.

Camilo llamó a su novia cuando tuvo un hueco. Las cosas estaban controladas en la ciudad, pero a él ya no le quedaban fuerzas.

—Adela, soy Camilo.

—¿Cómo te encuentras?

—Bueno, la verdad es que todo lo que ha pasado aquí ha sido terrible y he hecho cosas de las que me arrepentiré toda la vida.

—Lo lamento —dijo Adela desde el otro lado de la línea. Le habría gustado estar allí con él. Camilo no se merecía todo lo que le estaba pasando; era el hombre más bueno y honrado que jamás había conocido.

—Creo que tenemos que irnos de Cuba.

—¿La línea es segura? —preguntó Adela algo preocupada, le daba temor que alguien pudiera estar escuchándolos.

—Sí, no te preocupes, en cuanto deje esto solucionado nos iremos.

—Me parece bien, amor.

—Aunque me llevaré también a Huber, no se merece lo que le están haciendo. Es inocente.

—Demasiada gente inocente ha muerto ya. Te esperaré, y en cuanto me digas que nos marchemos, lo haré sin pensar ni echar la vista atrás. Tú eres mi patria y mi bandera, no quiero vivir en ningún lugar en el que tú no estés.

—Te quiero, Adelita.

Camilo colgó el teléfono y se echó a llorar. Sentía como si el mundo que había construido, todos esos años de lucha y sus últimas esperanzas de que las cosas cambiaran, se hubieran derribado a la vez. Había visto a Fidel mentir demasiadas veces como para confiar en su palabra; su viejo amigo había secuestrado la Revolución y ahora todo el país se había convertido en su rehén. Tenía que escapar de aquella cárcel cuanto antes.

CAPÍTULO 56

INTENTO DE ASESINATO

La Habana, 23 de octubre de 1959

HUBER MATOS PASÓ LOS PRIMEROS DÍAS en el Estado Mayor lleno de incertidumbre; temía que lo matasen en cualquier momento y lo hicieran pasar por un suicidio. La primera noche había dormido con un guardia armado dentro de su cuarto, lo que lo hacía sentirse más amenazado que seguro. Cuando estaba comenzando a dormirse llegó William Gálvez, un comandante que había ascendido más por su carácter servil que por su valor.

—Mira lo que has hecho. —Matos lo miró extrañado, no sabía a qué se refería—. Lo que has hecho ha estado muy mal. Díaz Lanz ha bombardeado La Habana. Mira cómo los enemigos enseñan las uñas. Además de los enemigos de fuera, ahora tenemos que ocuparnos de los de dentro.

—Yo no he hecho nada —contestó Huber. Se sentía agotado, muerto de sueño.

William salió del cuarto y regresó un par de minutos más tarde; parecía mucho más conciliador.

—Bueno, ahora descansa, mañana se aclarará todo.

Tras apagar la luz, Huber apoyó la cabeza en la almohada y comenzó a adormecerse. Le extrañaba que el guardia estuviera dentro del cuarto, pero le habían asegurado que era por su seguridad.

Huber escuchó unos pasos y cuando abrió los ojos vio al guardia con el arma desenfundada y agachado a la altura de la cabeza.

—Todavía no estoy dormido, amigo.

El hombre dio un respingo y se incorporó.

—Pensaba que… Es que…

Salió del cuarto algo aturdido y Huber se acercó al resto de los guardias y les dijo:

—Quiero que saquen a este individuo de aquí, no tiene sentido que esté dentro del cuarto.

Huber sabía que aquel tipo tenía la intención de terminar con su vida. Tras dormir un poco escuchó que la puerta se abría de nuevo. Eran las dos de la madrugada; no sabía quién podía ir a verlo a aquellas horas.

—Huber, cariño.

María Luisa caminó en la oscuridad y lo vio en la cama, se sentó y lo abrazó.

—¿Estás bien?

—Sí, no me han tocado un pelo por ahora, aunque creo que el guardia de la puerta intentó acercarse para matarme, pero me desperté a tiempo.

—¡Es horrible! —dijo la mujer asustada.

—Tranquila, lo importante es que publiques mi declaración para que todo salga a la luz y los Castro no intenten otra vez acabar conmigo.

Los dos estuvieron hablando un rato. Cuando su esposa tuvo

que irse, Huber intentó disimular la angustia que le producía su marcha. Ahora era más consciente que nunca de que podía perderla para siempre.

La única alegría que recibió aquella mañana fue ver lo que ponían los titulares de algunos periódicos. En Cuba todavía había gente valiente que contaba la verdad.

CAPÍTULO 57

SUICIDIO

Camagüey, 23 de octubre de 1959

CIENFUEGOS ESTABA DESEANDO REGRESAR A LA Habana; unos días antes había sucedido un hecho terrible. El capitán José Manuel Hernández, uno de los pocos que no habían sido detenidos y enviados a La Habana, había acudido a la comandancia para hablar con Camilo.

—Camilo, no sé cómo estás consintiendo todo lo que está pasando. Primero detienen a un hombre inocente por dimitir, después a sus oficiales por apoyarle. Desmantelan todo el Gobierno de la provincia, como si todos fuéramos cómplices de traición. Los traidores son los Castro y el Che, ellos han llevado la Revolución a un camino sin salida. ¿Desde cuándo la mayoría de los cubanos somos comunistas? Al final conseguirán que los norteamericanos nos invadan de nuevo.

—Esto no te incumbe, regresa a tu puesto, las cosas ya volverán a su cauce.

—Eso es mentira. Si nos callamos como tú, dentro de poco ya no habrá nadie que hable. Yo no soy un cobarde.

Camilo se puso en pie e intentó pararlo.

—¿A dónde vas?

—¡Déjame, traidor! Prefieres a los Castro que a Cuba.

Aquel comentario le dolió mucho, pero lo dejó marcharse.

José Manuel Hernández se dirigió a la Florida y le pidió al director de la radio que le dejase hablar.

—Compatriotas, los Castro están secuestrando a la Revolución y a Cuba. Han vertido todo tipo de calumnias contra Huber Matos y todos los oficiales de nuestra unidad. Yo acuso a los Castro y al Che de llevar la Revolución hacia el extremismo marxista. ¡Pueblo, despierta antes de que sea demasiado tarde!

Tras la locución, José Manuel Hernández regresó a su jefatura, sacó su arma y se disparó. También se suicidó el sargento José García León. Cuando Huber se enteró en su celda no pudo aguantar las lágrimas. Dos mártires más se habían añadido a la larga lista de los héroes cubanos de los que nadie hablaría jamás al pueblo ni se edificarían estatuas en su honor.

CAPÍTULO 58

PRENSA LIBRE

La Habana, 23 de octubre de 1959

LA PRENSA EN CUBA ERA TODAVÍA, en parte, libre. Aunque en los primeros días de la Revolución se habían cerrado algunos periódicos contrarios a Fidel, todavía se mantenían muchos medios independientes en la isla. La carta de la esposa de Huber advertía que su esposo no tenía ninguna intención de suicidarse y que si aparecía muerto sería por causa del Gobierno; aquella era una acusación muy grave. Los Castro sabían que la única forma de manejar a la opinión pública era dominar todos los medios de propaganda y la universidad. Debían terminar con la libertad de cátedra y con cualquier grupo de estudiantes independientes.

En el periódico *Revolución* también se había publicado un artículo donde se acusaba a Raúl Castro y al Che de estar apropiándose del Ejército, y eso rayaba en la traición.

Cuando la carta de María Luisa salió en el diario *Prensa Libre* y más tarde en otros periódicos de la isla, Fidel montó en cólera.

Aquel día tenía una reunión con los ministros y parecía que las cosas iban a estar complicadas. El director del Banco Nacional quería dimitir; decía que si a Huber Matos lo habían detenido por anticomunista, a él también lo detendrían.

El consejo de ministros de aquel día fue muy tenso. Fidel propuso hacer un juicio sumario a Matos y terminar con su vida, pero varios ministros se opusieron. Ray, López Fresquet y Faustino Pérez eran los últimos miembros moderados del Gobierno, y Fidel temía que dimitieran y se acrecentara aún más la crisis política en la que se encontraba el país.

—Confíen en mí, yo no voy a permitir jamás que esta Revolución se malogre. No vamos a dejar que ningún extremista secuestre nuestra voz.

El presidente Dorticós cada vez se sentía más incómodo, pero no tenía el valor suficiente ni la fuerza para oponerse a Fidel: él dominaba al Ejército y a las masas.

Mientras Fidel y su Gobierno intentaban acabar cuanto antes con el problema Matos, Orlando Pantoja se estaba reuniendo con Matos; quería convencerlo para que se fuera sin hacer ruido.

—Huber, sabes cómo te respeto. Eres uno de los mejores hombres de esta Revolución, pero estás confundido. Los miembros del Gobierno también han actuado mal, están fuera de la realidad, creo que hay que arreglar esto cuanto antes.

—No, Pantoja, esto no tiene arreglo fácil. No es un capricho mío ni una ingenuidad, simplemente he querido separarme del proceso porque no estoy de acuerdo con el rumbo que están tomando las cosas. Fidel no ha querido respetar mi actitud y su respuesta ha sido infamarme de una manera miserable. Sabes lo que te digo, no tuve miedo a las balas de Batista y tampoco le tengo a las de Fidel. El mundo sabrá algún día que el único traidor de la Revolución es él, y ahora si quieres, vas con el cuento y se lo dices, que todos son sus sicarios.

Pantoja se marchó y después llegaron dos hombres uniformados. Uno era el capitán Emilio Aragonés y el otro Osmán Fernández.

—Matos, ¿está dispuesto a irse a casa y guardar silencio sobre la acusación de traición y todo lo demás que se ha dicho de usted?

—Dile a Fidel que para comprar mi silencio me tiene que fusilar mil veces. Y que, aun después de muerto, la verdad saldrá a la luz. Es un mentiroso.

—Pero Matos, entre en razón, si usted acepta nuestra propuesta puede irse a casa con su familia y olvidarse de esta vaina.

—¿A esto te mandó Fidel? Dile que yo no acepto chantajes. Ustedes quieren destruirme moralmente; este sería el primer paso y después me exigirían una confesión; para eso prefiero el paredón. Díselo a Fidel.

Aragonés se cruzó de brazos.

—No sé si es consciente del paso que ha dado. Sin saberlo se ha convertido en el líder de una tendencia dentro de la Revolución. Una tendencia conservadora; no creo que lo haya hecho conscientemente. Usted es un líder respetado que ha estado casi desde el principio de la lucha y muchos están tomando en cuenta su interpretación de la Revolución. Usted cree que su interpretación del Movimiento 26 de Julio es la correcta. ¿No es cierto?

—No voy a entrar en debates, ya te he dado mi respuesta.

Tras su contestación los dos hombres se fueron. Al poco rato llegaron unos guardias y lo llevaron al Castillo del Morro, una prisión de la marina de guerra. Ya no había vuelta atrás.

CAPÍTULO 59

JUDAS

La Habana, 23 de octubre de 1959

CAMILO SALIÓ EN EL CANAL 11 de la televisión de Camagüey para informar del arresto de Huber Matos. El periodista que lo iba a entrevistar era Cebrián de Quesada, y también participarían otros miembros de la prensa. Para poder salir en antena había tomado algo de tequila, que en los últimos días era la única forma de soportar la presión y poder decir aquella sarta de mentiras.

—Comandante Cienfuegos, gracias por estar hoy en directo con los ciudadanos de Camagüey para explicar lo sucedido en los últimos días. La ciudad ha estado inquieta y muchos ciudadanos se preguntan qué ha sucedido en el Ejército y, sobre todo, por qué se ha producido la detención de Huber Matos, hasta hace poco tiempo uno de los pilares de la Revolución.

Camilo se movió incómodo en el asiento y tardó unos segundos en responder; sudaba por los cuatro costados y se le dificultaba un poco respirar.

—El Gobierno descubrió que Huber Matos estaba conspirando;

por ejemplo, le facilitó unas fotos antirrevolucionarias a la revista *Cuba Nueva.*

—¿Unas fotos antirrevolucionarias? —preguntó el periodista.

—Sí, en las que aparecían unos niños famélicos, como si quisiera insinuar que la Revolución permite que los niños se mueran de hambre en Cuba.

—¿Esas son todas las pruebas en su contra? —preguntó otro periodista extrañado.

—No, hay más, pero ante las sospechas de traición, Matos fue llevado detenido a La Habana para ser juzgado por Fidel y Raúl Castro.

—¿Es cierto que Matos había denunciado la infiltración de comunistas en el Gobierno?

—Muchos de los héroes de la Revolución son comunistas. En nuestro país caben todas las ideas, mientras aporten a la causa común.

Camilo tomó un vaso de agua y le dio un trago, estaba deseando que aquello acabase cuanto antes.

—Entonces, ¿Huber es un traidor a Cuba?

Cienfuegos se pasó la mano por la frente sudorosa, tenía ganas de vomitar, pero se contuvo.

—La prensa amarilla está acusando al Gobierno y al Ejército de encarcelar y matar de forma arbitraria, pero es mentira. Nuestro sistema cumple todas las garantías y esperamos que todo esto se aclare rápidamente. Muchas gracias —dijo, dando por concluida la entrevista.

Camilo se levantó titubeante cuando se apagaron las cámaras.

—¿Se encuentra bien? —le preguntó uno de los cámaras.

—Sí, gracias.

Estaba pálido y sudoroso, pero logró salir del plató y marcharse con su escolta al coche que lo esperaba en la puerta. Cuando llegaron al cuartel, se echó en la cama. No podía seguir con esa farsa por más tiempo, no sabía si podría soportarlo. Lo único que lo consolaba eran las llamadas a Adela. Esperaba irse cuanto antes de Camagüey y olvidar todo aquello.

Entonces le surgió un temor, ¿qué pasaría si Huber hablaba antes de que él pudiera salir de la isla? Sabía que lo habían trasladado al Castillo del Morro. Llamó a la prisión y pidió hablar con el prisionero. No tardaron mucho en ponerlo al aparato.

—Huber, soy Camilo. ¿Cómo estás?

—De lujo —contestó irónicamente.

—Todo esto es culpa mía; debí haber hecho algo.

—¿Qué podías hacer?

—Bueno, intenta evitar el juicio, yo te voy a sacar de Cuba.

—No me interesa, Camilo, no me quiero ir a ninguna parte.

—Es necesario, ya sabes que te van a matar. ¿Quieres dejar a tu esposa viuda?

—No creo que se atrevan a tanto, pero me debo a Cuba.

Camilo se quedó callado unos instantes, como si estuviera reflexionando.

—El 26 me voy para La Habana. Castro está montando uno de sus encuentros multitudinarios; va a poner a todos en tu contra, nadie va a creerte, no tienes voz y a él lo escucha el mundo entero.

—A veces a la gente le gusta escuchar la mentira, pero yo sé cuál es la verdad.

—Huber, no seas cabezón, va a destrozarte, es como la lucha de David contra Goliat.

Matos se rio antes de contestar.

—Y sabes quién ganó. ¿No?

Camilo esbozó una sonrisa. Era la primera en muchos días; todo lo sucedido le había quitado la alegría de vivir.

—Estás loco, lo sabes. Así no se hacen las cosas, te matará y después convencerá a todo el mundo de que eres un traidor.

—Si me marcho, los convencerá más fácilmente. Me quedo y me enfrento a él; si todos nos marchamos, le dejaremos el país para él solo. Eso es lo que quiere, ese psicópata.

—Cuídate, Huber —dijo al final Camilo. Tras colgar el teléfono buscó la botella de ron y le dio un buen trago. Sabía que si Matos hablaba antes de marcharse del país, estaba muerto.

Mientras el alcohol comenzaba a adormecerlo un poco, Camilo pensó en Adela. Debió haberla conocido antes; quizás hubieran comenzado una vida nueva en Puerto Rico o los Estados Unidos. Él no quería ser un héroe, simplemente deseaba formar una familia, dedicarse a la pintura y salir a pescar con sus hijos. Intentó soñar aquella noche que todo aquello era posible, aunque era consciente de que el tiempo se le terminaba y tenía la sombra de la muerte a su espalda.

Después recordó al coronel y sus advertencias. Él había visto cómo la República española daba paso al caos y después a una guerra fratricida. En cierto sentido algo así estaba sucediendo en Cuba: todos corrían hacia la destrucción, la división de los cubanos, justo en el momento en el que todos creían que al final la libertad iba a llegar a la isla.

Aquella noche tuvo sueños extraños. Estaba primero en Nueva York y después en la sierra Madre. Allí disparaba sin parar, pero los enemigos parecían multiplicarse. Sentía que la guerra no había terminado; se angustiaba y lo único que quería era irse a casa, volver a ser aquel niño travieso y avispado, lleno de sueños y proyectos, cuya imaginación planeaba sobre el barrio humilde en el que se había criado y se sentía por fin libre. Qué hermosa palabra, tan fácil de pronunciar, pero tan difícil de alcanzar.

CAPÍTULO 60

SUEÑOS

La Habana, 25 de octubre de 1959

LLEGÓ TEMPRANO A LA HABANA. QUERÍA ver a Adela antes de la reunión a la que estaba convocado. Decidieron encontrarse en una cafetería que tenía varias mesas en la parte de atrás, un lugar discreto desde el que podrían hablar sin observadores incómodos. Adela llegó puntual. Se besaron y después se agarraron de la mano hasta que el mozo fue a atenderlos. Pidieron café y algunos dulces.

Adela se asustó al ver el rostro ojeroso de Camilo, su extrema delgadez y la expresión triste de su mirada.

—¿Estás bien?

—Ahora que estamos juntos sí, pero la estancia en Camagüey ha sido un infierno, una pesadilla. Tengo la sensación de haber vendido mi alma al diablo.

En el fondo sabía que era así. Jamás pensó que la Revolución se convertiría en un régimen peor que el que había intentado sustituir, pero lo que lo hacía aún peor era no tanto la mayor o menor violencia, sino la intención de todos los que lucharon por ella de construir un país mejor. Dominar una nación por medio de la coacción y la violencia era terrible, pero lo era mucho más cuando se usaba la manipulación: las cadenas invisibles siempre eran más difíciles de romper que las visibles.

—¿Cuál es tu plan?

—No quiero levantar sospechas, pero la idea es participar en los planes que tengo esta semana, después pedir a Luciano Fariñas Rodríguez, uno de los pilotos con los que tengo más confianza, que nos ayude a huir. La parte más compleja es liberar a Huber e intentar que se meta a un avión.

—Seguro que encontrarás la forma, pero eres consciente de que todos te tildarán de traidor a la patria y a la Revolución.

Camilo afirmó con la cabeza. Ahora podía entender a tantos que habían terminado por irse. Las palabras sibilinas de Fidel no convencían a todos por igual y muchos lograron deshacerse de su influjo a tiempo. Él no sabía cómo lo habían conseguido; admiraba tanto a Castro que le dolía conspirar contra su antiguo líder.

—Creo que lo lograremos, es cuestión de encontrar la oportunidad y con sangre fría aprovecharla.

—Estoy muy orgullosa de ti. La mayoría miraría para otro lado y buscaría un buen puesto en el que vegetar.

—No es mérito mío. Mis padres me enseñaron una serie de valores, una brújula moral que ha dirigido mi vida. Naturalmente que me he equivocado muchas veces y he tomado caminos erróneos, pero la brújula me ha hecho recuperar de nuevo el rumbo.

Los dos se abrazaron. Tenían miedo y la incertidumbre los asfixiaba, pero Camilo había recuperado la esperanza, justo lo que Fidel comenzaba a robarles a los cubanos sin que se dieran cuenta, adormecidos por sus lindas palabras, detrás de las cuales la muerte y el sufrimiento se disimulaban para bien de la Revolución.

CAPÍTULO 61

PESADILLAS

La Habana, 25 de octubre de 1959

LA REUNIÓN FUE MUY TENSA. A pesar de que estaban los colaboradores más cercanos de Fidel, aún en el corazón de la Revolución había discrepancias sobre cómo actuar.

—Lo mejor es dejar pasar todo esto —dijo uno de los colaboradores que creía que todo había sido un grave error.

El presidente Dorticós estaba de acuerdo:

—Las cosas se han ido de madre, en unos meses todos se habrán olvidado de Huber Matos.

Raúl puso una de sus sonrisas irónicas y contestó:

—Huber Matos no se va a estar quieto y calladito, mucho menos después de todo lo que hemos dicho sobre él. La oposición acaba de encontrar un líder fuerte, que se sabe expresar, además alguien que habla desde la Revolución y da una interpretación distinta a la nuestra. Matos es más peligroso que todos los batistas y agentes de la CIA juntos.

—Tienes razón, Raúl —continuó Dorticós— yo era partidario de haber llevado todo esto de forma más discreta, pero Huber no es de los que se callan. Miren lo que ha hecho con su declaración, ha salido en casi todos los periódicos; de hecho, ahora ya no le podemos tocar un pelo, al menos hasta que la gente se olvide de él.

—Yo creo que habría que sacarlo del país —dijo Camilo y todos se giraron hacia él.

Es más peligroso dentro que fuera, su visión puede extenderse; de hecho, lo está haciendo ahora mismo.

Raúl frunció el ceño.

—Mejor un tiro y se acabó la broma, perro muerto y se acabó la rabia.

Fidel escuchaba la opinión de todos sus camaradas sin intervenir, como si estuviera sopesando todas las opciones. Tenía la sensación de que ya había cometido suficientes errores.

—Pues hagamos un mitin multitudinario y convenzamos al pueblo de Cuba del cáncer que significa Huber y los que son como él. Si los moderados toman el poder, en menos de un año estamos de nuevo controlados por los Estados Unidos —insistió Raúl.

Fidel lo miró con cierto desdén. Veía a su hermano como una especie de apéndice suyo, siempre a su sombra, pero en el fondo sabía que Raúl manejaba los hilos de muchas cosas sin contar con su opinión.

—Un mitin me parece una excelente idea. Al pueblo le encanta, tiene la sensación de que contamos con él, de que participa en el Gobierno. En el fondo, cada vez que le hablamos al pueblo y le enseñamos el camino correcto, estamos un paso más cerca del cielo en la tierra que queremos construir. Eso lo aprendí de los jesuitas: es mucho más fácil manipular que convencer; las emociones de una nación son la puerta de entrada para que esta se entregue en tus brazos. La gente no sabe lo que le conviene; la idea de democracia ha pervertido algo más noble: la idea de pertenencia, de formar parte de una masa, de una tribu, y dejar de lado todos esos afanes individualistas.

Camilo miró a Fidel con cierta ironía; aquel profeta moderno era capaz de llevar a su pueblo hasta un abismo y convencerlo de que se arrojase a él. Fidel era el profeta y al mismo tiempo el dios de Cuba. Nadie podía negarle obediencia sin verse condenado a sufrir terribles consecuencias.

—Camilo, quiero que tú también intervengas. Raúl y el Che parecen enemigos irreconciliables de Huber Matos, pero tú eras su amigo y debes apoyar mi discurso. La gente tiene que convencerse de que Huber es un traidor, y tú eres uno de los líderes más amados de Cuba; nadie creerá que estás mintiendo.

Cienfuegos agachó la cabeza, pero de sus labios salió un sí casi imperceptible.

—Estupendo, pues que se preparare todo para esta tarde. Tenemos que frenar esta crisis de un tajo. El muy cabrón de Huber no ha aceptado ninguna de mis propuestas; le ofrecí una salida honorable de esta situación, pero su orgullo lo pierde. Si quiere guerra, la tendrá.

CAPÍTULO 62

CELDA

La Habana, 26 de octubre de 1959

EL CASTILLO DEL MORRO ERA UNA prisión antigua situada en un castillo que habían construido los españoles. La celda de Huber Matos era alargada y estrecha. Tenía una cama metálica sin colchón; una de las ventanas daba al patio interior y otra a un salón. Huber no sabía dónde habían metido a sus hombres y eso le preocupaba más que su celda. Para hacer sus necesidades tenía que esperar a la mañana, cuando un guardia lo lleva hasta un baño. La comida estaba bien, pero el trato de los guardas era duro; muchos eran comunistas o se creían los mensajes sesgados de la radio y de Fidel Castro.

Huber logró comunicarse con otros presos por señas y estos le dijeron que sus compañeros se encontraban también allí y estaban juntos.

Al llegar al baño, uno de los marineros encarcelados por el Gobierno se acercó hasta Huber y le comentó:

—Han anunciado una concentración para esta noche; van a pedir su cabeza.

—No me extraña; pero el pueblo cubano sabrá distinguir la verdad de la mentira.

El marino frunció el ceño.

—El pueblo creerá lo que diga ese mesías barbudo y gordo.

Después del baño se llevaron a Huber de nuevo a su celda, pero una hora más tarde dos hombres aparecieron con un televisor, lo colocaron sobre una silla fuera de su celda y lo enfocaron para que lo viera bien.

—¿Qué están haciendo?

—Nos han ordenado que lo pongamos aquí para que no se pierda nada de la concentración de esta noche.

—¡Quiten esa mierda de mi vista!

—¿Se cree que está en una residencia de lujo? —le preguntó un sargento electricista de la Marina.

Huber cogió las latas que tenía y comenzó a arrojarlas contra la pantalla; los guardias la protegieron y se la llevaron fuera de su alcance.

—¡Díganle a Fidel y al huevón de su hermano Raúl que son dos desgraciados y miserables! ¡No me intimidan con su mierda!

Los guardas alejaron el televisor, pero con el volumen a tope para que lo escuchase bien. Huber se sentó en el suelo y se tapó los oídos con las manos; parecía como si Fidel estuviera en todas partes. El pequeño diosecillo de Cuba lograba meterse en las cabezas y las mentes de todos los cubanos a través de las ondas, pero no podría doblegar su voluntad, se dijo mientras cerraba los ojos e intentaba pensar en su familia y su bella esposa.

CAPÍTULO 63

MADRE

La Habana, 26 de octubre de 1959

UNAS HORAS MÁS TARDE, CAMILO FUE a ver a sus padres. Tenía la sensación de que estaba despidiéndose de ellos, como si nunca más fuera a volver a verlos. No era la primera vez que se iba al extranjero, pero con la edad era cada vez más consciente de que el tiempo corría demasiado rápido y que en el fondo nada duraba para siempre. Sus padres lo conectaban con la infancia feliz que había tenido, con toda esa época de sueños y deseos, cuando el mundo parecía un lugar amable y quedaba todo por hacer. A pesar de no haber cumplido los treinta años, a veces se sentía como un viejo. Había querido ir muy deprisa y la vida lo había obligado a madurar antes de tiempo. Los días habían parecido años, en especial los últimos meses. Aquel año de 1959 se le estaba haciendo interminable, sobre todo tras la vuelta del verano.

Su madre le sirvió un café; su padre había salido un momento para hacer un recado y no iba a tardar mucho en regresar.

La madre puso el café sobre la mesa y miró el rostro ojeroso de su hijo.

—¿Cómo te encuentras? Tienes mala cara. ¿Estás comiendo y durmiendo bien?

—Sí, madre, pero tengo mucho trabajo, ya sabes que hacer la Revolución no es fácil.

—Primero es la salud y después el trabajo.

Camilo tomó un par de sorbos y miró la casa, con los pocos muebles desgastados por el tiempo, las paredes con los retratos de los abuelos y otros familiares. Aquella sencillez se le antojaba liberadora.

—Echo de menos todo esto.

—¿Estás de broma? Ahora vives en un sitio mucho mejor.

—A veces es preferible una vida sencilla que una llena de responsabilidades.

—La vida siempre está llena de responsabilidades. Tu padre y yo nos hemos pasado la vida cosiendo para otros, pasando hambre y miseria. Dejamos España para que tuvierais una vida mejor, pero, por desgracia, para los pobres no hay oportunidades en ningún sitio. Ahora eres un hombre importante, un héroe de la Revolución. La gente nos saluda por las calles y nos felicitan por tener un hijo como tú; estamos muy orgullosos de todo lo que has conseguido. También tus hermanos, gracias a Dios no tendréis que pasar la miseria que nosotros sufrimos.

—Puede que todo lo que haga no sea tan honorable. A veces en el Ejército y el Gobierno tienen que tomarse decisiones duras. —Su madre lo miró a los ojos, como si intentase escudriñar sus pensamientos—. No es oro todo lo que reluce —dijo Camilo.

—Sabes lo que te enseñamos; lo único de lo que disponemos los pobres es de la honradez, es el único galardón que tenemos. Nada merece la pena si para hacerlo tienes que traicionarte a ti mismo.

Camilo dio un largo suspiro. Se puso en pie y abrazó a su madre. No pudo evitar que un par de lágrimas recorrieran su rostro hasta su barba negra.

En ese momento llegó su padre y al verlos así dijo jocoso:

—¿Qué sucede? ¿Alguien se ha muerto?

—¿Es que un hijo y una madre no pueden darse un abrazo? —contestó la mujer.

—Sí, mujer. ¿Cómo va todo muchacho? Esta tarde iremos a escucharte.

Camilo le dio la mano a su padre.

—No crean todo lo que oigan, tengo que irme.

Camilo se despidió de sus padres, pero antes de regresar al coche se dirigió a la casa del coronel. Este salió a abrir en cuanto escuchó sus pasos.

—¿Vienes a despedirte? —le preguntó antes de que Camilo pudiera abrir la boca.

—A veces pienso que es un brujo.

—La lógica es mejor que la magia. La última vez que estuviste aquí te enfadaste conmigo. No te digo que no tuvieras tus razones, pero es muy difícil despertarse del sueño de la juventud, porque la realidad puede convertirse en una pesadilla. Los ideales son el combustible de la juventud, pero la memoria es el de la senectud. Ojalá hubiera aprendido yo a tu edad que las ideologías matan, que los hombres necesitan más amor y menos ideas.

Camilo no contestó y se limitó a darle un abrazo. Al principio el coronel se puso tenso, no estaba acostumbrado a que nadie lo tocase, pero al final estrechó al muchacho entre sus brazos. En el fondo era el hijo que le hubiera gustado tener.

—Sí, es una despedida, aunque no sé si es definitiva.

—Todas lo son, al menos hasta que puedas regresar, pero la

noche se cierne sobre Cuba. El mundo se ha vuelto loco, parece que lo único que hay en el corazón del hombre es odio. Los de arriba saben que es más fácil manejar a las masas si los hacen odiar y temer a sus enemigos.

Camilo tomó asiento.

—¿Un café?

—No, gracias, ya he tomado demasiados.

—Nunca son demasiados —dijo el coronel mientras se preparaba otro—. ¿Cuándo te marchas?

—Espero que en unos días.

—¿Crees que Fidel lo permitirá? Escóndete bien, al menos durante un tiempo. Los tipos como él son vengativos; siempre se toman todo como algo personal, su ego es demasiado grande.

—Lo sé, lo conozco bien.

—¿Te llevas a tu novia?

—Sí, claro.

—Olvidaros de Cuba; al final, la patria de uno no es más que la tierra que entra debajo de los zapatos. Te lo digo por experiencia.

—Pero yo creía que usted deseaba volver a España.

—Bueno, es gratis soñar. No tengo dinero para el pasaje, tampoco muchas ganas. Me he convertido en un lobo solitario, ya no creo que pueda compartir mi vida con nadie.

—A todo se aprende.

El coronel sonrió y se le vieron los huecos de la dentadura. Cada vez se parecía más a un perro medio muerto que al león poderoso que Camilo había conocido años antes.

—Cuba está gobernada por el diablo. Ya sabes que no soy religioso, pero reconozco al mal y al bien cuando los tengo enfrente. A la gente como Fidel y sus amigos no les importan los demás, son meras estadísticas, medios para un fin. Nadie parece ponerse en pie y enfrentar a estos monstruos, y los pocos que lo hacen sufren las consecuencias.

Camilo sabía que tenía razón, él mismo iba a participar aquella tarde en una concentración para repudiar a un hombre inocente.

—Te pesa la conciencia, ¿verdad? Es doloroso, pero bueno. Mucha gente preferiría acallarla, a veces con la bebida, otras con el lujo o el trabajo, los más básicos con el sexo. La conciencia es lo que nos diferencia de las bestias. Es mucho más que un código moral, es ante todo una chispa de eternidad en el corazón del hombre. Somos más que cuerpos, somos espíritus encarnados.

Camilo agradeció las palabras de su viejo amigo.

—Espera, antes de irte quiero que brindemos.

El coronel sacó un ron especial que tomaba a pocos sorbos. Lo llamaba el néctar de la vida. Lo sirvió en dos vasos pequeños y tras brindar se lo tomaron de un trago; sintieron cómo les recorría la garganta y bajaba por el esófago.

Se dieron un nuevo abrazo y Cienfuegos dejó la casa. El coronel lo observó alejarse por la calle y se sintió tan mal que las lágrimas comenzaron a brotar de sus ojos secos. Tenía el corazón tan endurecido por la vida que había agotado hacía tiempo el caudal de sus lágrimas. En el fondo se sentía responsable de las decisiones de Camilo; él le había enseñado a pensar y a cuestionarlo todo. En la vida era siempre más sencillo obedecer y seguir la corriente, pero en el fondo sabía que su joven amigo no era de ese tipo de personas, que tarde o temprano se habría dado cuenta de que lo estaban utilizando. Ahora Camilo corría hacia su destino; no podía ser de otra forma. Cada uno había nacido con un propósito, una misión, que, en ocasiones, consistía en dar la vida por los demás.

CAPÍTULO 64

EL ÚLTIMO DISCURSO

La Habana, 26 de octubre de 1959

FIDEL CASTRO QUERÍA IMPRESIONAR CON SU mensaje de fuerza a la sociedad cubana. Cada concentración multitudinaria en el fondo demostraba su debilidad moral y su inseguridad; convirtiendo al pueblo en cómplice, él se sentía legitimado para hacer cualquier barbaridad. A las cuatro y veinte de la tarde un helicóptero apareció en el horizonte, recorrió la calle de las Misiones y aterrizó en los jardines del Palacio Presidencial. Como si Fidel fuera un enviado del cielo, descendió del helicóptero para dar su discurso.

Camilo y algunos de los líderes fueron a pie hasta la plaza. En la tribuna de autoridades estaban preparados para dar su discurso el secretario general de la CTC, David Salvador, el presidente, Osvaldo Dorticós, el presidente de la FEU, Rolando Cubela, Camilo Cienfuegos, Juan Almeida Bosque, que era jefe de la Aviación, el Che, Raúl y Fidel.

Los dos primeros fueron más comedidos, pero a medida que los intervinientes iban sucediéndose, el discurso se hacía más duro hacia Huber Matos y el Gobierno de los Estados Unidos. Cuando

Cienfuegos ocupó el atril, la gente comenzó a gritar de alegría. Él se sentía mareado, había tomado algo de ron antes de subir; cerró los ojos y se dejó llevar por sus propias palabras:

— Pueblo de Cuba:

»Como la sierra Maestra es hoy la vergüenza, la dignidad y el valor del pueblo de Cuba en esta monstruosa concentración frente a este Palacio, hoy revolucionario, del pueblo de Cuba.

»El Pico invencible del Turquino es hoy y será siempre el apoyo de este pueblo cubano a la revolución que se hizo para este pueblo cubano.

»Se demuestra esta tarde que no importan las traiciones arteras que puedan hacer a este pueblo y a esta revolución; que no importa que vengan aviones mercenarios tripulados por criminales de guerra y amparados por intereses poderosos del Gobierno norteamericano, porque aquí hay un pueblo que no se deja confundir por los traidores, hay un pueblo que no le teme a la aviación mercenaria, como no le temieron las tropas rebeldes cuando avanzaban a la ofensiva, a los aviones de la dictadura...

»Porque este acto monstruoso confirma la fe inquebrantable del pueblo cubano en este Gobierno, porque sabemos que este pueblo cubano no se dejará confundir por las campañas hechas por los enemigos de la revolución; porque el pueblo de Cuba sabe que por cada traidor que surja, se harán nuevas leyes revolucionarias en favor del pueblo, porque el pueblo cubano sabe que por cada traidor que surja, habrá mil soldados rebeldes que estén dispuestos a morir defendiendo la libertad y la soberanía que conquistó este pueblo.

»Porque vemos los carteles y oímos las voces de este pueblo valiente que dice: "¡Adelante, Fidel, que Cuba está contigo!".

»Y hoy el Ejército Rebelde, los hombres que cayeron en las montañas, los hombres que no se venden a intereses, que no se atemorizan le dicen: ¡Adelante, Fidel! ¡El Ejército Rebelde está contigo!

»Esta manifestación del pueblo, estos obreros, estos campesinos, estos estudiantes que hoy vienen a este Palacio, nos dan las energías suficientes para seguir con la Reforma Agraria, y no se detendrá ante nada ni nadie. Porque hoy se demuestra que lo mismo que supieron morir vente mil cubanos por lograr esta libertad y esta soberanía, hay un pueblo entero dispuesto a morir si es necesario, por no vivir de rodillas.

»Para detener esta revolución cubanísima, tiene que morir un pueblo entero, y si eso llegara a pasar, serían una realidad los versos de Bonifacio Byrne: "Si deshecha en menudos pedazos / se llega a ver mi bandera algún día, / nuestros muertos, alzando los brazos, / la sabrán defender todavía…".

»No importan todos los traidores, que no importan todos los enemigos de la revolución; que no importan los intereses que traten de confundir a un pueblo que no se va a dejar confundir, porque este pueblo cubano sabe que por esta revolución murieron veinte mil cubanos para terminar con los abusos, para terminar con el hambre, para terminar con la agonía que vivió la República de Cuba por más de cincuenta años…

»Y que no piensen los enemigos de la Revolución que nos vamos a detener, que no piensen los enemigos de la Revolución que este pueblo se va a detener, que no piensen los que envían aviones, que no piensen aquellos que tripulan los aviones que vamos a ponernos de rodillas y que vamos a inclinar nuestra frente.

»De rodillas nos pondremos una vez, y una vez inclinaremos

nuestras frentes... y será el día que lleguemos a la tierra cubana que guarda veinte mil cubanos, para decirles: "¡Hermanos, la Revolución está hecha, vuestra sangre no salió en vano!".

Camilo no mencionó ni una sola vez a Huber Matos y su discurso podía interpretarse de muchas maneras. ¿Quiénes eran los traidores y los que engañaban a la Revolución?

El Che y Raúl, en cambio, arremetieron contra el Gobierno de los Estados Unidos y contra Díaz Lanz. Pero el plato fuerte estaba por llegar. Dejaron el pódium a Fidel y este levantó la barbilla antes de comenzar su discurso:

—Trabajadores; Campesinos; Estudiantes; cubanos todos:

»Mucho tenemos que hablar ustedes y nosotros. En esta magna concentración de hoy hay cuestiones importantes que tratar. No es solo, o no debe ser solo un minuto de entusiasmo; debe ser, sobre todo, un minuto de meditación, porque los pueblos tienen que buscar las causas de sus problemas. No basta saber el qué, es necesario que el pueblo sepa el porqué. Nos satisface el respaldo del pueblo, nos satisface su extraordinario entusiasmo; pero, sobre todo, nos interesa que el pueblo medite, nos interesa que el pueblo piense, porque el pueblo debe tener una explicación de los problemas que se le presentan; el pueblo debe saber el porqué de las cosas.

»No vengo a afirmar, vengo a razonar con el pueblo; no vengo a pronunciar un discurso, vengo a conversar con el pueblo, porque nunca como hoy, nunca como en instantes como estos, es necesario la más absoluta comprensión entre el pueblo y nosotros, porque, al fin y al cabo, nosotros aquí no somos otra cosa, en este Palacio, en el Consejo de Ministros y en los cargos responsables del Estado, no somos otra cosa que hombres del pueblo que estamos sencillamente cumpliendo la voluntad del pueblo, cumpliendo con los deseos del pueblo y satisfaciendo las aspiraciones del pueblo; y nunca como en instantes como estos es necesario que ustedes y nosotros seamos una sola cosa. Porque si nos presentan batalla, ¡tendrán batalla!; si nos atacan, ¡nos tendrán a todos como un solo ejército!

—¡Sí! —exclamó el pueblo.

—No importa los desertores...

—¡Al paredón! —exclamaron.

—No importa los que desentonen de nuestro pueblo; no importa los que se acobarden, al fin y al cabo, acabamos de pasar una guerra y sabemos que en la guerra hay desertores y sabemos que en la guerra hay los que se acobardan. Esos no importan porque son los menos. Nosotros sabemos que tenemos con nosotros a un pueblo que no se va a acobardar...

—¡No! —gritaron.

—...porque solo hay una fórmula de vencer, solo hay para nuestro pueblo una forma de salir adelante, solo hay para nuestro pueblo un modo de alcanzar la victoria, y es el valor.

»Nosotros sabemos que el pueblo no se acobardará...

—¡No!

—... nosotros sabemos que el pueblo está dispuesto a morir junto al Gobierno Revolucionario.

—¡Sí!

—Y el pueblo sabe, el pueblo sabe que de esta lucha, que de este proceso, solo podemos concluir con la victoria o con la muerte; y el pueblo sabe, sabe perfectamente bien el pueblo que estos hombres que hoy tienen en sus manos las riendas del Gobierno, sabe perfectamente bien el pueblo que estos compañeros que han pasado hoy por esta tribuna, son hombres que están dispuestos a morir junto al pueblo. Y cuando hay un pueblo valiente, cuando hay un pueblo dispuesto a morir y que tiene dirigentes dispuestos a morir con él, ese pueblo es un pueblo invencible, ¡a ese pueblo no lo podrá vencer nada ni nadie!

La multitud seguía sus palabras como hipnotizada. Cada vez que Fidel subía a la tribuna conseguía poner al público a sus pies y hacer que dejara de pensar racionalmente.

—¿Qué quiere la reacción? ¿Quiere acaso que entrenemos a los campesinos y a los obreros? ¡No! No, porque si usted toma cualquier vocero de la reacción, como este vocero que dice representar al Partido Auténtico Abstencionista, al que, por cierto, no representa, porque el verdadero representativo del Partido Auténtico Abstencionista lo es el doctor Carlos Prío Socarrás, y está aquí presente con nosotros; este grupo que se dejó atraer por los «cantos de sirena» de «La Marina» y «Avance». ¿Y qué ha hecho hoy el primer órgano? Una de las primeras cosas que plantea es que, en primer lugar, se solidariza con el traidor Huber Matos.

—¡Fuera! —exclamaron.

—En segundo lugar, trata de hacer las mismas insinuaciones, acusando de comunista al Gobierno Revolucionario; en tercer lugar, dice: «La Revolución, para defenderse de sus enemigos, no necesita armar a los obreros y campesinos. Es suficiente el valor probado y la pericia de su ejército, mucho más si se tiene en cuenta el apoyo moral de todo un pueblo, de todo el país». Y más adelante: «...si no se tienen en cuenta estas consideraciones con la democracia, habrá que seguir practicando esa técnica, tan arriesgada y fatigante para el país, de las grandes concentraciones multitudinarias, cuando más necesario es el reposo y la serenidad». ¡Reposo frente a los bombardeos criminales y el ametrallamiento de nuestro pueblo!

»Bueno es advertir esto, para que los verdaderos auténticos, los que algún día formaron las masas del Partido Auténtico, no se dejen arrastrar jamás por este grupo de incautos que se ha hecho eco de las intrigas de "La Marina", de "Avance", se ha dejado impulsar por los voceros de la reacción y la contrarrevolución, y ya están tomando los mismos argumentos de Trujillo, la "Rosa Blanca" y los monopolios internacionales, enemigos de Cuba.

»Ahora bien, yo decía que el pueblo no debe dejarse confundir: es un periodiquito nuevo que han sacado, pagado por los latifundistas.

»Decía que debíamos meditar, decía que debíamos analizar los porqués. ¿Por qué se oponen a que entrenemos a los obreros y a los campesinos? Bien sencillo: porque quieren un ejército al estilo tradicional, quieren un ejército profesional como el de antes, porque de esa manera albergan la esperanza de que ese ejército, cuando pasen los años, pueda llegar a ser un día instrumento de la reacción; porque tienen esperanzas de poder encontrar a algún ambicioso, a algún traidor, como este que acaba de aparecer. Tienen la esperanza de que con un ejército profesional puedan algún día corromper oficiales, puedan algún día corromper soldados, y que en cualquier momento las fuerzas armadas de la república pudieran ser los grandes factores en los destinos del país; porque recuerden que los grandes privilegios, los grandes intereses de los latifundistas, los intereses poderosos afectados por la Revolución, todos esos intereses y privilegios tenían un instrumento: el Ejército. ¡El Ejército era el instrumento de los intereses extranjeros y de los peores intereses nacionales, que por algo el Ejército de Cuba tenía instructores extranjeros!

»Como saben que el pueblo es una tremenda fuerza

revolucionaria, como saben que un pueblo entrenado es un pueblo preparado para combatir en defensa de sus conquistas, son alérgicos estos señores a todo lo que implique entrenamiento de obreros y campesinos.

»Por otro lado, nosotros concebimos que los mejores aliados de los soldados son los campesinos y los obreros, que el mejor aliado del Ejército Rebelde es el pueblo, y las tropas más aguerridas del Ejército Rebelde son campesinas; los soldados más aguerridos del Ejército Rebelde son campesinos. El grupito de oficiales que se solidarizó con el traidor Huber Matos no era de esa clase...

—¡Fuera! —volvieron a exclamar.

—... no era de ese tipo de soldado y oficial campesino que forman la élite, y la flor y nata, y lo más aguerrido, y lo más valiente y lo más firme del Ejército Rebelde.

»Esas filas de gallardos soldados que, con sus fusiles ametralladoras, desde las azoteas de los edificios, montaron guardia en defensa de la población contra cualquier ataque aéreo, son los soldados de la sierra Maestra; son los soldados campesinos, los guajiros de la sierra Maestra, que un día integraron las primeras columnas de donde salieron las demás columnas que combatieron en los distintos frentes de batalla. ¡Esos soldados sí son soldados revolucionarios!

»¿Por qué? Porque vivieron en el campo, nacieron en el campo y crecieron en el campo, y allí vieron lo que era la guardia rural, con las culatas de sus fusiles y su plan de machete al servicio de los grandes terratenientes. Allí vivieron lo que era la miseria de nuestros campesinos; allí vieron el horror de los niños descalzos y enfermos; allí vivieron todo aquel sentimiento puro, noble y heroico, de nuestros campesinos sin tierras. Y a esos soldados nadie podrá tomarlos de instrumento contra los campesinos y contra el pueblo, porque esos soldados sí sienten la Revolución, porque la han vivido y la hicieron, señalaron el camino a todos los campesinos del país y condujeron la nación al triunfo.

»Así que, obrero y ciudadano de La Habana, ¡esos fusiles que te cuidan son los fusiles de los soldados guajiros de la sierra Maestra! Y esos soldados saben, como lo saben todos los soldados campesinos del Ejército Rebelde, saben que tú, obrero; tú, estudiante; tú, campesino; tú, cubano o cubana, llevas dentro el sentimiento de la patria. Esos soldados, a la hora de defender la patria quieren tener junto a ellos a su pueblo, quieren tener junto a ellos a toda la nación combatiendo en defensa de sus derechos y de su soberanía.

»La reacción no quiere eso; la reacción lo que quiere es un pueblo desarmado y un ejército que se corrompa, para que algún día pudiera servir de freno a la Revolución y hacer retroceder a nuestra patria. Eso es lo grave de la traición de Huber Matos, porque fue el primer intento de utilizar militares contra la Revolución, de utilizar militares contra los derechos del pueblo cubano.

—¡Fuera!

—Fue el primer intento de corrupción de oficiales para utilizarlos contra el pueblo, contra los intereses del pueblo, contra la Revolución Cubana. Por eso la reacción no quiere que los obreros y los campesinos se entrenen, porque tienen siempre la esperanza de que, si toda la fuerza del país es un ejército profesional, pudieran algún día conquistar a alguno o algunos oficiales, pudieran algún día corromper a ese ejército y tener un instrumento con que volver a perpetrar aquí golpes de Estado como el del 10 de marzo, que nunca más se repetirán en nuestra patria.

»Frente a ese concepto de ejército profesional y de defensa del país con ejército profesional, está nuestro concepto revolucionario de defender al país con el pueblo, con todas las fuerzas del pueblo, con todos los brazos del pueblo, con todos los corazones del pueblo.

Camilo contempló cómo la carrera y la obra de Huber Matos era destruida en un momento, mientras Fidel vertía todo tipo de mentiras sobre su persona. No muy lejos de allí, en la celda de su cárcel, Huber también escuchaba las mismas palabras y oía los gritos del pueblo que tanto amaba pidiendo su muerte. Comenzó a llorar. Cuba ahora era esclava de un solo hombre que estaba dispuesto a todo para conservar su poder e imponer sus ideas a todos los demás. Cuba sería como la deseaba Fidel Castro o no sería.

CAPÍTULO 65

SAÚL MATÓ A SUS MILES

La Habana, 26 de octubre de 1959

FIDEL ESTABA FURIOSO. SU HERMANO RAÚL intentó calmarlo, pero cuando llegó a su habitación en el Hilton terminó de estallar.

—¿Por qué la gente aplaudía tanto a Camilo? Él dio un discurso improvisado y yo estuve preparándolo varias horas. Además, no ha dicho nada de Huber Matos. ¿Te has dado cuenta?

—Claro que me he fijado, Fidel. Llevo diciéndote hace meses que Huber y Camilo estaban planeando algo juntos; Dios los cría y ellos se juntan.

—No me lo puedo creer, todos estos años en la Sierra, éramos como hermanos, y ahora ambiciona quitarme el puesto.

El Che se sentó en el sillón y se encendió un cigarro.

—A lo mejor te estás volviendo un poco paranoico; no creo que Camilo aspire a tu puesto. Él es un hombre sencillo, no es capaz de convertirse en primer ministro, le falta conocimiento y formación.

Raúl frunció el ceño. El Che a veces era demasiado inoportuno; a diferencia de Raúl, él era demasiado idealista y decía lo que pensaba, lo que no significaba que siempre pensase lo que decía.

—Claro que no —respondió Raúl—, pero sería la mano derecha de un Gobierno de Huber Matos. Camilo es un buen embajador de cualquier causa y sabe ganarse a todo el mundo. Estoy seguro de que ambos han planeado juntos tu destitución. Deberíamos encerrarlo entre rejas y juzgarlo.

Fidel miró con los ojos desorbitados a su hermano.

—Por eso no me fío de ti a veces, eres ambicioso, pero no tienes ni idea de la repercusión de algunas acciones. La gente adora a Camilo, si lo detenemos y juzgamos puede que seamos nosotros los siguientes en ir al paredón. No he conocido a otro hombre más amado que Camilo Cienfuegos. No tiene enemigos, exceptuándote a ti, que lo que le tienes es pura envidia.

Raúl estaba acostumbrado a aquellas pullas de su hermano, pero tenía un objetivo en frente y no acostumbraba soltar a su presa hasta terminar con ella.

—Pues habrá que hacerlo desaparecer —concluyó Raúl.

—Obligarlo a exiliarse… eso tampoco es solución.

—No me refiero al exilio precisamente; hacer que desaparezca, que sufra un accidente.

Fidel se quedó pensativo. En su fuero interno apreciaba a Camilo, sabía que no tenía colaborador más fiel, aunque últimamente estaba cuestionando demasiadas veces sus ideas.

—La gente no se lo creerá —dijo el Che—, sería demasiada casualidad.

—La gente creerá lo que diga Fidel. ¿No es cierto?

Fidel miró a su hermano; sabía perfectamente la respuesta. Desde niño se le había dado bien convencer a la gente, por eso estudió Derecho. A pesar de vivir en un país de charlatanes y manipuladores, la técnica de Fidel era inigualable. Solía mezclar cierta erudición con una campechanería que lo hacía ponerse a la altura del pueblo, pero sobre todo era capaz de llegar a sus emociones más primarias y sacar sus instintos más básicos. El odio, el temor y la ira eran sus especialidades, aunque podía manipular el amor y el asco si quería.

—¿Cómo se haría? —preguntó Fidel.

Raúl lo miró sonriente, con esa cara de niño empollón que no había matado una mosca en su vida.

—Lo mejor es un accidente de algún tipo, ya sea de coche o de avión, la cosa es que nadie sospeche que hemos sido nosotros.

—¿Tienes gente que lo pueda hacer?

—Claro, hermano.

—Pues que no pase de mañana.

El Che lo miró sorprendido.

—¿Estás seguro, Fidel? Con esta nos jugamos la copa; Huber en la cárcel, medio consejo de ministros dispuestos a dimitir, con varios opositores difamándonos en los Estados Unidos. Esto es una huida hacia delante.

—Para atrás ni para coger carrerilla, la Revolución tiene que quitarse lastres y el que no empuje está sobrando.

Las últimas palabras de Fidel sonaron más cínicas que de costumbre. Para él no había amigos ni camaradas. Se deshacía de todo aquel que le supusiera un peligro, le hiciera sombra o simplemente disintiera en cualquier punto. No había hecho una revolución para que la secuestraran unos tecnócratas o unos idealistas de mierda, se dijo mientras se encendía un puro habano.

CAPÍTULO 66

PETIT COMITÉ

La Habana, 27 de octubre de 1959

RAÚL ERA EL INDUCTOR, PERO EN el fondo sabía que el Che tenía que encargarse de esas cosas. A la mañana siguiente Guevara reunió a varios de sus oficiales de confianza, comenzando por Osvaldo Sánchez, Orlando Pantoja y Eliseo Reyes. Normalmente Osvaldo Sánchez era el que hacía aquel tipo de trabajos, pero el resto solía facilitarle la cobertura y la oportunidad.

—Tenemos un trabajo entre manos.

Los tres oficiales se lo quedaron mirando. El Che los había invitado a una copiosa comida en un hotel de lujo.

—Ese es el precio de la comida —bromeó Orlando Pantoja.

—Puede decirse, aunque les aseguro, caballeros, que habrá muchas más recompensas.

—¿Cuál es el trabajo? —preguntó Osvaldo Sánchez.

—Tenemos que hacer desaparecer a alguien importante y que parezca un accidente.

Todos miraron al Che y se preguntaron de quién se trataría.

—¿Al final han decidido darle el pasaporte a Huber? —preguntó Eliseo.

—Ese no está maduro, además ha dicho a los cuatro vientos que intentaríamos matarlo. No, es a otro más cercano. Camilo Cienfuegos.

Los tres se quedaron sin palabras. Todos querían a Camilo, no había compañero al que no le hubiera hecho un favor o ayudado a superar un mal momento.

—¿Nuestro Camilo? —preguntó Eliseo para asegurarse.

—Sí. Parece que han visto un fantasma.

—Bueno, si la gente se da cuenta se va a liar la de Dios es Cristo —comentó Orlando Pantoja.

—Por eso tiene que parecer un accidente —dijo el Che.

—La mejor forma es estrellar un avión: no queda rastro y es fácil de manejar, menos testigos. En un accidente de coche hay que implicar a más gente. Hay dos maneras: un fallo mecánico, y para eso tengo buena gente, o derribarlo en el aire, para asegurarse de que el piloto no logre aterrizar de todos modos —les explicó Osvaldo Sánchez.

—La cosa es que tiene que ser entre hoy y mañana.

—Joder, Che, nos pides demasiado. Estas cosas se planean con tiempo. ¿Por qué tanta prisa?

—Yo creo que Raúl y hasta el mismo Fidel saben que si le dan más tiempo, pueden arrepentirse —les comentó el Che.

—Pues hay que estudiar los vuelos de Camilo esta semana.

El Che les dejó la agenda e itinerarios de Camilo de toda la semana.

—Hoy tiene que volar a Varadero y ver a Rolando Ríos Rivas; el 28 se va a playa Girón. Después regresa a La Habana y después de aquí a Camagüey para terminar unos últimos asuntos.

Osvaldo levantó la mano.

—Dime Sánchez.

—El viaje de regreso de Camagüey es perfecto, dura algo más de una hora, los otros no me convencen tanto.

—Pues adelante, que preparen todo. Me da igual si lo derriban o si le falla el motor. La cosa es que no llegue a La Habana el día 28. ¿Ok?

Todos dejaron el salón, menos Eliseo Reyes.

El Che dejó el cigarro y tomó un poco de ron. Le invitó a su compañero una copa y se quedaron unos momentos más hablando.

—¿No te da miedo todo esto?

—¿Por qué debería darme, Eliseo?

—Bueno, Camilo es la mano derecha de Fidel, siempre ha sido su protegido. Junto a ti es uno de los hombres más populares de la Revolución. ¿No temes que un día Fidel se quiera deshacer de ti?

—¿Sabes cuál es el problema que tiene Fidel? Sabe hablar muy bien en público y convencer a las masas, pero alguien tiene que escribirle el guion. Él no tiene ni idea de qué hacer con Cuba. Sabía cómo destruir a Batista, cómo organizar una guerrilla, es un conspirador, pero lo ignora todo en el arte de gobernar. Tampoco tiene una ideología; su único plan es mantenerse en el poder todo el tiempo que pueda.

—Pero eso ya es un plan, puede que en el fondo le importen una mierda Cuba y la Revolución.

El Che sonrió.

—Ni confirmo ni desmiento, pero para sostenerse en el poder debe avanzar hacía algún lado. Es como montar en bicicleta: si no te mueves, te caes.

—Pues ten cuidado cuando aprenda a montar —bromeó Eliseo.

El Che no se lo tomó en broma. Los Castro eran capaces de cualquier cosa y si algo había aprendido en todos aquellos años era que nadie era imprescindible.

CAPÍTULO 67

SEGUNDO INTENTO

La Habana, 27 de octubre de 1959

CAMILO CIENFUEGOS SE PUSO DE NUEVO en contacto con Huber Matos; tenía que convencerlo de salir del país. No podía irse de Cuba con la conciencia tranquila si Matos se quedaba en la cárcel. No había tenido el valor para ayudarlo, así que al menos debía sacarlo clandestinamente y salvar su vida. Estaba casi convencido de que los Castro terminarían asesinándolo.

Huber recibió una nota en la cárcel. En ella Camilo le pedía que aceptase la fuga, y le informaba de que era la única solución, que era absurdo que intentase llegar a juicio. En Cuba no había justicia y menos en un caso como el suyo, pero Matos era muy testarudo; a pesar de la demostración, aun creía que el pueblo lo absolvería.

Huber no había comprendido que el zumbido furioso de las masas era más difícil de acallar que de agitar; en aquel momento toda la sociedad cubana estaba en su contra. Fidel había comprado a los campesinos por un pedazo de tierra. Había prometido casas nuevas a los pobres; a los obreros, salarios justos; a los estudiantes, un futuro brillante en el que ellos cambiarían el mundo. El ejército de analfabetos que lo seguía, unido al de idealistas y oportunistas, jamás cambiaría de opinión: Fidel era su guía, su luz, y no quería regresar a las tinieblas para convertirse de nuevo en una masa de hombres vulgares. Aquellas gentes eran el combustible de todas las revoluciones, los desarrapados que por fin podían pagar a los burgueses y los que destacaban todas sus burlas y desprecios. Fidel había descubierto la fuerza brutal del odio, porque, en el fondo, todo el mundo odiaba a alguien.

Mientras los Estados Unidos miraban perplejos lo que sucedía en el pequeño país caribeño, los rusos intentaban acercar posturas. Todo se cocinaba a fuego lento, pero personajes como Huber creían aún en los milagros, aunque fueran seculares y los realizara el pueblo. El único milagro que se produjo en la Cuba de aquellos días fue el que Fidel anunció: la orgía de gasto hasta que el dinero se terminó y comenzó el infierno para el pueblo cubano.

CAPÍTULO 68

EL PLAN

La Habana, 27 de octubre de 1959

Camilo fue a ver a Adela antes de marcharse para Varadero. Se vieron en la habitación de un hotel e hicieron el amor, y después se quedaron unos minutos en la cama fumando un cigarrillo.

—Mañana regresaré de Camagüey y nos marcharemos, ya lo tengo todo listo.

—¿Qué ha dicho Huber Matos?

Camilo puso los ojos en blanco.

—Se queda. Quiere demostrarse a sí mismo que el pueblo cubano no está perdido.

—Escuché tu discurso.

—Fue medio improvisado, tuve que decir esa mierda de los Estados Unidos para que Raúl me dejase en paz. Espero que eso no impida que los gringos nos reciban bien.

La joven sonrió.

—Estarán encantados de que uno de los héroes de la Revolución deje el barco y repudie a Fidel.

Camilo arrugó la frente.

—No creo que vaya a estar hablando mal de la Revolución o de Fidel, no soy un traidor.

—Pero, Camilo. Fidel ha secuestrado la Revolución, ya viste de lo que es capaz.

—También está haciendo cosas buenas.

—Claro, y Stalin, Hitler y Franco, pero eso no los exime de sus crímenes. ¿No crees?

—Creo que detrás de la mayoría están Raúl y el Che, Fidel…

—No me vengas con esas, el responsable máximo es Fidel —le dijo Adela sorprendida. En el fondo Camilo seguía admirando a su viejo amigo.

—Lo sé, pero él quería hacer algo bueno, algo que salvara a Cuba —dijo mientras los ojos se le llenaban de lágrimas.

—Pues del dicho al hecho hay mucho trecho, dice siempre mi madre.

Camilo se rio por la ocurrencia de Adela.

—No te preocupes, todo será distinto en los Estados Unidos, no debemos mirar atrás.

Adela apoyó su cabeza en el pecho de su novio y escuchó cómo latía su fuerte corazón. No había conocido a un hombre más noble, bueno y leal; sabía que pasaría toda la vida con él.

—Quiero decirte algo, darte algo —dijo Camilo mientras se ponía en pie.

Trajo un sobre y se lo entregó.

—¿Qué es esto?

—Son cinco mil dólares, además de visados falsos, pasaportes con una identidad nueva y esas cosas.

—¿Por qué me das todas estas cosas? Es mejor que los guardes tú.

Camilo apretó las manos de la mujer.

—Puede que algo salga mal, que me capturen, que me hagan algo peor. Fidel me anda buscando, he visto a hombres de Raúl que me vigilan. Si me detienen, puede que intenten capturarte. Esos cerdos son capaces de cualquier cosa para que confiese que soy un traidor.

—No puedes pedirme eso —dijo con lágrimas en los ojos—, si te pasara algo yo me moriría.

—No, Adela, tendrías que seguir con tu vida. Los muertos deben dejar que los vivos continúen su camino. Por favor, acéptalo, no quiero que te hagan daño, y esos cerdos son muy capaces.

Los dos se abrazaron e hicieron el amor de nuevo. Después Camilo, antes de tomar su avión, fue a ver a Fidel a su habitación en el Hotel Hilton.

—Hola, Fidel.

—¿Cómo estás hermano? —le preguntó con una sonrisa en los labios y después le dio un abrazo.

—Bien, algo atareado. Quiero que reconsideres todo lo de Huber, sabes que él nunca habría traicionado a la Revolución, simplemente no está de acuerdo con la dirección que ha tomado.

—¿Y qué dirección ha tomado, Camilo?

Aquella pregunta era la más difícil de contestar de su vida.

—Un rumbo diferente, tienen mucha influencia el Che y Raúl, tu hermano.

—¿Quieres aportar tú algo? Sabes que escucharía tus consejos.

—Yo no soy un ideólogo ni un pensador, soy un soldado. Lo único que te pido es que sueltes a Huber.

—Si lo soltase es como si estuviera dándole la razón. Huber me ha acusado de comunista, de traicionar a la Revolución. ¿En qué posición quedaré si lo libero?

—En la de un hombre misericordioso.

Fidel sonrió.

—Hablas como un cura para ser un ateo.

—Cada día lo soy menos, pero el pueblo aprecia los líderes misericordiosos.

—La gente quiere un líder fuerte. La misericordia es cosa de los cristianos, eso me enseñaron los jesuitas. Dios no tiene mucha misericordia de sus criaturas. ¿Cuántos niños morían de hambre antes de la Revolución? No parece que a Dios le importase demasiado, no ves, tampoco es tan misericordioso.

—Huber es un camarada, un hermano.

—Mataría a mi propio hijo por la Revolución, bien lo sabes, Camilo.

Aquellas palabras lo pusieron en alerta. A pesar de que la diferencia de edad no era tanta, Fidel le había dicho muchas veces que quería que su hijo mayor fuera como él.

—¿Si yo me retiro también me juzgarás o me enviarás al paredón?

—No lo sé. ¿Tienes pensado desertar?

El bello de la nuca de Camilo se erizó. A veces sentía que estaba en presencia del mismo diablo, como si Fidel tuviera el poder de leer la mente de la gente.

—Yo nunca dejaré la Revolución. He dado mi sangre por ella, bien lo sabes.

Fidel puso una mano sobre el hombro de su viejo amigo.

—Haces bien, nada me dolería más que que tú nos dejaras, Camilo.

Se abrazaron de nuevo, y Cienfuegos sintió que el peso del cuerpo de Fidel lo aplastaba y no lo dejaba respirar. Por un instante pensó que así debía sentirse toda Cuba.

CAPÍTULO 69

ÚLTIMAS HORAS

La Habana, 28 de octubre de 1959

CAMILO CIENFUEGOS TOMÓ EL AVIÓN EJECUTIVO Cessna 310 en dirección a Camagüey. Allí tenía que arreglar los últimos asuntos del cese de Huber Matos; regresaría por la tarde a La Habana y se escaparía con Adela al continente.

Camilo tenía una reunión con el capitán Juan Agustín Méndez Sierra y después regresaría a casa. Su escolta era Félix Rodríguez, a quien le tenía mucha confianza, por eso en el camino hacia el cuartel de Monteagudo comenzaron a charlar.

—Tengo ganas de licenciarme —comentó Félix.

—¿Y eso? ¿Ya te has cansado de la vida castrense? —le preguntó Camilo con una sonrisa.

—Un poco. Tanto viaje, la vida en el cuartel. Quiero casarme y formar una familia; la vida militar y la vida familiar se compaginan muy mal.

—Peor era en la sierra Maestra. Allí tuve una pareja un tiempo, pero el amor y la guerra no son buenos compañeros de viaje. Si temes morir para no dejar a una mujer viuda, no puedes darte al máximo en la batalla. En cierto sentido, el ejército es como una esposa: siempre exigente, mandón y nunca acepta un «no» como respuesta.

Los dos se echaron a reír.

—Yo también querría retirarme algún día.

—Pero si usted es un mito.

—Los mitos también necesitan descansar y formar una familia.

—Eso es cierto. Lo admiro mucho, pero no solo por la guerra y su lucha por la Revolución, también como persona. Nunca he conocido a nadie tan humilde y servicial.

—Muchas gracias, Félix —contestó Camilo con una sonrisa.

La reunión con el capitán fue tediosa, de carácter administrativo, una de las cosas que más odiaba Camilo. De vez en cuando miraba el reloj; estaba deseando irse a La Habana y escapar con su prometida. Únicamente tenía que aguantar un poco más.

Comieron con el capitán, quien les contó cómo estaban las cosas en Camagüey tras la partida de Huber y todo el escándalo que había producido.

—Todo ha vuelto a la normalidad. Qué cierto es eso de «a rey muerto, rey puesto». Le deja a uno mucho que pensar.

—Bueno, Capitán, la gente debe seguir con sus vidas —contestó Camilo.

—Al muerto al menos hay que llorarlo un día, más si ha sido un buen muerto.

—A lo mejor lo lloran por dentro, en silencio —comentó Félix.

—Pues muy adentro le lloran.

Por la tarde estuvieron atendiendo más asuntos logísticos. Cuando Camilo miró el reloj ya quedaba muy poco para la llegada del avión; pensó en Adela y se le dibujo una sonrisa en los labios.

CAPÍTULO 70

UN ASUNTO SECRETO

La Habana, 28 de octubre de 1959

OSVALDO SÁNCHEZ HABÍA OPTADO POR LA solución más sencilla. Sabía que el vuelo tenía que llegar a Camagüey a eso de las cuatro y treinta de la tarde, pero había salido con retraso de Santiago de Cuba. No había tiempo para manipular el aparato cuando aterrizara en el aeródromo, por eso llamó a uno de los pilotos de confianza de Raúl Castro. Las órdenes eran que un caza Sea-Fury despegase tras la salida del avión que transportaba a Camilo y lo destruyera.

El retraso del avión comenzó a poner nervioso a Osvaldo, que no dejaba de llamar a su enlace en Camagüey. El avión llegó poco antes de las seis al aeropuerto. El esbirro del Che le pidió al piloto del caza que advirtiera al capitán Senes Casas Regueiro que no viajara con Camilo aquella noche, pero que no le diera ninguna explicación.

Camilo Cienfuegos había llegado casi una hora antes al aeródromo y comenzaba a impacientarse. Su ayudante Félix Rodríguez había llamado a Manuel Espinosa Díaz para advertirle del retraso. Pensaban que no llegarían a La Habana antes de las ocho de la noche.

—No me lo puedo creer, quería estar en casa más pronto.

—¿Por qué tiene tanta prisa? —preguntó Félix a su superior.

—Voy a ver a una chica, bueno, a una mujer.

Félix sonrió. A él también lo esperaba su novia en La Habana.

En cuanto vieron al avión sobrevolar el aeródromo, Camilo apagó su cigarro y se acercaron a la solitaria pista. Lo vieron aterrizar, y tras pararse a unos metros, el capitán Senén descendió; aún estaban los motores en marcha.

—¿No regresa a La Habana?

—No, un asunto me retiene en Camagüey —le dijo el oficial a Camilo—, siento la demora.

Camilo y Félix subieron al aparato y saludaron a Luciano Fariñas Rodríguez, que estaba al mando.

—Me siento con usted —dijo Camilo al teniente con una sonrisa.

—Claro, volar es un trabajo muy solitario. Perdonen la demora, pero el capitán tuvo una reunión a última hora.

—No se preocupe, son gajes del oficio —contestó Camilo, que lo único que deseaba era llegar cuanto antes a La Habana.

—¿Hay gasolina para el otro viaje? —preguntó Camilo al piloto.

—De sobra. Estos bichos gastan menos que un mechero.

El avión comenzó a ascender, salieron del aeropuerto y fueron tomando altura.

—¿Cómo está el tiempo?

—Aquí y en Los Callos el tiempo esta despejado y tranquilo.

Camilo sonrió. Desde La Habana, estarían en Miami en un santiamén.

En cuanto el aparato se alejó de la base, el caza se dirigió a la pista y despegó como un torbellino. En menos de un minuto lo tendría en el punto de mira.

CAPÍTULO 71

CONCIENCIA

La Habana, 28 de octubre de 1959

FIDEL TOMABA UN WHISKY MIENTRAS RAÚL estaba al teléfono.

—Han salido —dijo a su hermano.

—¿Por qué tan tarde? Pensé que a esta hora todo estaría solucionado.

—Ten paciencia, Zamora no se ganó en una hora.

—No comiences con los dichos de padre, Raúl, que tengo ganas de que termine esta vaina.

—El caza ha despegado, alcanzará el objetivo en un minuto.

Fidel dio un trago largo. Sintió el alcohol descender por su garganta mientras los hielos le rozaban los labios. Le vino a la mente una escena en la sierra Maestra con Camilo haciendo bromas y todos riéndose a su alrededor; era capaz de subir la moral de sus compañeros en los momentos más difíciles. Nunca tuvo a un comandante más fiero y valiente, capaz de ir siempre a la vanguardia.

—Te echaré de menos, cabrón —dijo en voz alta.

Raúl lo miró con desdén. Pensó que hasta antes de su muerte

Camilo seguía en el corazón de su hermano, un hombre que apenas era capaz de sentir ni expresar sentimientos. Sin embargo, se lo veía angustiado por lo que estaba a punto de suceder. Pensó qué sentiría si él estuviera en su lugar, si el muerto se tratara de su propio hermano, y supo enseguida la respuesta: Fidel sentiría menos su muerte que la de Camilo. Pero lo importante era que en unos instantes ese estúpido e ingenuo comandante estaría muerto, mientras que él se convertiría en el tercer hombre más importante de la Revolución. Solo por eso, todos los sacrificios merecían la pena.

CAPÍTULO 72

ESPERA

La Habana, 28 de octubre de 1959

ADELA LLEVABA ESPERANDO MÁS DE DOS horas en el coche, al otro lado de la valla de aeródromo. Algo estaba pasando; no era normal que el avión se demorase tanto. Miró de nuevo el reloj y tuvo la sensación de que se había roto; los minutos pasaban tan despacio que apenas se movían en la pequeña espera. Comenzó a frotarse las manos enguantadas y después encendió un cigarrillo para calmar los nervios.

—Camilo, ¿dónde estás? —masculló entre dientes.

Un mal presentimiento se le pasó por la cabeza y le erizó la piel: los Castro podían haber averiguado sus intenciones y ahora estaría detenido en Camagüey o sabe Dios dónde. ¿Qué haría en ese caso? No se veía con fuerzas para irse de Cuba, pero le había prometido a su novio que lo haría.

Miró al cielo que estaba oscuro. No había ninguna luz que iluminase aquella noche tan oscura; parecía como si las tinieblas ya cubrieran por completo Cuba y la luz del sol se negase a nunca más brillar en aquella tierra maldita.

CAPÍTULO 73

IMPACTO

La Habana, 28 de octubre de 1959

CAMILO MIRÓ AL PILOTO Y NOTÓ que empezaba a sudar.

—¿Está todo bien?

—Tenemos un caza en la cola.

—Pero ¿es de los nuestros?

—No lo distingo bien de noche, pero viene del interior no de la costa, tiene que ser un caza de vigilancia, han puesto algunos después de las últimas incursiones.

—Entonces, ¿por qué te preocupas?

—Por la trayectoria. Tengo la sensación de que viene detrás desde hace un rato.

Camilo había dado unas instrucciones por radio unos segundos antes; pensó que sería mejor informar.

—Da aviso.

—Si alertamos a las Fuerzas Aéreas, olvídate del otro vuelo.

—Joder, pues salte de la ruta, tenemos gasolina suficiente.

—No es tan sencillo, ese avión es muy rápido.

—¿Crees que lo han mandado por nosotros?

El piloto se encogió de hombros.

Félix se adelantó y les preguntó a voces.

—¿Está todo bien?

Camilo le dijo que sí y subió su dedo pulgar, pero en el fondo sabía que no estaba todo bien. La avioneta dejó su ruta y se aproximó a la costa.

—¿Cuánto queda para La Habana?

—Unos cuarenta minutos, demasiado tiempo.

El caza se acercó un poco más. El piloto los observó desde el punto de mira y puso el dedo en el gatillo. A esa distancia era casi imposible fallar. Después acarició el gatillo y sintió cómo la bomba salía disparada. Un resplandor la seguía e iluminaba la estela blanca que dejaba a su paso.

Uno segundos después el misil acertó en la avioneta. El aparato estalló en mil pedazos, el caza cambió de rumbo y se redirigió a la base.

Camilo no tuvo tiempo para pensar, se giró y vio el destello. Después los pocos restos del avión cayeron en el mar; en unos minutos se habían hundido en las aguas negras. El cuerpo de los tres hombres se había volatilizado, como si jamás hubieran existido; no tuvieron tumba ni un lugar en el que reposar.

Adela esperó toda la noche hasta que se quedó dormida. Por la mañana se dirigió al Aeropuerto de La Habana y cumplió su promesa: nunca más regresó a Cuba ni nadie conoció su historia de amor con Camilo.

EPÍLOGO

EL PUEBLO DE CUBA PASÓ UNOS DÍAS de angustia. Fidel había autorizado el 29 de octubre que se diera la noticia de la desaparición de Camilo, su escolta y el piloto. Tras quince días de búsqueda, Fidel se dirigió a la nación para confirmar la muerte de Camilo Cienfuegos:

—Camilo salió del pueblo y en el pueblo hay muchos Camilos. El pueblo cubano perdió a una de sus figuras más queridas de la Revolución.

El coronel terminó de contar la historia al pequeño Aquilino, que no había dejado de mirarlo con los ojos muy abiertos, como si las palabras pudieran verse reflejadas en sus pupilas; después el hombre cerró los ojos y se recostó en la silla.

—¿Mataron a Camilo Cienfuegos? Siempre me han enseñado que fue un accidente.

—A veces hay que dudar de todo para poder creer de verdad en algo. Ya me queda poco tiempo, estoy cansado de vivir, pero sobre mi conciencia siempre estará la muerte de Camilo.

—Usted no lo mató.

—Sí lo hice, Aquilino. El día que le enseñé a pensar por él mismo, que le robé su inocencia, que dejó de creer.

—Lo mató Fidel Castro.

—No, lo maté yo. Fidel le había prometido el paraíso, como a todos vosotros, un paraíso caprichoso, donde solo puedes entrar si dejas fuera tu alma. De eso se ha alimentado siempre, del alma de Cuba. Es vuestro padre y vuestro Dios, cuando muera será vuestro salvador, sin Fidel no existe la Revolución y sin esta no existe Cuba.

El chico parecía confundido.

—El soldado de las ideas, el padre de la patria, el hombre que es capaz de seducir a una multitud con las palabras. Mientras el mundo siga necesitando salvadores, habrá otros Fideles que pedirán el alma a cambio de sueños, de esperanza y de mentiras.

Aquilino se puso en pie. Llevaba varias horas con la pelota en la mano, aunque no se había dado ni cuenta.

—¿Volverás a verme?

—Creo que sí.

—Pero recuerda que soy peligroso, puedo llegar a matarte a ti también.

El chico sonrió y salió de la casa envuelta en la penumbra. El sol brillante de Cuba lo cegó unos instantes y, al ver todo a su alrededor, se dio cuenta de que la verdadera oscuridad se encontraba fuera de la casa del coronel, pero que ahora solo él podía verla.

ALGUNAS ACLARACIONES HISTÓRICAS

EL COMANDANTE DEL PUEBLO ES UNA novela basada en hechos verídicos. Algunos de los personajes son inventados, pero la mayoría son reales.

Lo narrado sobre la vida de Camilo Cienfuegos es veraz, aunque se han recreado algunas conversaciones y sus pensamientos.

El coronel es un personaje imaginario, aunque pudo haber existido en realidad.

Las descripciones de Fidel Castro, Raúl Castro y el Che son veraces. Los tres son personajes odiados y amados, por lo que una semblanza de ellos siempre puede defraudar a unos y a otros. Los seres humanos no somos ángeles o demonios, sino una sutil mezcla de ambos.

Adela es un personaje inventado, aunque siempre se ha especulado que Camilo tenía una amante secreta. Muchas mujeres han reivindicado este papel a lo largo de la historia, pero las pruebas aportadas son muy débiles.

La historia de Huber Matos es real, así como su detención y lo que desató.

La descripción de la muerte de Camilo Cienfuegos se basa en una de las hipótesis sobre su muerte. He decidido inclinarme por esta, que es la más plausible. A pesar de lo que dijeron las autoridades cubanas, aquella noche no hubo mal tiempo; si el avión hubiera estado en peligro, se habría puesto en contacto con la torre de mando. Está documentada la salida de un caza Sea-Fury tras la salida del avión de Camilo. Algunas fuentes afirman que el mecánico del aeródromo de Camagüey murió misteriosamente, tal vez asesinado para que no hablara de lo que había visto. Se sabe que el piloto del caza desapareció y también todo el que estuvo involucrado con la supuesta aniquilación del avión. Hubo un testigo, un pescador que vio el ataque contra el avión, pero se desvaneció cuando se dirigía a La Habana a testificar.

Los hechos sobre la Revolución cubana son veraces al igual que los que llevaron a Fidel Castro al poder y más tarde al poder absoluto. Dos años después de su ascenso, Fidel Castro celebró elecciones en Cuba, pero ya no existían ni una oposición, ni una prensa libre, ni partidos, ni ninguna garantía democrática.

Fulgencio Batista fue un dictador cruel y miserable; sin embargo, es cierto que Cuba era el tercer país más rico de Hispanoamérica en enero de 1959. Hoy en día Cuba ocupa el noveno puesto en el último índice anual de miseria, según el Misery Index de 2022, y tan solo un año antes, en 2021, ocupaba el primer puesto.

En el año 2019 pude ir en persona a Cuba. Estuve en La Habana, Varadero y Santiago de Cuba. Tuve la oportunidad de entrevistarme con mucha gente y ver con mis propios ojos la pobreza y la miseria de la población, así como las mansiones en La Habana de algunos de los dirigentes del régimen. Espero que algún día Cuba pueda elegir libremente a sus representantes y, por fin, ser completamente libre.

CRONOLOGÍA

1898: Los Estados Unidos toman el control de Cuba después de que España es derrotada en la Guerra Hispanoamericana y cede todos los derechos sobre la isla.

1902: Aunque Cuba declara su independencia, sigue siendo un protectorado estadounidense.

1905: Empresas estadounidenses compran tierras cubanas por valor de millones de dólares.

1905-1929: El Ejército estadounidense interviene varias veces para sofocar golpes, levantamientos y facilitar las elecciones.

1925: Se establece el Partido Comunista de Cuba.

1929: Tras la caída de la bolsa, cae el precio del azúcar, uno de los principales productos de exportación. La lucha económica alimenta el fervor revolucionario.

1932: Nace Camilo Cienfuegos en La Habana el 6 de febrero.

1933: Una junta revolucionaria encabezada por el oficial militar Fulgencio Batista toma el control de Cuba.

1934: El embajador de los Estados Unidos en Cuba informa que el nuevo Gobierno es muy impopular «con todas las mejores clases» y solo cuenta con el apoyo de los militares.

1942: Se legaliza el Partido Comunista.

1944: Batista renuncia y toma el control un Gobierno civil.

1945: Cuba se une a las Naciones Unidas.

1948: Fidel Castro, un joven estudiante con afán revolucionario, participa en un levantamiento en Colombia.

Camilo Cienfuegos comienza a trabajar, a los dieciséis años, en la sastrería El Arte.

1952: Batista, quien había sido elegido para el Senado cubano, toma el poder, suspende la constitución de 1940 y cancela las elecciones. Los Estados Unidos reconocen su Gobierno.

1953
1 DE ABRIL: Camilo Cienfuegos y su amigo Rafael Sierra se van a Nueva York en busca de fortuna.

26 DE JULIO: Castro lidera un grupo heterogéneo de ciento sesenta rebeldes en un ataque contra la base militar Moncada en Santiago

de Cuba, la segunda ciudad más grande de Cuba. La mayoría de sus seguidores son asesinados.

6 DE OCTUBRE: Los veintiséis supervivientes del ataque rebelde son declarados culpables y encarcelados. A Castro le dan quince años.

31 DE OCTUBRE: El Partido Comunista de Cuba es ilegalizado.

1954: El discurso de Castro «La historia me absolverá» durante su juicio se convierte en un manifiesto rebelde y se difunde por todo el país.

1955
25 DE FEBRERO: Batista asume la presidencia tras las elecciones.

ABRIL: La CIA crea la Oficina para la Represión de las Actividades Comunistas en Cuba.

15 DE MAYO: Castro es amnistiado y liberado de prisión. Luego sale de Cuba. El Che Guevara se une a su causa.

5 DE JUNIO: Camilo Cienfuegos es deportado a Cuba y regresa a su trabajo en la sastrería El Arte.

SEPTIEMBRE: Camilo se casa con Isabel Blandón, una enfermera salvadoreña residente de los Estados Unidos.

7 DE DICIEMBRE: Camilo es herido por una bala en una manifestación en honor al héroe independentista cubano Antonio Macedo.

1956: Castro lanza una guerra revolucionaria desde fuera de Cuba. Más tarde llega a las montañas de la sierra Maestra y emprende una campaña guerrillera contra el Gobierno de Batista.

Camilo Cienfuegos se une a la expedición del Granma y parte desde México hasta Cuba.

1957: Con un pequeño suministro de armas, los seguidores de Castro comienzan a atacar instalaciones petroleras, edificios gubernamentales y estaciones de radio. El Gobierno aumenta la represión y arresta o mata a los sospechosos de connivencia con los rebeldes. Los informes de la prensa estadounidense indican que una fuerza entrenada por los estadounidenses perseguirá a Castro. Altos aliados de Castro son asesinados en La Habana.

Camilo es designado jefe de la vanguardia del Ejército Rebelde.

1958: El Ejército cubano lanza una gran ofensiva contra Castro en las montañas de la sierra Maestra. Con los rebeldes ganando importantes enfrentamientos militares, publican periódicos disidentes y establecen consejos de reforma agraria. Los Estados Unidos, que previamente habían provisto a Batista de millones de dólares en armas, comienzan a retirarle el apoyo y tratan de presionarlo para que se vaya a Florida. Él rechaza la oferta.

Camilo vence en la Batalla de Yaguajay y avanza hacia la ciudad de La Habana.

1959

1 DE ENERO: Las fuerzas rebeldes dirigidas por Guevara toman el control de la capital. Batista huye.

Camilo Cienfuegos es el primer revolucionario en entrar a La Habana.

7 DE ENERO: Con 9000 combatientes a cuestas, Castro entra en La Habana y los Estados Unidos reconocen al nuevo Gobierno cubano. Decenas de policías y antiguos secuaces de Batista son juzgados y ejecutados. Castro se convierte en primer ministro y lanza una campaña de nacionalización que provoca un gran revuelo en Washington.

ABRIL: Castro visita los Estados Unidos.

JUNIO: Guevara abre conversaciones con los soviéticos durante una visita a Egipto.

OCTUBRE: Raúl Castro se convierte en ministro de las Fuerzas Armadas. Los Estados Unidos comienzan a imponer sanciones y un embargo a Cuba. Se rumorea que la CIA está creando una fuerza contrarrevolucionaria de disidentes cubanos.

Camilo Cienfuegos desaparece el 28 de octubre en un vuelo de Camagüey a La Habana.

1960: Cuba y la URSS formalizan vínculos. La Habana comienza a recibir ayuda soviética, incluyendo petróleo y armas. Disidentes cubanos en Florida comienzan a hacer transmisiones radiales.

Todos los activos estadounidenses están nacionalizados. Los periódicos empiezan a especular sobre la inminencia de una invasión a Cuba.

1961: Se cortan todos los lazos diplomáticos con los Estados Unidos. Explotan bombas en distritos comerciales de La Habana.

17 DE ABRIL: Disidentes cubanos, respaldados por la CIA, invaden Cuba en Playa Girón. La invasión pasa a la historia como el fiasco de Bahía de Cochinos, cuando la fuerza disidente es abrumadoramente derrotada.

19 DE ABRIL: Castro responde al papel de los Estados Unidos en la invasión declarando a Cuba un país socialista y acercándose aún más a la esfera soviética. Esto culmina en la Crisis de los Misiles Cubanos cuando Castro comienza a albergar misiles nucleares soviéticos por temor a una invasión estadounidense más grande.

BREVE BIOGRAFÍA

CAMILO CIENFUEGOS TIENE QUE ABANDONAR SUS ESTUDIOS en artes para ayudar a su padre en la sastrería El Arte, una tienda en el centro de La Habana. Su padre, de origen asturiano, le había inculcado sus ideas de izquierda, por eso, tras participar en las manifestaciones de 1948 por la subida del precio del transporte en La Habana, saca una visa con unos amigos para los Estados Unidos. Malviven en Nueva York, Chicago y San Francisco trabajando en cualquier oficio hasta que las autoridades los deportan a Cuba por México. Pero Camilo se ha enamorado de una enfermera salvadoreña que lo deja todo y lo sigue a Cuba. Ella es diecisiete años mayor que él, pero está profundamente enamorada.

Se casan en la notaría del Edificio Bacardí y después pasan la luna de miel en el Hotel Lincoln, pero antes de la boda, Camilo va a ver a su amor de adolescencia: una rubia de ojos claros llamada Paquita.

Camilo se une al movimiento estudiantil contra el régimen de Batista. Cuando iba a llevar una ofrenda floral a la estatua de Maceo, la policía le dispara, y Camilo escapa a Miami. Desde allí viaja a México para unirse a un ejército organizado por Fidel Castro y el Che Guevara, y con ochenta y seis hombres, viaja de regreso a Cuba en el barco Grama en noviembre de 1956. Después de llegar a Cuba, los soldados los atacan y un pequeño grupo escapa a la sierra Maestra. Cienfuegos es uno de los doce supervivientes y se une de nuevo a Castro.

Cienfuegos comienza a desconfiar del Che y de los Castro. Consigue varias victorias y vence en la batalla de Yaguajay. A los pocos días de conquistar Santa Clara, el dictador Batista huye de Cuba.

Crece la desconfianza entre Fidel Castro y Camilo. La popularidad del segundo molesta a Castro y los crímenes de este, a Camilo. Fidel le ha ordenado que detenga a su amigo Arnaldo Ochoa por traición.

Huber Matos se niega a que el régimen se convierta en una dictadura comunista y Castro manda a Cienfuegos a Camagüey para capturarlo. Cienfuegos va con Paquita a la Bodeguita del Medio y allí se despiden, sin saber que jamás se volverán a ver.

Al llegar a Camagüey, Huber cuenta a Camilo sus diferencias con Castro y este le promete que tendrá un juicio justo. Cuando Castro lo enfrenta, Cienfuegos se da cuenta de que el líder cubano quiere tener el poder absoluto del país. Camilo decide regresar a la Habana para reunirse con Paquita.

En la Habana da uno de sus discursos más famosos y Fidel parece furioso de envidia. El pueblo ama a Camilo, un hombre cercano y que no quiere represión ni violencia para imponer la Revolución.

Camilo va a Camagüey para solucionar los últimos asuntos del juicio de Huber Matos. De regreso a la Habana, desaparece junto con el avión en que viajaba. No logran encontrar los restos del avión.

El comandante Cristino Naranjo quiere investigar lo sucedido, pero se da cuenta de que todos los testigos del accidente desaparecen repentinamente. Cuando descubre por medio de un pescador que el avión fue derribado, el testigo es detenido y, al poco tiempo, Cristino Naranjo también desaparece. Nunca se supo a ciencia cierta qué sucedió con Camilo Cienfuegos.

REFERENCIAS

Las siguientes fuentes nutrieron la construcción de la trama y los personajes centrales. De algunas de ellas provienen los discursos que han sido reproducidos.

Portal del ciudadano de la Habana. (s. f.). *Camilo Cienfuegos: la significación y vigencia de su vida y obra.* www.lahabana.gob.cu/post_detalles/es/12898/camilo-cienfuegos-la-significacion-y-vigencia-de-su-vida-y-obra

Cuba Militar. La enciclopedia militar cubana. (s. f.). *Camilo Cienfuegos.* www.cubamilitar.org/wiki/Camilo_Cienfuegos

Speaker. (s. f.). *El último discurso de Camilo Cienfuegos.* www.spreaker.com/user/cubadebate/interv-palacio-presidencial-26-10-59

Martinoticias. (27 de febrero de 2014). *La carta de renuncia de*

Huber Matos. www.martinoticias.com/a/la-carta-de-renuncia-de
-huber-matos/32444.html

Baracutey cubano (26 de octubre de 2009). *Conmemora Huber
Matos aniversario de su rompimiento con Fidel Castro*. (Graba-
ción de octubre del comandante Huber Matos). baracuteycubano
.blogspot.com/2009/10/conmemora-huber-matos-con-revelacion
-de.html

Discursos e intervenciones (s. f.). *Fidel, soldado de las ideas*. www
.fidelcastro.cu/es/discurso

Los siguientes discursos fueron tomados del sitio web Discursos
e intervenciones del Comandante en Jefe Fidel Castro Ruz, Presidente del Consejo de Estado de la República de Cuba (s. f.). www
.cuba.cu/gobierno/discursos/

Discurso pronunciado en el parque La Libertad de la Ciudad de
Matanzas, en su recorrido hacia La Habana, el 7 de enero de 1959.

Discurso pronunciado a su llegada a La Habana, en Ciudad Libertad, el 8 de enero de 1959.

Discurso pronunciado en la concentración campesina de Camagüey, celebrada el 12 de abril de 1959.

Discurso pronunciado en La Plata, sierra Maestra, el 17 de mayo
de 1959.

Discurso pronunciado en la concentración campesina, efectuada el 26 de julio de 1959.

Discurso pronunciado ante el pueblo congregado en el Palacio Presidencial para reafirmar su apoyo al Gobierno revolucionario y como protesta contra la cobarde agresión perpetrada contra el pacífico pueblo de La Habana por aviones procedentes de territorio extranjero, el 26 de octubre de 1959.

AGRADECIMIENTOS

MI RECONOCIMIENTO SINCERO A TODOS LOS CUBANOS que creen que el viento de la libertad algún día volverá a soplar en sus corazones.

Agradezco a mi buen amigo Nicolás, quien me ha demostrado que la amistad es el mayor regalo que tenemos los seres humanos.

Gracias a mi editor Edward Benitez, porque ama mis libros y sabe convertirlos en éxitos, y a Julia Negrete por sus comentarios para mejorar este libro.